ANDREA NAGELE

GRADO IM NEBEL

Ein Adria Krimi

emons:

Bibliografische Information der Deutschen Nationalbibliothek
Die Deutsche Nationalbibliothek verzeichnet diese Publikation
in der Deutschen Nationalbibliografie; detaillierte bibliografische
Daten sind im Internet über http://dnb.d-nb.de abrufbar.

© Emons Verlag GmbH
Alle Rechte vorbehalten
Umschlagmotiv: David-W-/photocase.de
Umschlaggestaltung: Nina Schäfer, nach einem Konzept
von Leonardo Magrelli und Nina Schäfer
Umsetzung: Tobias Doetsch
Gestaltung Innenteil: César Satz & Grafik GmbH, Köln
Lektorat: Marit Obsen
Druck und Bindung: CPI – Clausen & Bosse, Leck
Printed in Germany 2018
ISBN 978-3-7408-0298-1
Ein Adria Krimi
Originalausgabe

Unser Newsletter informiert Sie
regelmäßig über Neues von emons:
Kostenlos bestellen unter
www.emons-verlag.de

Meinem Bruder Alfred

Teil 1

1

Der Mann saß regungslos auf dem einzigen Stuhl und starrte ins Leere. Das wenige Licht, das durch das schmale, hoch an der Wand angebrachte vergitterte Fenster fiel, ließ seine Gesichtsfarbe unnatürlich blass wirken. Vor ihm, in der Mitte des Raumes, stand ein massiver Holztisch. Zwei schwere Rollkästen an der einen Seite der Wand und ein einfaches Waschbecken auf der anderen vervollständigten die karge Einrichtung.

Er hatte die Ellbogen auf die Tischplatte gestemmt und seinen Kopf in die Hände gestützt. Vor ihm aufgeschlagen lag eine alte Ausgabe des »Il Piccolo«. »Körperlich und geistig Beeinträchtigter gesteht Mord und Vergewaltigungen«, lautete die Schlagzeile auf der zerknitterten Seite. Darunter, auf dem grobkörnigen Foto, war der mutmaßliche Täter zu sehen. Ein schwarzer Balken über den Augen ließ sein kaum zu erkennendes Gesicht seltsam anonym erscheinen, nur die massige, unförmige Gestalt gab ihm so etwas wie eine persönliche Note.

Der Mann kannte den Artikel auswendig. Wort für Wort könnte er ihn zitieren, ohne dazu einen Blick in die Zeitung werfen zu müssen. Auch das Foto hatte er immer und immer wieder studiert, hatte mittels einer starken Lupe – halb aus Jux und halb ernsthaft – versucht, hinter die Stirn des Beschuldigten zu schauen. Dessen Gedanken zu lesen, das war ihm freilich nicht gelungen.

Unvorstellbar, dachte er, was sich dort abspielen muss.

Und wie ist es mit meinem eigenen Denken?

In letzter Zeit fiel es ihm immer schwerer, sich zur Ordnung zu rufen, sich zu beruhigen. Dabei stand er längst nicht mehr so unter Druck wie noch vor wenigen Monaten. Trotzdem hatte er auch da funktioniert, fast genauso wie früher, als er die Grenze noch nicht permanent überschritten hatte. Er war seiner Arbeit nachgegangen, hatte hin und wieder am öffentlichen Leben der Stadt teilgenommen, sich wie alle anderen verhalten – und doch die ganze Zeit gewusst, dass sie hinter ihm her waren. Es hatte ihm wenig ausgemacht, er war sicher gewesen, dass sie ihm nichts anhaben konnten.

Und jetzt? Jetzt, da sie einen Geständigen hatten? Seit jeder mögliche, selbst jeder eingebildete Verdacht von ihm genommen war, begannen seine Nerven zu reißen.

Wieder versuchte er, sich zur Ordnung zu rufen. Ihm war klar gewesen, dass mit der Verhaftung des vermeintlich Schuldigen der Zeitpunkt gekommen war, aufzuhören. Es war seine Chance, hinter die Linie zurückzukehren.

Nur, war es dafür nicht schon zu spät?

War er dazu überhaupt noch in der Lage, hatte er sich nicht schon zu weit von jenem Punkt entfernt, den eine moderne, rechtsstaatlich geprägte Gesellschaft tolerieren konnte?

Was aber scherte ihn die Gesellschaft! Auf ihn kam es an, nur auf ihn.

Immer schon hatte er sich als einen empfunden, der außerhalb stand, als einen, für den die allgemeinen Regeln und Normen nicht galten.

Zwar war ihm schon früh bewusst geworden, dass er sich zum Schein anpassen musste, um nicht als Freak zu gelten, aber damit konnte er leben. Bisher war es keinem außer ihm selbst gelungen, in seine Abgründe zu blicken.

Es hätte für Außenstehende auch lange Zeit wenig zu sehen gegeben, gestand er sich ein. Selbst wenn sie hingeschaut hätten. Selbst dann wäre er den Menschen, die ihm tagtäglich begegneten, nicht aufgefallen.

Jetzt, mit Anfang dreißig, war er in seinem Umfeld gut integriert. Er hatte Bekannte, von denen einige ihn irrtümlich als Freund bezeichneten, kam in seinem Job mit Menschen zusammen, die seine Arbeit schätzten, und könnte sein konsequentes Singledasein, sollten diesbezüglich jemals Fragen gestellt werden, leicht mit ebenjener ihn vollkommen ausfüllenden Berufstätigkeit erklären.

Tatsächlich aber war er beziehungsunfähig.

Früher hatte er diesen Fakt nicht anerkannt, war Liebschaften eingegangen, die nie lange hielten, hatte ihr Scheitern mit seinem ausgeprägten Individualismus erklärt. Erst spät war ihm aufgefallen, dass er keine Liebe, keine Zuneigung empfinden konnte. Für niemanden auf der Welt. Nicht einmal für sich selbst.

Kein Problem, er kam damit klar.

Immer weniger aber kam er in letzter Zeit mit dem klar, was er für sich als »den Drang« bezeichnete.

Das erste Mal verspürte er ihn mit siebzehn.

Ein langer Sonnentag in den Ferien war zu Ende gegangen. Andere Jugendliche seines Alters, die er aus der Schule kannte, hatten am Strand Fußball und Boccia gespielt, waren ein ums andere Mal ins Meer gesprungen und lagen nun müde im Sand. Er selbst saß wie so oft etwas abseits auf einer Matte und las.

In Italo Svevos »Senilità« hatte er sich vertieft, das wusste er noch, und auch die Seelenverwandtschaft, die er damals mit dem doppelt so alten Protagonisten des Romans zu verspüren meinte, war ihm heute noch bewusst.

Dann sah er das Mädchen.

Schwarze Haare, das Gesicht einer Fee, elfenbeinfarbene Haut, ein roter Bikini.

Er beobachtete, wie sie ging, nahm in sich auf, wie sich ihr Körper bewegte, verfolgte sie mit Blicken, bis sie nicht mehr zu sehen war. Er versuchte weiterzulesen und schaffte es nicht. Keine einzige Zeile schaffte er mehr. Er schloss die Augen, hörte sein Herz heftig gegen die Rippen schlagen und spürte, wie ihm am ganzen Körper der Schweiß ausbrach.

In seiner Phantasie vergewaltigte er das Mädchen gleich hier am Strand.

Als er in die Wirklichkeit zurückfand, merkte er entsetzt, dass er ejakuliert hatte. Erschrocken sprang er ins Wasser und hörte hinter sich das dumme Lachen der Mitschüler.

Hatten sie mitbekommen, was eben geschehen war? Nein, keiner hatte etwas bemerkt, nur der plötzliche Sprint des als

Eigenbrötler bekannten Schulkameraden bot ihnen Grund zur Heiterkeit.

Ihm selbst war an jenem Tag klar geworden, dass er anders war als andere. Und dass er dieses Anderssein verbergen musste. Das lag auf der Hand.

Er begann, Kontakte zu knüpfen. Aus dem Außenseiter, der in der Klassengemeinschaft bestenfalls geduldet war, wurde bald ein beliebter Mitschüler, später, als Student, ein gern gesehener Kumpel.

Seine Gewaltphantasien lebte er nur in seiner Vorstellung aus. So hielt er seinen Drang lange Zeit unter Kontrolle.

Einige Male ging er zu Prostituierten, hatte mit ihnen aber nie Geschlechtsverkehr. Er war dazu nicht imstande. Als eine der Huren seine Bemühungen hämisch kommentierte, schlug er sie und floh aus dem schäbigen Zimmer. Die Erinnerung an den Faustschlag in ihr Gesicht verschaffte ihm später daheim die erhoffte Befriedigung.

Es war das erste Mal gewesen, dass er die Grenze überschritten, dass er Gewalt angewandt hatte. Was aber hatte ihn Jahre später endgültig die Seite jenseits der Sperrlinie betreten lassen? Er wusste es nicht. Er konnte sich nicht mehr daran erinnern.

Was ihm allerdings immer wieder in den Sinn kam, waren die Bilder aus der Zeit danach.

Nicht die beiden ersten Frauen, bei denen er sich erleichtern wollte, aber gestört worden war, trieben seine Erinnerung an. Nein. In Gedanken kehrte er immer wieder zu jener schicksalsträchtigen Nacht zurück, als er auf dem Weg nach Grado gewesen war. Der Wagen rollte gleichmäßig mit ihm am Steuer dahin, und er hatte sich gut gefühlt.

Nicht besonders müde, entspannt.

Gleich nach der Tunnelausfahrt hatte er die junge Frau am Rande der Autobahn stehen gesehen. Verdammt gut hatte sie ausgesehen. Aufreizend gut. Kurz nur hatte er die Augen geschlossen – und als er sie wieder öffnete, lag sie vor ihm im Gras.

Er erinnerte sich nicht daran, angehalten, die Frau betäubt

und sie bis zur einige Kilometer entfernten Raststätte gefahren zu haben. Auch nicht daran, dass er sie über die Abgrenzung und von da in die nahe Wiese geschleppt, sich ein Präservativ übergestreift und sie vergewaltigt hatte. Er hatte schwer atmend auf ihr gelegen und hinter sich das Geräusch des Motors im Leerlauf gehört. Das waren seine ersten klaren Wahrnehmungen gewesen, danach.

Wie damals ins Meer war er diesmal zu seinem Wagen geflohen und hatte Gas gegeben. Angst hatte er gehabt, panische Angst.

Er fürchtete, die Kontrolle über sich selbst zu verlieren, einen Fehler gemacht zu haben. Nicht wegen der Tat selbst, er stand ja außerhalb der Regeln und Normen, sondern während der Tat. Er versuchte, sich zu erinnern, aber es gelang ihm nur bruchstückhaft. Irgendetwas hatte minutenlang die Kontrolle in seinem Kopf übernommen.

Die Jacke musste er sich zu einem bestimmten Zeitpunkt an- und die Kapuze tief ins Gesicht gezogen haben, er wusste bis heute nicht, wann. Aber er beruhigte sich damit, dass er anscheinend funktioniert hatte. Unbewusst hatte er dafür gesorgt, nicht erkannt zu werden. Und die Lust, die er empfunden hatte, als er auf diesem warmen, weichen Körper wieder zu sich fand, die wollte er wieder erleben. Er wollte in schmerz- und schockgeweitete Augen starren und aufs Neue diese Macht spüren, die mit nichts zu vergleichen war.

Die lustvolle Macht über Leben und Tod.

Also hatte er begonnen, bewusst zu planen. Und er lernte dazu, mit jedem Mal mehr. Es wurde ihm aber auch mit jeder Wiederholung klarer, in welche Gefahr er sich begab. Er war intelligent genug zu wissen, dass er irgendwann damit aufhören musste. Bald sogar, denn er entfernte sich jedes Mal weiter von sich selbst. Die Sorge, irgendwann nicht mehr zurückfinden zu können, sich endgültig in zwei eigenständige Persönlichkeiten zu spalten, beherrschte zunehmend sein Denken.

Dann war der richtige Zeitpunkt gekommen. Der Moment, Ruhe zu finden und seine Obsessionen wieder allein in seinem

Kopf stattfinden zu lassen. Er hatte es sich nicht ausgesucht. Die Verhaftung dieses Narren, der alles auf sich genommen hatte, war ein Geschenk des Himmels an ihn. Ein Wink des Schicksals.

Er rief sich zur Ordnung.
Ja, er würde Schluss machen.
Durchhalten. Dem Drang widerstehen.
Endgültig.
Pfeifend stand er auf und verließ das Zimmer. Auf dem Weg nach draußen fiel sein Blick auf den schweren Eisenring in der Wand neben dem Waschbecken. Kurz flammte in ihm der Wunsch auf, sein Geheimnis mit jemandem zu teilen. Mit jemandem wie der blonden Frau aus Aquileia.

2

Sie konnte es ihm jetzt nicht sagen.
Später. Vielleicht später.
Camilla Benigni hob den Topf mit der Pasta von der Gasflamme und leerte das kochende Wasser in die Spüle. Der Dampf, vor dem sie sonst zurückwich, stieg heiß auf und brannte in ihrem Gesicht. Sofort vermischte er sich mit ihren Tränen.
Immer noch von ihm abgewandt, goss sie etwas Olivenöl auf die Tagliatelle und rührte um. Die Dose mit den Tomatenstücken stand schon offen vor ihr. Schwungvoll kippte sie den Inhalt über die Nudeln. Dann öffnete sie die Kühlschranktür und holte das Päckchen mit dem Parmesan heraus.
»Milli«, knurrte Samuele, »bist du zu faul, den Käse frisch zu reiben?«
Ohne zu antworten, zupfte Camilla kleine Blätter von der Basilikumpflanze und zerrieb sie zwischen den Fingern. Ihre Mutter hatte sie gelehrt, dass man diese Pflanze niemals beschneiden durfte, sie würde dadurch ihr Aroma verlieren. Gedankenverloren verteilte sie das zerfranste Grün auf Pasta, Tomatenstücken und Parmesan.
»Fertig.« Sie drehte sich um.
Samuele saß über die »Gazzetta dello Sport« gebeugt und sah nicht auf, als sie sich dem Tisch näherte. Sie verbiss sich eine Bemerkung, stellte aber das Tablett mit den Tellern und dem Besteck demonstrativ geräuschvoll ab.
Unbeeindruckt streckte Samuele seine Hand nach dem Glas Bier aus, das vor ihm stand, und blätterte um. »Ich habe mich schon gefragt, warum der Tisch nicht gedeckt ist. Reißen hier neue Sitten ein?« Missmutig faltete er die Zeitung zusammen.
Camilla sah ihn vorwurfsvoll an. Er aber betrachtete angestrengt den sich auflösenden Bierschaum im Glas.
Schweigend rollten sie die Pasta auf ihre Gabeln. Bis auf

Samueles Schlürfgeräusche, mit denen er die langen, dünnen Nudeln in seinen Mund sog, war nichts zu hören.

»Sami«, begann Camilla schließlich, »lass uns doch bitte reden.«

»Da gibt es nichts mehr zu sagen. Ich ziehe in einer Woche aus. Es ist zu Ende. Akzeptiere es, wie es ist.«

»Ja, aber …«

»Nichts aber«, schnitt er ihr das Wort ab. »Vorbei ist vorbei. Milli und Sami sind Geschichte.«

Camilla legte ihre Gabel neben den Teller und nahm einen Schluck Wasser. Das ohnehin bescheidene Hungergefühl war ihr endgültig abhandengekommen.

»Bist du neuerdings zur Asketin geworden?«

Er stand auf und holte eine weitere Flasche Bier aus dem Kühlschrank.

»Ich trinke im Moment keinen Alkohol.«

Camilla hoffte auf eine nächste Frage, doch er griff nur wieder zur Zeitung. »Es geht mich im Grunde ja nichts mehr an. Trink Wasser, trink Wein. Es ist deine Angelegenheit.«

Der Wasserhahn über der Spüle begann zu tropfen. Aus unerfindlichen Gründen fing er zwischendurch immer wieder an. Das monotone Geräusch machte Camilla nervös.

»Warum wirst du nicht endlich vernünftig, Sami? Wir hatten es gut miteinander. Beide haben wir Arbeit, die Wohnung ist günstig, und wir wollten im nächsten Frühjahr heiraten. Wie kannst du das alles aufgeben? Das alles wegschmeißen, für diese unverschämte Frau. Ich hasse sie.«

»Es geht nicht um sie. Andere haben damit nichts zu tun. Mit *dir* will ich nicht mehr zusammen sein. Nur das zählt.«

Camilla begann zu weinen. Der kurze Augenblick der Wut war verraucht, übrig blieb Trostlosigkeit. Sie konnte nicht verstehen, dass ihr Lebenstraum in Flammen aufgegangen war. Zerplatzt wie eine Seifenblase, in die ein Kind mutwillig hineingestochen hatte. Einfach so, ohne Vorwarnung.

Eben noch hatten sie beide, Sami und Milli, ernsthaft versucht, ein Baby zu bekommen, oft zweimal am Tag Sex gehabt, sich einen Termin für die Hochzeit überlegt. Und dann war Samuele eines Abends mit rosa Lippenstiftspuren auf seinem hellblauen Hemdkragen nach Hause gekommen.

»Der Klassiker«, hatte Camilla gesagt und gelacht. Sie war sicher gewesen, dass Samuele mitlachen und unmittelbar eine logische Erklärung für die Flecken abgeben würde. Aber er hatte nur schweigend dagesessen und den Schaum vom Rand seines Bierglases geblasen.

Camilla war auf seinen Schoß geklettert, hatte die Arme um seinen Hals gelegt und sich an ihn geschmiegt. Er roch so gut. Nach Kernseife und Lavendel.

»Duschst du neuerdings bei der Arbeit?«, war ihre immer noch ahnungslose Frage gewesen.

Samuele hatte sich von ihr losgemacht. »Es tut mir leid, Camilla, aber mir ist das ganze Babygetue zu viel. Ich bin dafür noch nicht bereit.«

»Warum sagst du das?« Die plötzliche Angst, von ihm verlassen zu werden, hatte ihr die nächsten Worte diktiert. »Es muss ja nicht gleich sein, wir haben doch alle Zeit der Welt. Lassen wir die Versuche, vergessen wir es für den Moment, aber ich dachte, es macht dir Spaß.« Ihr bemühtes Lächeln war ihr schon bei seinen nächsten Worten wieder entglitten.

Samuele war aufgestanden. »Milli, es gibt da jemanden. Und es ist etwas Ernstes.«

Die Verzweiflung war jetzt noch genauso frisch wie damals, vor vierzehn Tagen, als er ihr seine Liebschaft gebeichtet hatte.

Mit ihrer spontanen Deutung, das Verhältnis mit dieser Frau, die er bei Installationsarbeiten kennengelernt haben wollte, sei sicherlich vorübergehend und er bald wieder ihr, und nur ihr Sami, hatte sie grundlegend falschgelegen. Sie hatte sich etwas vorgemacht. Zwei Wochen lang war sie in einem Ausnahmezustand gewesen, hatte das ganze Gefühls-Potpourri von tiefem Kummer über naive Hoffnung und rasende Wut bis hin zur Verleugnung der Wahrheit durchlebt, um schließlich erkennen zu müssen, dass es ihm bitterernst war.

Samuele wollte sie verlassen.

Allmählich war seine anfängliche Verlegenheit in Ungeduld übergegangen, gerade so, als machte er sie dafür verantwortlich, noch nicht bei dieser anderen eingezogen zu sein.

Gleichzeitig hoffte Camilla umso mehr, je länger sich sein Auszug aus der gemeinsamen Wohnung in Belvedere, jenseits des Dammes von Grado, hinzog, dass doch noch alles gut werden könnte.

Und dann war sie gestern bei ihrer Gynäkologin in Monfalcone gewesen.

»Gratuliere, Signora Benigni«, hatte die Ärztin, die ihren drängenden Wunsch nach einem Baby besser kannte als jeder andere, freudig lächelnd gesagt, »diesmal hat es geklappt. Die Mühen haben sich gelohnt. Sie sind schwanger.«

Camilla waren haltlos die Tränen übers Gesicht gelaufen. Freudentränen, hatte die Ärztin gemeint. Camilla hatte sie in dem Glauben gelassen.

Seither war sie auf der Suche nach dem richtigen Moment. Um ihm zu sagen, dass ihr Wunsch endlich in Erfüllung gegangen war.

Ein Teil von ihr war überzeugt, dass er jetzt bei ihr bleiben würde. Er konnte gar nicht anders, als zu bleiben, denn auch er hatte dieses gemeinsame Kind lange herbeigesehnt.

Es war ihre einzige und vielleicht letzte Chance.

»Ich möchte dir etwas sagen, Sami. Es ist wichtig. Und es hat etwas damit zu tun, dass ich heute Wasser statt Rotwein getrunken habe.« Sie sah ihn erwartungsvoll an, gespannt, wie lange es dauern würde, bis er verstand.

In seinem Gesicht mit den schönen markanten Zügen war nichts als Desinteresse zu erkennen.

Etwas krampfte sich in ihr zusammen. Sie hoffte, dass es nicht der Embryo war, der aufgrund ihres Kummers beschlossen hatte, sie ebenfalls zu verlassen.

»Camilla, es interessiert mich nicht mehr, was und wann du trinkst. Zwischen uns ist alles gesagt.« Er griff zum Glas, nahm einen großen Schluck Bier und rülpste.

Dieses Aufstoßen war für sie noch beleidigender als seine Worte.

Alles war schiefgelaufen.

Für heute Abend hatte sie sich dieses wichtige, ja, entscheidende Gespräch fest vorgenommen und bisher niemandem von ihrer Schwangerschaft erzählt. Und nun wollte Sami nichts davon hören.

Camilla putzte sich umständlich die Nase, schob den Stuhl zurück und räumte das Geschirr auf das Tablett. Teller und Gläser klirrten, als sie es in der Spüle abstellte. Mit der Hand fegte sie ein paar unsichtbare Krümel von der Arbeitsfläche, eine Bewegung, die Paulina, ihre zweijährige Katze, gespannt verfolgte. Immerhin eine, die Notiz von mir nimmt, dachte Camilla und hängte das Wischtuch über den tropfenden Wasserhahn. Dann zog sie ihre wattierte Jacke an und nahm die Handtasche und ihr geblümtes Wolltuch.

»Was soll das jetzt?«, fragte Samuele und ließ die Zeitung sinken.

»Ich fahre zu Mama. Warte nicht auf mich, ich schlafe dort. Du hast also freie Bahn.«

Als sie sein verblüfftes Gesicht sah, keimte wieder eine Spur Hoffnung in ihr auf. Vielleicht würde er zur Besinnung kommen, wenn sie einige Zeit wegblieb, von ihm, von der gemeinsamen Wohnung.

Sie holte ihr Fahrrad aus dem Schuppen und stieg auf.

Jetzt, Ende Oktober, war die Dämmerung bereits früh in die Nacht übergegangen, sie musste das Licht anschalten. Ein scharfer Wind ließ sie frösteln. Sie stopfte ihre Locken unter den Jackenkragen und schlang das Tuch um ihren Hals. Der Weg in die kleine Ortschaft mit dem schönen Namen Viola, in der ihre Mutter wohnte, war etwa sechs Kilometer lang. Sie würde ordentlich in die Pedale treten müssen.

Ehe sie losfuhr, zog Camilla ihr Smartphone aus der Jackentasche und vergewisserte sich, keine WhatsApp-Nachricht von Samuele übersehen zu haben. Enttäuscht öffnete sie die Musik-App, wählte eine Playlist aus und steckte die Kopfhörer in ihre

Ohren. Die Musik sollte ihr ein wenig Trost spenden und sie von der Dunkelheit ablenken. Zum Glück war es heute nicht nebelig, wie sonst meistens um diese Zeit.

Sie fuhr hinaus auf die Landstraße, überlegte kurz, sich bei ihrer Mutter anzukündigen, entschied sich aber dagegen.

Die Pinien entlang der Allee, die im Sommer ein schützendes Dach gegen die Sonne bildeten, warfen schwarze Schatten. Camilla fuhr an einigen Äckern vorbei, bis sich rechts neben ihr das Nachtblau der Lagune auftat. Dieser grandiose Anblick berührte sie immer wieder. Grados Lichter leuchteten von der gegenüberliegenden Seite, der schwache Schein begleitete ihren Weg.

Auf Höhe des nahen Campingplatzes wurde die Fahrt holprig. Die knorrigen Wurzeln der Bäume verzweigten sich unter dem Asphalt und warfen mächtige Wellen. Sie hatten schon so manchen Radfahrer zu Fall gebracht, außerdem war der Boden fast vollständig mit den braun gewordenen Nadeln der Pinien bedeckt. Camilla musste achtgeben, nicht bei einer unbedachten Bewegung auf dem glitschigen Belag auszurutschen.

Unzählige Gedanken gingen ihr durch den Kopf.

Bald nachdem sie das Haus verlassen hatte, war ihr endgültig klar geworden, dass Samuele nicht bei ihr bleiben würde. Auch dann nicht, wenn er von dem Kind wüsste. Es war vorbei. Ihre anfängliche Hoffnung, ein paar Tage ohne sie könnten ihren Freund zur Vernunft bringen, hatte sie bereits nach wenigen hundert Metern wieder verloren. Sie war dumm und naiv gewesen. Doch neben dem Schmerz um die bevorstehende Trennung wuchs nun die Gewissheit, das Baby trotzdem behalten zu wollen. Dann werde ich eben eine Alleinerzieherin sein, dachte sie trotzig. Unversehens spross neben dem Kummer ein gutes, ein zufriedenes Gefühl.

Die Weingärten auf beiden Seiten konnte sie nur erahnen, so dunkel war es inzwischen geworden. Nachdem sie ein altes Gehöft passiert hatte, bog sie nach links in Richtung Fiumicello ab. Um sie herum lagen nun Wiesen in mattem Grün, das die satte Farbe des Sommers längst verloren hatte.

In Boscat radelte sie an der kleinen Kirche vorbei. In dieser dunklen Nacht vermittelte sie ihr ein Gefühl der Geborgenheit.

Schmale Kanäle begrenzten jenseits des Ortsrandes die abgeernteten und stoppeligen Felder. Der kühle Wind frischte noch etwas auf. Camilla vergrub ihr Kinn in der Wolle und trat fester in die Pedale. Schwarz glänzte neben ihr das Wasser.

Ganz am Rande ihres Gesichtsfeldes löste sich etwas Dunkles, Unförmiges von den Sträuchern jenseits des Kanals und sprang über einen schmalen Steg auf die Landstraße. Camilla versuchte, dem vermeintlichen Tier auszuweichen, den Zusammenprall zu vermeiden, doch sie wurde von einer kräftigen Klaue gepackt. Im Fallen rammte sie ihren Ellbogen mit Gewalt gegen die Brust ihres Angreifers. Der taumelte und stürzte ebenfalls.

Camilla sprang auf und machte einen Satz in Richtung der Felder. Weg von der drohenden Gefahr, weg vom Kanal, hin zum Haus am Ende des Ackers. Dort wohnte eine ihrer Tanten, die ihr Zuflucht gewähren würde. Hunderte Male war sie als Kind dort gewesen, kannte den Weg blind.

Sie rannte ohne zu zögern los, wagte es nicht, sich umzudrehen, meinte, dadurch wertvolle Sekunden zu verlieren. Längst hatte ihr Unterbewusstsein die erschreckende Botschaft weitergegeben: Es war kein Tier, das da hinter ihr keuchte. Eine menschliche Bestie verfolgte sie.

Als ehemalige Leichtathletin beherrschte sie immer noch den Dreh des richtigen Atmens und der Steigerung der Geschwindigkeit. Sie rannte über Zweige, sprang über Steine und Wurzeln, streifte an Gestrüpp entlang, riss sich Arme und Beine an Verästelungen blutig und hörte, trotz ihrer Schnelligkeit, hinter sich das sich stetig nähernde Atmen ihres Angreifers.

Schneller, schneller. Sie musste sich, musste ihr ungeborenes Kind schützen.

Endlich schälte sich die Silhouette des hell getünchten Hauses aus der Dunkelheit. Ein paar Meter noch, dann war sie in Sicherheit.

»Tante!«, schrie sie. »Josefa! Hilfe! Mach auf!«
Verzweifelt hämmerte Camilla gegen die verschlossene Holztür. Sie wollte nicht glauben, dass kein Schein die Fenster erhellte. Die Erkenntnis traf sie wie ein Schlag in den Magen: Das Haus war verlassen.
Als Camilla sich umwandte, um in den Geräteschuppen zu fliehen, wurde sie grob nach hinten gerissen. Der Geruch nach feuchtem Moder drang in ihre Nase. Dann legte sich eine Hand über ihr Gesicht, nahm ihr die Luft zum Atmen und versperrte ihr die Sicht. Sie spürte, wie sie von starken Armen über den Boden gezerrt wurde, schlug mit den Beinen aus und bekam einen festen, schmerzhaften Stoß in den Rücken.
»Schlampe.«
Sie wurde hochgeworfen, verlor einen Moment die Bodenhaftung und prallte mit dem Gesicht voran auf die Erde. Ein schweres Gewicht legte sich auf ihren Rücken, lähmte ihre Bewegungen. Camilla spürte mit einem Mal keinen Schmerz mehr. Alles war taub. Sie konnte sich dem Unvermeidlichen ergeben, aber ...
Das Kind. Ihr Kind!
Die letzten Kräfte mobilisierend, schnellte sie hoch und rammte ihren Hinterkopf in das Gesicht ihres Angreifers, der zurücktaumelte und kurz von ihr abließ.
Camilla sprang auf und rannte. Es war so dunkel, dass sie bis auf den hellen Schatten des Hauses nichts erkennen konnte. Schon vernahm sie wieder den hechelnden Atem ihres Verfolgers. Erneut stürzte er sich auf sie. Gemeinsam gingen sie zu Boden.
Camilla wehrte sich panisch, und als er sie umdrehte und sich an ihrer Jeans zu schaffen machte, gelang es ihr, die linke Hand zu befreien. Aufschreiend stieß sie ihrem Angreifer die Finger ins verhüllte Gesicht und zerrte an dem Schal, der seine Gesichtszüge verbarg. Im entfernt vorbeigleitenden Scheinwerferlicht eines einzelnen Autos erkannte Camilla ihren Angreifer.
»Sie?«

Ein Schlag in ihr Gesicht ließ die Frage zu einem Krächzen werden. Kräftige Hände packten die Enden ihres Wolltuchs und zogen zu.

»Bitte verschonen Sie mich. Ich erwarte ein Kind«, wollte sie rufen, aber es war zu spät.

Dem hätte ich das nie zugetraut, war ihr letzter Gedanke, bevor die silbernen Sterne vor ihren Augen aufhörten zu tanzen und Dunkelheit sie umfing.

3

»Dummer Hund, so lass mich doch weiterschlafen!«
Jedes Mal das gleiche Spiel. Kaum setzte die Dämmerung ein, begann Volpe, sein Cockerspaniel, wie wild zu bellen und um das Bett seines Herrchens zu tanzen. Vielleicht war das der Grund, warum Eusebio Toncars Frau das Schlafzimmer schon längere Zeit nicht mehr mit ihm teilte. Jedenfalls war Eusebio jetzt hellwach und schaute in den hereinbrechenden Tag.

Nach dem Frühstück war die Dunkelheit einem strahlend klaren Herbstmorgen gewichen, und er machte sich gut gelaunt mit Volpe auf die übliche Runde. Erst als er sich weit genug vom Haus entfernt hatte, griff er zu seiner Pfeife und begann, sie zu stopfen. Der Cockerspaniel brauchte seinen Auslauf und Eusebio seine heiligen ungestörten Zeiten.

Genießerisch sog er den ersten Schwall Rauch ein. Der Hund, an Rituale gewöhnt, trottete friedlich neben ihm her.

Eusebio war zu dieser Stunde des Tages mit sich und der Welt zufrieden. Weder seine Frau noch seine Tochter schätzten es, wenn er rauchte. Beide schoben ihren Unwillen auf die Sorge um seine Gesundheit, tatsächlich aber, da machte er sich nichts vor, hassten sie den Gestank des Pfeifenqualms im Haus. So hatte es sich ergeben, dass er sich ausschließlich draußen, in freier Natur, sein Pfeifchen gönnte. Den Hund störte es nicht, der setzte andere Prioritäten. Volpe, der seinem Namen »Fuchs« alle Ehre machte, fahndete mit Begeisterung nach verschrecktem Getier in den Sträuchern und im Gestrüpp neben den Wegen.

Eusebio fand, dass das tintenblaue Wasser in den Kanälen einen schönen Kontrast zum Ockergelb der abgeernteten Felder und der schwarzen Erde der Äcker bildete. Beschwingt beschleunigte er seinen Schritt; dem Hund war es recht.

Heute Abend sollten sie endlich den Freund ihrer Tochter kennenlernen. Eusebio hatte sich immer gewünscht, einmal einen Schwiegersohn zu bekommen, der anständig zupacken konnte. In der Landwirtschaft gab es eine Menge zu tun, und der kleine Weingarten, sein ganzer Stolz, brauchte viel Pflege. Seine Tochter aber hatte zu seinen Ideen gelacht. »Papa, Mario ist IT-Manager in einem großen Konzern in Triest. Mit einem Bauernhof hat er nichts am Hut.«

Dann sollte es eben nicht sein.

»Wir schaffen es auch noch ein Weilchen ohne Hilfe.«

Der Hund, der ihn fragend ansah, schien kurz zu überlegen, was er entgegnen sollte, und wedelte dann bestätigend mit dem Schwanz.

Eusebio mochte den treuherzigen Blick, den sein Volpe ihm manchmal schenkte, kannte aber auch dessen Wutausbrüche. Er war überzeugt, dass diese Gefühlsumschwünge der Fellfarbe des Hundes geschuldet waren. Das Rotgold schien die Cockerwut zu begünstigen. Der neue Tierarzt machte sich darüber zwar lustig, aber Eusebio ließ sich von seiner Meinung nicht abbringen.

Gutmütig hob er das mitgebrachte Stöckchen und warf es einige Meter weit auf den rechts der Straße liegenden Acker. Fast gelangweilt setzte der Hund zum Sprung an und trottete über die dunkle Erde, bis er das Holz erreichte. Gemessenen Schrittes brachte er es zu seinem Herrchen zurück und hob, nach Lob heischend, den Kopf.

Eusebio strich lachend über sein Fell. »Du bist ein guter Kerl«, sagte er an seiner Pfeife paffend.

Er richtete sich auf und drehte sich einmal um die eigene Achse. Ganz genau so mochte er diese Jahreszeit. Im Herbst fiel es ihm leicht, sich immer wieder aufs Neue in die Landschaft zu verlieben. Die Sonnenstrahlen hatten ihre hochsommerliche Kraft verloren, und die Luftfeuchtigkeit und Schwüle, die ihm den Atem nahm, war der erfrischenden und angenehmen Kühle des Oktobers gewichen. Auch auf den Straßen war es ruhiger geworden. Die Touristenschwärme mit ihren Mountainbikes, Motorrädern und Autos hatten die idyllische Lagunenlandschaft längst verlassen und waren bis zum nächsten Frühjahr in den Norden zurückgekehrt.

Weit vor ihm glänzte etwas Unförmiges metallisch neben der alten Landstraße. Schon wieder achtlos abgelegtes Gerümpel, dachte er irritiert. Eben noch hatte er die Reinheit und Ruhe der Wege genossen, hatte sich gefreut, nicht über leere Bierdosen, Weinflaschen und Überreste von schlecht entsorgten Picknicks zu stolpern, und jetzt das. Verstimmt näherte er sich dem vermeintlichen Abfall und erkannte, dass es sich um ein Fahrrad mit verbogenem Lenker handelte.

Hatte es einen Unfall gegeben?

Er stellte das Rad auf und lehnte es an eine Zypresse. Bis auf die Lenkstange schien alles in Ordnung zu sein. Sollte er es zur Polizeistation schieben? Gleich daneben, das wusste er, gab es ein Fundbüro.

Während er überlegte, begann Volpe ungeduldig zu bellen. Der Hund rannte an den Bäumen vorbei und lief über den dahinterliegenden Acker.

»Volpe, bei Fuß, wir machen uns auf den Rückweg.«

Eusebio ließ seinen Blick noch einmal über die herbstlich eingefärbte Landschaft schweifen, dann wandte er sich wieder dem Fahrrad zu. Er würde es nach Hause mitnehmen und von dort auf der Polizeidienststelle in Fiumicello anrufen. Die würden schon wissen, was zu tun war.

Ungeduldig pfiff er nach seinem Hund, der über eine kleine Brücke zu ihm zurückgelaufen kam und an ihm hochsprang. Eusebio machte einen abwehrenden Schritt nach hinten und nahm ihn kurzerhand an die Leine. Volpe wehrte sich erfolglos und zog dann in die Richtung, aus der er eben gekommen war.

Das Rad neben sich herschiebend, ging Eusebio ein Stück, als er im Wasser des Kanals etwas Formloses treiben sah.

»Sitz«, befahl er und trat ans Ufer.

Erschrocken taumelte er zurück. Wie ein nachlässig aufgeklappter Fächer, den jemand im Wasser entsorgt hatte, breiteten sich Haare auf der trüben Oberfläche des Kanals aus.

Eusebio zwang sich dazu, genauer hinzusehen, und wünschte, er hätte es nicht getan.

Einige Strähnen hatten sich im Tamariskengestrüpp verfangen und hielten so einen leblosen menschlichen Körper an Ort und Stelle, der im Wasser sanft vor- und zurückschwang. Der Szenerie wohnte ein Rhythmus inne, der Eusebios Herzschlag zum Stolpern brachte.

Hustend griff er sich an die Brust. Das Telefonat, das er von daheim führen wollte, würde länger dauern, als er gedacht hatte.

4

Die Straßenlaternen erhellten mit ihrem fahlgelben Licht die dürren, entlaubten Baumkronen der Pinien.

Maddalena rekelte sich. Sie stand mit nackten Füßen an einem jener Fenster ihres Hauses, die auf die Fußgängerzone hinausgingen. Kein Mensch war um diese frühe Morgenstunde unterwegs, nicht einmal Laura, das kleine Mädchen, das die Brötchen für Signor Pasquale, den Gradeser Bäcker, austrug. Sogar die Möwen hatten ihre Köpfe noch unter dem Gefieder, kein Geschnatter, kein Geschrei, kein Gezänk war zu hören. Die ungewohnte Stille klang überlaut in Maddalenas Ohren.

Der Sommer in Grado war leider endgültig vorbei. Immer weniger Tage erinnerten mit herrlich wärmenden Sonnenstrahlen daran. Obwohl im rauen Karst aufgewachsen, fror Maddalena ständig. In ihrem Heimatort Santa Croce fegte die Bora wild über die Häuser und ließ selten Behaglichkeit aufkommen. Maddalena hatte sich nie daran gewöhnen können, auch wenn sie mitunter den ewigen Wind genoss.

Gut gelaunt ging sie unter die Dusche. Sie war neugierig auf die Überraschung, von der Franjo gesprochen hatte. Verraten hatte er nichts, nur darauf bestanden, dass sie vor zehn Uhr bei ihm in Dol pri Vogljah sein sollte. Sie hatte sich heute freigenommen, der 28. Oktober war ihr vierunddreißigster Geburtstag.

Ihre Mutter hatte gestern Abend aus Mailand angerufen und sie daran erinnert, gerade so, als könnte Maddalena es vergessen. Mit vorwurfsvollem Unterton hatte sie angemerkt, dass Maddalena bereits eine späte Erstgebärende wäre, sollte sie endlich ein Kind erwarten.

»Zu viel Konjunktiv«, hatte sie ihrer Mutter geantwortet und dabei gelacht. Insgeheim musste sie aber zugeben, dass auch sie an manchen Tagen die biologische Uhr sehr deutlich ticken hörte. Immer öfter fühlte sie so etwas wie Kummer, vielleicht auch einen Hauch Besorgnis darüber, bisher noch keine eigene Familie gegründet zu haben.

Sie hatte einige wenige Freunde gehabt, jedoch nie etwas Ernstes. Dann war Franjo gekommen und mit ihm eine gute, sehr gute Zeit. Eine Zeit, der sie durch ihre Affäre mit Tomaso selbst ein trauriges Ende bereitet hatte. Unausweichlich folgte ein abrupter Cut, kurz vor der geplanten Hochzeit.

Die Monate danach hatte sie sich in die Arbeit geflüchtet, sich in alte Fälle verbissen, und war dankbar für jede Aufgabe gewesen, auch wenn es sich dabei nur um ein weiteres Verbrechen gehandelt hatte. Die Kriminalität hatte sie erfolgreich davon abgehalten, im Kummer um den selbst verschuldeten Verlust des Geliebten zu versinken. Absurd, aber effektiv, wenn sie so darüber nachdachte.

Dann, eines Tages im letzten April, war sie von Mateja, Franjos Mutter, angerufen und zu deren achtzigstem Geburtstag eingeladen worden. Dort waren Franjo und sie erneut aufeinandergetroffen, und der alte Funke sprang sofort über.

»Der abgerissene Strick«, hatte der die deutschen Poeten und vor allem Bertolt Brecht liebende Franjo bei einem ihrer darauffolgenden Treffen deklamiert, »kann wieder geknotet werden, er hält wieder, aber er ist zerrissen. Vielleicht begegnen wir uns wieder, aber da, wo du mich verlassen hast, triffst du mich nicht wieder.«

Maddalena beabsichtigte, ihn vom Gegenteil zu überzeugen, auch wenn sie sich natürlich darüber im Klaren war, dass es vieles, ziemlich vieles sogar, zwischen ihnen gab, über das sie vorerst besser schwiegen.

Es lief nun wieder seit knapp fünf Monaten. Sein Zitat war eine recht zutreffende Beschreibung dessen, was sich zwischen ihr und Franjo abspielte. An ein Mehr verbot sie sich beharrlich zu denken. Es brauchte eben seine Zeit.

Noch in der Duschkabine rubbelte sie ihre Haut so rosig, dass sie prickelte, und drückte das Wasser aus ihren dunklen Locken, ehe sie sie in Form schüttelte. Luftgetrocknetes Haar mochte Franjo am liebsten.

Kritisch betrachtete sie sich im Spiegel. Ihre Nägel bräuchten wieder einmal eine Generalüberholung, ansonsten war sie mit dem, was sie sah, zufrieden.

Mit immer noch nackten Füßen tappte sie zum Fenster im Schlafzimmer, das den besten Blick auf das Meer bot. Sie hatte entschieden, aus Angelina Marias ehemaligem Wohnraum ihre Schlafstatt zu machen. Hier fühlte sie sich am meisten mit der Natur verbunden.

Der Morgenmantel floss um ihren Körper. Er war aus Seide, besser noch, er war ein Geschenk von Franjo.

Träumerisch stützte Maddalena ihren Kopf auf die Handflächen und beobachte die heranrollende Flut. Graue Wolken hingen über dem Wasser. Nur verschwommen konnte sie die Linie des Horizonts ausmachen, der Himmel war von einem diesigen Rauchblau überzogen. Heute war es nicht nebelig, der Tag versprach schön zu werden.

Ein Lächeln stahl sich auf ihre Lippen.

Franjo.

Seine Versprechungen hatte er mehr als nur eingehalten. Die Innenräume der alten Villa, die Maddalena von Angelina Maria geerbt hatte, waren nicht wiederzuerkennen. Fulvio, der alte Freund ihres verstorbenen Vaters, hatte Franjo entgegen seiner ursprünglichen Absicht, ihr das Haus abzuluchsen, bei der Renovierung tatkräftig unterstützt.

Stolz sah sie sich um. Die Küche war nun das Prunkstück des Hauses. Glänzender Edelstahl, schimmerndes Holz und kühler Marmor. Neben dem Gasherd und den Induktionsflächen das Backrohr auf der Höhe ihres Gesichtes. Alles perfekt angeordnet und bestens durchdacht. Und das für sie, die sie gerade mal Spaghetti alle vongole zustande brachte.

»So viel Küche für so wenig Kochtalent«, hatte sie gemeint, als Franjo ihr die Pläne präsentierte.

»Das wird sich ändern«, versprach Franjo, und Maddalena hatte daran denken müssen, wie sie damals, vor der Hochzeit, überlegt hatten, hier in Grado ein Restaurant für ihn zu eröffnen. Sie hatte eben erst die Stelle als Commissaria angetreten, und es wäre ihr nur schwer möglich gewesen, täglich von Dol pri Vogljah zu ihrer Arbeit zu pendeln.

Nun, es war nichts aus Franjos Ortswechsel geworden, er kochte immer noch oben im Karst, und sie war auf Tomaso reingefallen, weshalb sie schon bald nicht mehr hatte pendeln müssen. Seither hatten sie das Thema einer gemeinsamen Wohnung behutsam gemieden. »Ich bin eben eine Liebe auf Zeit«, war einer dieser lockeren Sprüche zwischen ihnen, der, obwohl leicht dahingesagt, eine gewisse Dosis Bitterkeit nicht verhehlen konnte.

Maddalena seufzte. Sie schlüpfte in Jeans, ein Shirt und den neuen Kaschmirwollpulli aus dem Outlet im Erdgeschoss des Zipser-Hauses direkt nebenan, und band die noch feuchten Locken zu einem losen Chignon am Hinterkopf zusammen. Dann stieg sie in ihre Stiefel und nahm Motorradjacke und Helm vom Garderobenhaken.

Der Moto Guzzi hatte sie längst schon einen festen Platz im Garten vor der Villa gegeben. Wann immer sie daran vorbeiging, streichelte sie liebevoll über dieses letzte chromblitzende Andenken an ihren Vater. Kurz war sie versucht, ihr Handy zu Hause zu lassen, um einen ungestörten Tag mit ihrem Liebsten zu verbringen, doch ihr Verantwortungsbewusstsein siegte. Als Commissaria der Polizeidienststelle musste sie jederzeit erreichbar sein.

Maddalena fuhr gegen den Wind. Sie liebte dieses Gefühl der Freiheit, das sie stets überwältigte, kaum dass sie Grado verlassen hatte. Voller Vorfreude gab sie Gas und preschte eine halbe Stunde später durch die karge Landschaft des Karstes. Beherrscht von den Farben Grau und Braun, wirkte die Gegend um diese Jahreszeit wenig einladend. Ganz im Gegensatz zu den Sommermonaten, in denen sich eine Unzahl von Wanderern zwischen den charakteristischen Dolinen, Steinmäuerchen, Hecken, Bäumen und Sträuchern herumtrieb.

Ihrer Mutter, das wusste sie, war es nicht recht, dass sie die Moto Guzzi aus der Garage des elterlichen Hauses in Santa Croce nach Grado gebracht hatte, sie befürchtete, die Strecke wäre zu gefährlich. Ganz verdenken konnte man es ihr nicht, schließlich war Maddalenas Vater Opfer eines Verkehrsunfalles geworden.

Bei Opicina stoppte Maddalena und blickte auf das Meer. Der Tag war klar, und die Bucht von Triest schien nur wenige Meter entfernt zu sein. Jedes Mal begeisterte sie sich aufs Neue an den wechselnden Schattierungen der See.

Sie stieg wieder auf und fuhr an den schroff aufragenden Felsen von Col vorbei. Als sie wenig später hinter dem alten aufgelassenen Grenzübergang nach Dol pri Vogljah abbog, begann ihr Herz wie wild zu klopfen.

»Maddalena ist da!«, hörte sie Franjos Mutter rufen, kaum dass sie den Helm abgenommen hatte.

Franjo stand knapp hinter dem ewig mürrischen Miroslav auf der Terrasse und sah sie einfach nur an. Maddalena lief auf ihn zu und umarmte ihn stürmisch, ungeachtet der strengen Blicke seines Kellners.

»Alles Gute zum Geburtstag, junge Commissaria.« Mateja lächelte. »Mein Sohn hat etwas Besonderes für dich vorbereitet.«

»Mama«, wies Franjo sie zurecht, »verdirb ihr und mir nicht die Freude.«

Maddalena warf ihm einen neugierigen Blick zu. Er aber schüttelte nur den Kopf und zog sie zu seinem Auto.

»Servus, Sre no, Ciao!«, rief er in Richtung seiner Mutter und des angesichts seines sprachlichen Frohsinns erstaunten Kellners und startete den Motor.

»Du hast gute Laune.« Maddalena streichelte seinen Nacken und wunderte sich über den intensiven Gewürzduft im Inneren des Wagens. »Neues Aftershave?« Sie kitzelte seinen Hals.

»Richtig geraten.« Er nickte, grinste dabei aber breit und deutete auf die Rückbank.

Ein Weidenkorb, der sich als randvoll gefüllter Picknickkoffer entpuppte, stand auf einem rot karierten Tischtuch. Daher also kam der appetitanregende Geruch. Maddalenas Magen begann zu knurren, das Wasser lief ihr im Mund zusammen. Sie hatte, außer einem schnellen Espresso daheim, kein Frühstück gehabt.

Endlich verriet Franjo, dass sie nach Prepotto fuhren. »Dem Dorf bei Pelagio«, präzisierte er, da es eine Unzahl kleiner Ansiedlungen mit demselben Namen gab.

»Und dort picknicken wir im Freien?«, fragte Maddalena fröstelnd, den eiskalten weißen Kalkstein des Karstgebietes vor Augen.

»Im Kofferraum sind Decken und eine Thermounterlage. Wir werden nicht erfrieren – und außerdem«, er zeigte aus dem Fenster, »ist die Sonne eben herausgekommen. Das ist der Grund, weshalb du schon um zehn Uhr bei mir sein solltest. Um die Mittagszeit ist es warm genug, um draußen zu essen. Und der Terrano wird uns von innen wärmen.«

Maddalena wusste, dass Franjo die Weine für sein Gasthaus von Winzern aus der Gegend bezog. Viele der Weinbauern hatten einen, manchmal zwei spezielle Sieger, mit denen sie Preise in Wettbewerben erzielten. Der Terrano aus Prepotto, den sie dabeihatten, war einer davon.

»Das heißt«, mutmaßte sie, »du verbindest das Romantische mit dem Nützlichen.«

»Ertappt. Ich muss eine Lieferung Vitovska bestellen und den Jahrgang prüfen. So haben wir also zum Roten noch einen weißen Schluck.«

»Du willst mich betrunken machen?«

Er nickte heftig und hielt.

Maddalena lachte, zwinkerte ihm übermütig zu und stieg aus dem Wagen. Vor ihnen dehnte sich die karge graubraune Landschaft, die durch die Sonnenstrahlen zum Leuchten gebracht wurde, bis zum Horizont. Sie mochte den Kontrast des rötlichen Lehmbodens zum hellen Kalk. Das Zusammenspiel der unterschiedlichen Farbtöne machte nicht zuletzt die Einzigartigkeit dieser Gegend aus. Unter ihnen spiegelte sich der blaue Himmel im Meer, und sie genossen ein paar Augenblicke der Stille und den weiten Blick über die Bucht von Triest.

»Komm«, sagte Franjo schließlich und schulterte den Picknickkorb. »Kannst du bitte die Decken nehmen. Es ist nicht weit.«

Sie gingen einen sich an Weingärten vorbeischlängelnden Pfad entlang, der so schmal war, dass sie darauf nebeneinander keinen Platz hatten. An einem sonnendurchfluteten Fleck bereiteten sie ihr Picknick vor.

Franjo hatte nicht zu viel versprochen. Abgesehen vom Wein holte er eine Artischocken-Frittata, ein Glas mit Jota-Suppe, Karstschinken, Käse, Pflaumen, einen Laib dunkles, körniges Brot und einen Topf Hühnerleberpastete aus dem Korb. Auch verschiedene Marmeladen, Birnen und frisches Weißbrot kamen zum Vorschein.

Maddalena schlang ihre Arme um Franjos Hals.

»Dein Telefon hat noch gar nicht geläutet«, flüsterte er in ihr Haar. Seine Stimme kitzelte ihr Ohrläppchen. »Oder hast du es zur Feier des Tages daheim gelassen?«

»Ich hatte es mir überlegt. Das geht leider nicht. Aber ich scheine so unbeliebt zu sein, dass mir außer dir, deiner und meiner Mutter und den Kollegen Zoli und Legolas«, sie musste lachen, »niemand gratuliert hat.«

»Heißt denn Arturo Fanetti mittlerweile für alle Legolas?«

»Nein, das ist weiterhin ein Insiderwitz zwischen Zoli und mir, weil er dem Elbenprinzen aus dem Herrn der Ringe so ähnlich sieht.«

Franjo schmunzelte.

Maddalena bemerkte die kleine Flasche Champagner in der Stoffmanschette und die hübschen Gläser erst, als sie das leise Ploppen des Korkens hörte. Franjo hatte an alles gedacht.

»Bevor wir anstoßen, zeige ich dir etwas.«

»Mein Geschenk?«

Er nahm lächelnd ihre Hand und führte sie ins Unterholz neben dem Weg. »Das hier ist der Schaugarten des Winzers. Eine Gedächtnisstätte des Ersten Weltkrieges. Hier verlief ein Teil der Front.«

Die Holztafeln mit den Inschriften waren ihr schon zuvor aufgefallen. Maddalena, der die Historie wenig bedeutete, zuckte innerlich mit den Schultern, hütete sich aber, ihr Desinteresse zu zeigen. Sie wollte Franjos Begeisterung nicht mindern, unterdrückte ein Gähnen und ließ sich von seiner Erzählung und den Sonnenstrahlen berieseln. Dabei überlegte sie, wie angenehm die Ruhe der letzten Wochen auf der Polizeistation gewesen war. Der Commandante hatte Urlaub genommen, befand sich vermutlich auf Wildschweinjagd, und die tägliche Arbeit bestand aus Routine. Lange schon hatte sich die Aufregung wegen des Mordes an einem jungen Mädchen im Mai und der Verhaftung des geistig beeinträchtigten Täters gelegt. Einige Zeit noch hatte Maddalena Zweifel an der Auflösung dieses Falls verspürt, aber das Geständnis des schwerfälligen Mannes war eindeutig gewesen.

»Tesoro, hörst du mir überhaupt zu?«

»Selbstverständlich, Amore«, beeilte sie sich zu sagen und sah ihn betont interessiert an.

»Schwindlerin.« Franjo lachte und zog sie an sich.

Sein Mund fühlte sich warm und vertraut an. Er lehnte sich an einen der Kalkfelsen und musterte sie.

»Maddalena«, sagte er ein wenig atemlos. Er zögerte kurz. »Hier gibt es natürlich entstandene Schießscharten.« Seine Hand wanderte über die Vertiefungen, die durch die Erosionen des Steins entstanden waren.

»Das wolltest du mir also sagen? Los, du Feigling, lass hören, was du wirklich auf dem Herzen hast.«

Sanft machte er sich von ihr los und zog eine kleine Schachtel aus der Tasche seiner Jeans.

»Kein Geschenkpapier, keine Schleife?«, empörte sich Maddalena grinsend.

»Nur Inhalt.«

Mit klopfendem Herzen beobachtete sie, wie er den Deckel aufschnappen ließ. Der Kreis aus Diamanten glitzerte im Sonnenlicht.

»Franjo!«

»Ich weiß, dass ich nicht immer dieser Ansicht war, aber ich

glaube, wir haben eine Chance, ganz von vorne zu beginnen.«
Seine Stimme war leise und rau. »Ja oder nein?«

Er sah sie ernst an. Bevor Maddalena antworten konnte, begann ihr Handy zu brummen.

»Zoli«, entgegnete sie, »da muss ich abheben.«

Sie sah die Enttäuschung in Franjos Augen und hörte gleichzeitig die aufgeregte Stimme ihres Kollegen.

»Commissaria, Sie müssen kommen. Wir haben eine Leiche.«

Franjos Verbitterung war fast körperlich spürbar. Sie stand wie eine Wand zwischen ihnen.

5

Es wurde spät hell. Um sieben Uhr morgens war es immer noch dunkel. Ginevra Missoni sah aus dem Fenster und seufzte.

Das diffuse Licht machte es ihr nicht leichter, aber so schlimm, sagte sie sich, war das düstere Grau auch wieder nicht. Die Vormittage zeigten sich schließlich seit geraumer Zeit nebelverhangen und regnerisch. Kein großer Unterschied. Sie war fast schon daran gewöhnt, beim täglichen Lauftraining entweder gegen die Dunkelheit oder gegen eine ihr den Atem raubende Nebelwand anzukämpfen.

Nur gestern hatte sich das Wetter zur Abwechslung von seiner besten Seite gezeigt: ein blauer Himmel mit einer unverschämt starken Sonne, die ihre Wangen zum Glühen gebracht hatte. Und das Ende Oktober.

Jemand mit weniger Ehrgeiz als Ginevra hätte das selbst gewählte Programm längst aufgegeben. Aber leicht fiel es ihr bei Gott auch nicht. Sie nahm ihre Schuhe, ging hinaus, lehnte sich an die Mauer des überdachten Flurs vor Onkel Giuseppes Garçonnière und starrte hinunter auf das stürmische Meer, das weit über die kleinen Felsen auf die Promenade schäumte. Der Strand war menschenleer, und die Möwen flohen vor der nahenden Flut. Nebelschleier zogen über das Wasser. Entschlossen schnürte Ginevra die schwarzen Laufschuhe, strich über ihren schwarzen Jogging-Dress, der wie eine zweite Haut an ihrem Körper klebte, und zog die dunkle Sturmmütze über ihre Haare.

Nein, unsichtbar war sie immer noch nicht, aber dieses Outfit vermittelte ihr das größtmögliche Gefühl von Sicherheit.

Sie war sich bewusst, dass dieses Gefühl trügerisch war, die Bezeichnung schwarzer Schatten traf es wohl eher.

Den Lift nahm sie so gut wie nie, der Spurt durch das Treppenhaus ins Erdgeschoss des Zipser-Hauses war Teil ihres täglichen Lauftrainings.

Draußen fielen erste Regentropfen, der Nebel eroberte zügig den Ort. Wie ein dunkler Scherenriss, der sich von den gekalkten Mauern der Stadt abhob, lief Ginevra vor sich selbst davon, da machte sie sich nichts vor.

Anfangs war es um ein Vielfaches schlimmer gewesen.

Natürlich hatte ihr Fliehen mit dem zurückliegenden Übergriff auf ihre Person zu tun, aber inzwischen diente die tägliche Anstrengung auch ihrer körperlichen Ertüchtigung. Sie war gewissermaßen zu einer unter militärischen Gesichtspunkten geplanten Vorsichtsmaßnahme geworden. Das Laufen machte sie fit und gab ihr die notwendige Kraft, künftigen Bedrohungen angemessen zu begegnen. Sie hatte sich vorgenommen, nie wieder Opfer zu sein.

Ginevra war ihrem Onkel Giuseppe unendlich dankbar. Seine Worte waren es letztendlich gewesen, die sie aus ihrer Lethargie herausgerissen und ihren Körper wieder in das verwandelt hatten, was er sein sollte: eine lebendig pulsierende Membran und keine elende Hülle, die Hirn und Herz erdrückte. Er hatte verstanden, dass es ihr nicht half, voller Mitgefühl umsorgt zu werden, dass sie jeder Schritt in ihr altes Leben nur stärker in ihre Opferrolle zurückdrängte, und ihr einen Ausweg eröffnet.

»Ich habe eine kleine Garçonnière im obersten Stock des Zipser-Hauses in Grado. Wie wäre es, wenn du für eine Weile dort einziehst?«, hatte er ihr im Mai, bald nach dem Geständnis von Toto Merluzzi, angeboten.

Sie hatte nur noch zugreifen müssen.

Mama und Papa hatten das Ganze nicht so gut aufgenommen, sie waren von Ginevras Entschluss, eine Auszeit vom Jurastudium zu nehmen, nicht eben begeistert. Aber das war das Problem ihrer Eltern, nicht ihres. Eine nachvollziehbare Besorgnis, auf die sie keine Rücksicht nehmen konnte. In erster Linie ging es um sie. Darum, ihrer Seele das Überleben zu ermöglichen. Alles andere war im Moment zweitrangig, würde sich mit der Zeit ergeben.

Oder eben auch nicht.

Ihr Chef hatte gar kein Verständnis gezeigt und nicht in die von ihr vorgeschlagene längere Auszeit einwilligen wollen, also hatte sie den Job in der Udineser Bar kurzerhand und ohne Bedauern gekündigt.

Vor allem ihre Mutter machte sich Sorgen. Anfangs hatte sie recht enthusiastisch den Vorschlag gemacht, eine ihrer Freundinnen, die Leiterin der Gradeser Bibliothek, darum zu bitten, Ginevra in deren heiligen Hallen einen Job zu verschaffen, aber die Weigerung ihrer Tochter, daran auch nur zu denken, hatte den mütterlichen Energieschub übergangslos in weinerliche Larmoyanz umschlagen lassen.

»Kind, ich habe es gut gemeint. Wer wird für dich sorgen, wenn du arbeitslos bist und ganz allein in Grado sitzt?«

Ginevra hatte gleichgültig mit den Achseln gezuckt. »Mama, ich suche mir schon selbst etwas.«

Sie wollte es eben so und wusste, dass ihr Vater und Onkel Giuseppe sie in ihrem Vorhaben unterstützten und Verständnis für ihren Wunsch nach Einsamkeit zeigten.

So hatte es sie also hierher, in das schöne historische Zentrum der kleinen Adriastadt verschlagen. Besonders genoss sie den Luxus, von ihrer Wohnung in dem konkav geschwungenen Haus direkt am Meer die rasch wechselnden Farben des Wassers bestaunen zu können. Die Abwesenheit ihrer Eltern empfand sie nicht als Verlust.

Lorenzo Gaberdan, ihr Professor und Liebhaber, war ihr ebenfalls abhandengekommen. Auch das bedauerte Ginevra nicht. Sein Zorn, als einer der Verdächtigen in ihrem Fall gegolten zu haben, war für sie die Bestätigung der fehlenden Tiefe seiner Gefühle ihr gegenüber. Die Gefahr, als Stiefmama für seine Kinder herhalten zu müssen, hatte sich damit auch erledigt.

Und Alessandro? Ihr nach schwarzen Oliven und Tomatenpizza riechender Kommilitone wollte nicht von ihr lassen. Immer noch versuchte er, durch eindringliche, fast schon pathetische WhatsApp-Nachrichten ihre Gunst zu erlangen. Geantwortet hatte sie nie.

Unreif, dachte Ginevra ein ums andere Mal, kindisch und unbedeutend, dann löschte sie das Geschriebene ohne Bedauern.

Beide Lover waren inzwischen geschmolzener Schnee von gestern, auch ihre Accounts bei diversen sozialen Medien hatte sie aufgegeben.

Manchmal erschreckte es sie noch, dass sie sich damals ernsthaft auf diese doppelte Mesalliance eingelassen hatte. Zumal es in Wahrheit nicht Ernsthaftigkeit, sondern etwas anderes gewesen war – vielleicht, sie rätselte selbst, ein oberflächlicher Kitzel, zwischen zwei Männern zu stehen. Doch lange grübelte sie nie darüber nach. Das gehörte nicht mehr zu ihrem Leben.

Viel, beinahe alles hatte sich innerhalb kurzer Zeit geändert. Am seltsamsten fand sie, dass das an ihr begangene Verbrechen ihre Gier nach Zigaretten völlig erstickt hatte. Nie wieder war in ihr Lust aufgekommen, erneut damit zu beginnen, Gift in ihre Lunge zu ziehen. Stattdessen hatte sie ihre Ernährung umgestellt. Sie, die früher bevorzugt Rotwein, Pizza und Junkfood in sich hineinstopfte, war nun darauf bedacht, ihrem Körper nur das zuzuführen, was er ihrer Meinung nach wirklich brauchte. Gesundes Essen, körperliche Ertüchtigung und Alkoholabstinenz bestimmten ihr Denken und Handeln. Sogar ein computerchipgesteuertes Lederband, das Auskunft darüber gab, wie viel sie täglich trainierte, trug sie am Handgelenk.

Ginevra trotzte erfolgreich ihren alten Leidenschaften, sie vermisste sie nicht. Zu einem guten Teil war das auch der neuen Therapeutin geschuldet.

Ausgerechnet die Commissaria mit den wilden Locken hatte eines Nachmittags unangemeldet vor ihrer Tür gestanden und sie gedrängt, hier in Grado eine Therapie zu beginnen. Die Polizistin hatte erfahren, dass Ginevra ihre Psychotherapie in Monfalcone mit dem Umzug abgebrochen hatte.

Zuerst wehrte Ginevra sich heftig dagegen, aber schließlich konnte die Degrassi sie davon überzeugen, dass es mit einem Ortswechsel allein nicht getan wäre, es müssten noch weitere

Schritte in ein neues Leben erfolgen. So hatte sie sich zwar nicht ausgedrückt, sie sprach von den möglichen Gefahren erheblicher Schäden der Psyche und davon, dass die so zu verhindern wären, und ergänzte, dass die Behandlung kostenlos sei, weil der Opferschutz die Kosten übernehme. Aber Ginevra hatte vor allem das Argument des völligen Neubeginns überzeugt.

Ob es in Grado denn üblich wäre, sich nach Abschluss eines Falles weiter um die Opfer zu kümmern, hatte sie die Commissaria lächelnd gefragt. Der schien die Frage unangenehm zu sein, sie verwies heftig auf das tragische Schicksal von Violetta Capello, die ebenfalls ein Opfer des Mannes geworden war, der Ginevra in jener Nacht auf der Landstraße überfallen und vergewaltigt hatte. Violetta Capello konnte keine Hilfe annehmen und das Erlebte nicht verwinden, sie hatte bald nach der Tat Selbstmord begangen.

Ginevra war klar, dass auch sie sich längere Zeit gesträubt hatte, ihr Schicksal zu akzeptieren. Nur verzögert hatte sie an sich selbst die Krankheitszeichen der posttraumatischen Belastungsstörung erkannt. Inzwischen sprach sie mit Dottoressa Beato in aller Offenheit über ihr nächtliches Hochschrecken aus quälenden Alpträumen, über auch im Wachzustand blitzartig auftauchende, verstörende Bilder, die von ihrer Therapeutin »Flashbacks« genannt wurden, und über ihre Schweißausbrüche, unter denen sie unvermutet litt. Sie hatte Vertrauen gefasst, und sie merkte, dass die Sitzungen ihr guttaten. Nur den Verfolgungswahn, den Dottoressa Beato andeutete, hielt Ginevra schlichtweg für Unsinn. Das ständige Gefühl, beobachtet und verfolgt zu werden, war ganz bestimmt nicht in den Kanon der Symptome einzureihen, sondern absolut real. Immer noch war Ginevra davon überzeugt, dass der Serienvergewaltiger und Mörder in ihrer Nähe war. Sie wusste, dass der Täter gestanden hatte und sich in Gewahrsam befand. Und dennoch.

Sie schüttelte sich. Erhöhte Vorsicht stand auf Ginevras Liste jedenfalls ganz weit oben.

Es war kühl. Regen prasselte auf ihre Mütze und ließ sie ihr Tempo beschleunigen. Immer noch hing der Nebel wie eine Glocke über dem Ort. Kaum einen Meter weit konnte sie sehen, und ihr war, als würden alle Geräusche in ein Vakuum eingesogen. Sie war allein auf der Welt. Es gab niemanden außer ihr, nur Regen und Nebel. War das die »Sicherheitszone«, von der die Dottoressa gesprochen hatte?

Wohl eher nicht.

Vorsichtig tastete Ginevra nach ihrem ständigen Begleiter, dem Pfefferspray in der Außentasche ihrer Nylonjacke.

Der Regen wurde immer heftiger, und damit verstärkte sich auch ihre Erinnerung an jene Gewitternacht, als die Blitze über den schwarzen Nachthimmel zuckten und peitschendes Nass die Straßen überschwemmte. In den Wochen danach hatte sie sich bei schlechtem Wetter nicht dazu bringen können, die Wohnung zu verlassen, aber dann hatte der Zorn sie gepackt.

Wer, zur Hölle, war sie?

Ein gehbehinderter Schatten, ein fremdbestimmtes Wrack?

Nein, sie war immer noch Ginevra Missoni, eine Frau, die sich wehren konnte, eine, die zu kämpfen verstand!

Am alten Fischerhafen stand der Nebel so dicht, dass die Masten der Segelboote gänzlich im silbrigen Weiß verschwanden. Nur das durch den Wind in der Takelage verursachte feine Klingelgeräusch erinnerte an ihr Dasein.

Tief atmete sie den Geruch nach verdorbenem Fisch ein.

Plötzliche Furcht ließ sie innehalten. Ein Blick auf die Uhr bestätigte Ginevra, was sie ohnehin wusste: Für ihre Therapiestunde war es noch viel zu früh. Wieder beschleunigte sie ihren Schritt, wurde schneller und schneller, versuchte, das Grauen, das sie eben erfasst hatte, dort zu lassen, im alten Hafen, und zog es doch mit sich. Irgendwann blieb sie stehen und lehnte sich erschöpft an eine Hausmauer. Sie keuchte, hatte sich völlig vorausgabt.

Für heute war es genug. Duschen würde sie und sich noch einen Cappuccino genehmigen. Der Geruch von frisch gebackenen Brioches stieg ihr in die Nase. Ein Hauch von Normalität. Ja, beschloss sie, Zucker und Koffein.

Ohne zu schauen, lief sie über die Straße.

Den Wagen hatte sie weder gehört noch sah sie ihn. Der Nebel war schuld. Ginevra wurde nur leicht am Arm gestreift, aber sie stolperte und fiel.

Mit quietschenden Reifen blieb das Auto neben ihr stehen. Ein Mann sprang heraus und beugte sich über sie. Sie wich erschrocken zurück und versuchte kriechend, den Gehsteig zu erreichen. Die Gestalt baute sich drohend über ihr auf.

»Ist Ihnen etwas passiert? Um ein Haar hätte ich Sie frontal erfasst, und dann …« Er sprach nicht weiter.

Vor Ginevra stand eine Märchenfigur. Das Blond der nach hinten gestrichenen Haare war um einiges heller als ihres. Hellblaue strahlende Augen in einem blassen Gesicht musterten sie besorgt.

Zögernd stand Ginevra auf und machte einen Schritt von ihm weg.

»Ich parke den Wagen, dann begleiten Sie mich auf einen Espresso.« Seine Stimme klang weich.

»Träumen Sie weiter.«

Schlagartig veränderte sich der Ausdruck auf seinem Gesicht. Unfassbares Staunen wehte ihr entgegen, und Ginevra, sie konnte es selbst nicht glauben, begann schallend zu lachen. Spielerisch leicht wandte sie sich um und sprang, immer noch lachend, davon.

Überirdisch und schön war er, der Mann, dachte sie und wunderte sich gleich ein weiteres Mal über sich.

6

»Fanetti, was gibt's?«

Maddalena nahm den Blick von ihrem Besucher und richtete ihn wieder auf die Mappe, die aufgeschlagen auf dem Schreibtisch lag. Legolas, der Elbenprinz aus dem Düsterwald, stand geduldig wartend vor ihr. Seine hellblauen Augen musterten sie milde. Eine Strähne des langen weißblonden Haares hing lose über die hohe Stirn. Was wie unabsichtlich aussehen sollte, unterstellte Maddalena ihm rachsüchtig, war pures Kalkül. Seinem sanften Wesen, seiner den Ohren schmeichelnden Stimme begegnete sie mit Argwohn. Dabei bot der Prinz keinen Anlass, unmutig zu reagieren, so fair musste sie sein. Er hätte ihr schaden, sie vor ihrem Chef, Commandante Scaramuzza, den er »Onkel Muzzi« nannte, schlechtmachen können, aber soweit sie es beurteilen konnte, verhielt Arturo Fanetti sich ihr gegenüber loyal.

Als er nicht antwortete, hob sie ungeduldig den Kopf.

»Ich habe heute Morgen das Vergewaltigungsopfer zu Fall gebracht.«

Maddalena lehnte sich in ihrem Bürostuhl zurück. Da war es wieder. Die Angewohnheit ihres ihr vom Chef aufgedrückten Assistenten, sich in Rätseln auszudrücken, raubte ihr den Verstand.

»Ich hoffe, in Ihrer Freizeit. Von wem reden Sie überhaupt?«

Irritiert beobachtete sie, wie Fanettis Mundwinkel belustigt zu zucken begannen.

»Von Ginevra Missoni. Dem schönen Opfer aus Aquileia. Ich war auf dem Weg ins Büro.«

»Und?« Sie ärgerte sich über den Ton in ihrer Stimme, die etwas zu schrill war. Aber bei seiner Art, ihr etwas zu sagen, verlor sie schnell die Geduld.

»Nichts, sie ist wohlauf.« Er lächelte sie gewinnend an. »Sie sind meiner Mutter nicht unähnlich.«

Maddalena atmete scharf ein. Sie war gestern gerade mal vierunddreißig Jahre alt geworden. Glaubte der Narr etwa, sie wäre weit über vierzig?

»Ach? Worin besteht denn die Ähnlichkeit?«, ließ sie sich hinreißen zu fragen.

»Sie ist ungeduldig, ein wenig gehetzt und hat nicht die Gabe, mir lange aufmerksam zuzuhören.«

»Das«, entgegnete sie bissig, »kann ich Ihrer Mutter nicht verdenken. Wie war das mit der Missoni? Sie sind ihr doch nie begegnet.«

»Das war auch nicht nötig. Ich bin zwar erst spät zum Team gestoßen, habe aber die Akten studiert. Und wahre Schönheit kommt an mir nicht vorbei.«

Wieder schmunzelte er, und Maddalena fühlte sich einen Moment lang versucht, ihm einen der Ordner, die auf ihrem Schreibtisch lagen, an den Kopf zu werfen. Sie fragte sich, ob das, was sie als Eitelkeit betrachtete, vielleicht bloß eine seltsame Form von Humor war, eine, zu der ihr der Zugang fehlte, und zuckte innerlich mit den Achseln. Ach was, dachte sie, es ist, was es ist. Nichts weiter als ein verwöhntes Kind steht vor mir.

»Außerdem habe ich sie einmal auf dem Flur gesehen, sie mich allerdings nicht. Sonst hätte Ginevra Missoni«, er hielt kurz inne, »was für ein wunderbarer Name, einer, der auf der Zunge zergeht, nun, sie hätte mich heute wohl ebenfalls erkannt.«

Wahrscheinlich hatte der narzisstische Schönling mit seiner Einbildung sogar recht. Er war schon eine imposante Erscheinung. Maddalena musste sich insgeheim ein Grinsen verbeißen, ihr Groll wich Heiterkeit. Es war reine Zeitverschwendung, sich über ihn zu erregen.

»Und heute hat sie Sie bemerkt?«, fragte sie interessiert.

»Sie ist mir beim morgendlichen Joggen wie ein schwarzer Scherenschnitt in den 2CV gestürzt. Passiert ist nichts, außer dass meine Ente sich erschreckt hat. Denken Sie nicht auch, dass Autos ein Eigenleben führen? Jedenfalls wollte der gefallene Engel sich von mir nicht auf einen Espresso einladen lassen, stellen Sie sich das vor. Sie schwebte ohne Adieu davon.«

Maddalena kam ein beunruhigender Gedanke. »Fanetti, Sie haben der Missoni doch nichts von unserer Leiche erzählt?« Sie sah ihn scharf an.

Seine linke Augenbraue zuckte kaum unmerklich nach oben. »Commissaria, wo denken Sie hin? Erstens wusste sie doch nicht, wer ich bin, und zweitens hätte ich mich gehütet, der schönen Madonna einen weiteren Schrecken einzujagen. Sie war so schon verstört genug.«

Zoli, der wer weiß wie lange schon in der Tür stand, räusperte sich. »Chefin«, sagte er schüchtern, »ich habe Ihnen Kaffee mitgebracht.«

Vorsichtig stellte er eine Thermoskanne und eine Tasse mit dampfender Flüssigkeit vor Maddalena auf den Schreibtisch. Die sog genießerisch den Duft in ihre Nase. »Ein herzliches Dankeschön an Ihre Mutter, die Königin der Kaffeeköchinnen.«

Diesmal schob sich Fanettis rechte Augenbraue indigniert nach oben. Jeder hier wusste schließlich, dass er der Spross einer der mächtigsten Kaffeedynastien des Landes war. Er lächelte in Maddalenas Richtung und streifte den Kollegen im Hinausgehen mit einem mitleidigen Blick.

Maddalena streckte sich kurz und trank einen Schluck. Das tat gut. Gleich nach dem gestrigen Telefonat hatte sie mit Franjo überhastet auf ihren Geburtstag angestoßen, eine Eile, die sie bedauerte. Er hatte sie murrend zu ihrer Moto Guzzi gefahren und bitter das Schicksal beklagt, nie ungestört mit ihr einen freien Tag genießen zu können, vom richtigen Feiern ganz zu schweigen. Kaum planten sie etwas, wurde sie auch schon weggerufen, gerade so, als hätten die Verbrecher der Umgebung eine Freude daran, der Ordnungsmacht die Freizeit zu vermiesen. Seine Enttäuschung war nachvollziehbar, nur fand sie es ungerecht, dass er ihr deswegen Vorwürfe machte. Sie hatten sich in eher kühler Stimmung getrennt. Umso größer war ihre Freude gewesen, als sie Stunden später erschöpft nach Hause gekommen war. Franjo hatte, an einem festlich gedeckten Geburtstagstisch lehnend, auf sie gewartet.

»Setzen und genießen«, verlangte er barsch, nur um mit einem Lachen, das seine harten Worte Lügen strafte, den Kochlöffel beiseitezulegen. Sie hatte seinem Befehl gehorsam Folge geleistet.

Die mit Thymian marinierten Sardellen auf fein geschnittenen Zitronenscheiben, begleitet von süßen roten Tropea-Zwiebeln, waren der Hammer gewesen.

»Ein schlichtes Menü eben, nicht mehr und nicht weniger«, nannte der allzu bescheidene Franjo seine Kreationen, konnte von ihrem ehrlichen Lob aber nicht genug bekommen. Und weil seine Augen dabei gar so strahlten, steigerte Maddalena sich in immer neue Huldigungen, um der Kunst seines Kochens mit Worten gerecht zu werden.

Sie, die dem genussvollen Essen früher nicht viel abgewinnen konnte, wunderte sich immer wieder, wie schnell sie durch Franjos Begabung und Kreativität zu jemandem geworden war, der mit Interesse und Begeisterung Neues ausprobierte. Sogar die Namen der unterschiedlichen Speisen, die Fisch- und Fleischarten oder die Gemüsesorten merkte sie sich.

Die gestrige Hauptspeise, ein Risotto mit roten Garnelen und Blütenblättern vom rosa Pfeffer, war so gut gewesen, dass sie sich zwingen musste, der zweiten Portion nur noch halb zuzusprechen. Schließlich wollte sie ein winziges Plätzchen ihres Magens für den Nachtisch reservieren.

Dennoch, als er die Teller hereinbrachte, glaubte sie nicht, dass sie die Abschluss-Kreation noch herunterbringen konnte: »Franjo, ich bin doch satt. Außerdem ist das Dessert fast zu schön, um es aufzuessen!«

Er hatte gelacht und erklärt: »Diese Trockenfrüchte mit Limonensirup sind meine Spezialität.«

Verzückt hatte sie die in der Mitte der Nachspeise drapierten Geburtstagskerzen ausgeblasen und sich schwer atmend darangemacht, sich der neuen Herausforderung zu stellen.

Jetzt deutete Maddalena auf den Stuhl neben sich. »Zoli, nehmen Sie Platz.«

Sie stand auf und öffnete das Fenster. Die Luft roch nach Meer und Seetang. Es hatte zu regnen aufgehört.

»Fassen wir kurz zusammen.« Sie drehte den Bildschirm ihres Computers so, dass Zoli mitschauen konnte. »Eusebio Toncar, ein in der Nähe lebender Winzer, fand die Leiche im Wasser des Kanals treibend und informierte die Kollegen in Fiumicello. Wegen des an der Böschung liegenden Fahrrades gingen die zuerst von einem Unfall, möglicherweise mit Fahrerflucht, aus. Allerdings waren am Rad keine passenden Schäden festzustellen, und einfach so aus dem Sattel, dachten sie, wird sie wohl kaum gekippt sein. Nach der Bergung der vollständig bekleideten Leiche fielen einem der Beamten unter dem Wolltuch am Hals der Toten Blutergüsse und Verfärbungen auf. Damit waren wir im Spiel.«

Zolis blaue Ader trat auf der Stirn hervor. Das tat sie immer, wenn er sich aufregte oder angestrengt überlegte. Mit Bedauern dachte Maddalena an die junge Unbekannte, deren Leben ein so abruptes Ende genommen hatte.

Der Tod durch Erwürgen war in der Rechtsmedizin vorläufig bestätigt worden. Vielleicht bildete Maddalena es sich nur ein, aber sie meinte, eine kurze Enttäuschung auf Zolis Gesicht wahrgenommen zu haben.

»Ein Suizid ist nicht auszuschließen«, hatte er gemeint und dabei den Blick des Gerichtsmediziners gemieden.

»Zoli, sie hat sich Ihrer Meinung nach doch nicht selbst mit ihrem Wolltuch zu Tode gewürgt?« Maddalena verbiss sich ein Lachen.

Zoli sah sie beleidigt an. »Es gibt merkwürdigere Arten, sich das Leben zu nehmen. Wir sollten nicht so vorschnell urteilen.«

Sie hatte bemerkt, dass ihm beim Anblick der Leiche der Schweiß auf die Stirn getreten war. Seine Gesichtsfarbe hatte einen gelblichen Ton angenommen. Kurz befürchtete sie, der Kollege müsste sich übergeben.

Ihr romantischer Mitarbeiter hätte wohl lieber eine Hamletsche Ophelia gehabt als eine strangulierte Wasserleiche.

Der Tod, bekräftigte der Rechtsmediziner, sei jedenfalls nicht durch Ertrinken eingetreten. Er war ein ungemütlicher kleiner Mann, der sich ohne gesicherte Fakten nicht gerne festlegte. Seine ohnehin schroffen Umgangsformen steigerten sich, sobald Frauen anwesend waren, zu ungeschminkter Unhöflichkeit. Er glaubte nicht an berufliche Kompetenz des für ihn tatsächlich schwachen Geschlechtes und machte aus seiner Überzeugung kein Geheimnis. Im Hinblick auf das Gleichbehandlungsgesetz war er eine ausgewiesene Katastrophe. Er stellte keine weiblichen Fachkräfte ein, außer sie waren für das Sekretariat vorgesehen. Immer wieder war es zu Beschwerden gekommen, denen höflich nachgegangen wurde, doch verändert hatte sich in den über dreißig Jahren seiner Herrschaft über die Toten nichts.

Maddalena und er führten seit ihrer ersten Begegnung Krieg. Schon beim geringsten Anlass kam es zum Schlagabtausch. Auf ihre Fragen antwortete er bewusst langsam und belehrend, als spräche er mit einem dummen Kind, und Maddalena vergalt es ihm, indem sie in jeden ihrer Sätze eine ätzende Ladung Verachtung packte. Widerwillig und nur auf ihr hartnäckiges Drängen hin hatte der Arzt einige vorläufige Ergebnisse seiner Untersuchung mit ihr geteilt. Offiziell hatten sie sich mühsam darauf geeinigt, das endgültige Obduktionsergebnis abzuwarten.

»Chefin«, sagte Zoli, der ihr die Erinnerung an den Besuch im Leichenschauhaus an der Nasenspitze angesehen haben musste, »dem alten Widerling haben Sie es ordentlich gegeben. Das habe ich ihm vom Herzen gegönnt.«

Dass Zoli so über den Arzt sprach, wunderte sie. Sie hatte den Eindruck, dass er sich vor dem viel kleineren Mann regelrecht fürchtete. Aber vermutlich freute es ihn gerade deswegen.

»Der Kerl ist zweihundert Jahre im Rückstand, das hat etwas Verstörendes«, entgegnete sie.

Zoli nickte zustimmend und konzentrierte sich wieder auf den Bildschirm. »Wissen wir inzwischen, um wen es sich handelt?«

»Nein. Sie hatte nichts dabei, keine Tasche, keinen Ausweis. Vielleicht wird die Kriminaltechnik noch fündig. Signor Toncar kannte die Frau jedenfalls nicht. Sie kann durchaus trotzdem aus der Gegend stammen, allerdings wurde bis jetzt niemand als abgängig gemeldet.«

Beide sprachen nicht aus, woran sie unweigerlich dachten. Die Vergewaltigungsserie, die Grado im Frühjahr erschüttert hatte und in einen Mordfall mündete, lag nicht allzu lange zurück – und Drosselungen hatten dabei eine wesentliche Rolle gespielt.

Violetta Capello war mit ihrem BH gewürgt worden, Cinzia Gandolfini mit ihrer um den Hals geknoteten Kette, Maria Carisi mit ihrem Schal, genau wie auch Ginevra Missoni und Nicola Pavese, das Mordopfer. Und wie nun, Monate später, diese unbekannte Tote.

Maddalena klickte die Datei weg und fuhr geschäftig den Computer hinunter. »Wir schauen noch mal rüber nach Fiumicello und unterhalten uns mit den Kollegen.«

Zolis Gesicht hellte sich auf. »Und Fanetti?«

In letzter Zeit hatte Maddalena anstelle von Zoli häufig den Elbenprinzen auf ihre Dienstfahrten mitnehmen müssen, Scaramuzza alias Onkel Muzzi bestand darauf. Zu Schulungszwecken, wie er meinte. Ihr war klar, dass der Alte sie kontrollierte, aber das war ihr im Moment egal.

Als Zoli und sie zum Wagen gingen, begann Maddalenas Handy zu läuten. Sie bat ihn mit einer Handbewegung zu warten, sprach kurz und nickte dabei.

»Wir wissen jetzt, wer die Tote ist«, erklärte sie ihrem Mitarbeiter, als sie das Telefonat beendet hatte, »es handelt sich um eine Camilla Benigni aus Belvedere. Sie hätte am Nachmittag im Lagunen Pub in San Lorenzo ihren Dienst antreten sollen. Als sie nicht kam, versuchte ihr Chef, sie am Handy zu erreichen, jedoch vergeblich. Er erkundigte sich bei ihrem

Lebensgefährten, der meinte, Camilla sei vorgestern Abend nach einem Streit zu ihrer Mutter nach Viola gefahren. Er rief dort an und erfuhr, dass sie nie angekommen war. Die Mutter hatte sich nicht gesorgt, da sie ihre Tochter ja bei ihrem Freund vermutete. Gemeinsam haben sie dann die Polizei in Fiumicello informiert. Gerade eben identifizierte die Mutter die Tote als ihre Tochter. Die arme Frau.« Maddalena holte tief Luft.

Zoli sah sie fragend an. »Wir sollten mit ihr sprechen, oder wollen Sie zuerst zum Freund des Opfers und zu den Kollegen?«

Maddalena wurde einer Antwort enthoben, denn Fanetti war leise an ihre Seite getreten. »Während Zoli mit der Mutter spricht, können wir uns um den Lebensgefährten kümmern«, schlug er vor.

»Fanetti«, sagte Maddalena, deren Hals ob dieser Bevormundung eng wurde, »Commandante Scaramuzza hat nach Ihnen verlangt.«

»Ist Onkel Muzzi schon aus dem Urlaub zurück?«

»Sie sollen ihn umgehend anrufen.«

Im Auto lehnte sie sich zurück und massierte ihre schmerzenden Nackenmuskeln. »So eine kleine Notlüge wirkt manchmal befreiend«, sagte sie leichthin und lächelte Zoli verschwörerisch an, während er den Wagen startete.

Nach einem kurzen Gespräch mit den Kollegen aus Fiumicello waren sie nicht klüger als zuvor.

Die nächste Station auf ihrem Weg war Renzo Dalla, Camilla Benignis Boss.

Zoli stellte den Wagen vor dem Laguna-Pub auf den großzügig angelegten Parkplatz, der jetzt, am Nachmittag, beinahe leer war. »Mir gefällt es hier«, sinnierte er. »Man hat den Eindruck, unversehens in eine andere Welt geraten zu sein.« Selbstvergessen ließ er seine Hand durch das Wasser des Brunnens neben dem Eingang gleiten.

Wieder einmal dachte Maddalena daran, ihn aufzufordern, mehr in der Realität zu leben, doch wie konnte sie? Es war nicht falsch, Orte wie diesen als beeindruckend zu erleben, das tat sie auch. Sein Fehler war es, entweder zu schweigen oder seine Gefühle in zu pathetische Worte zu kleiden. Tatsächlich war ihr Kollege ein feiner Kerl, den sie immer mehr ins Herz schloss.

»Zoli«, erkundigte sie sich verhalten, »gibt es in Ihrem Leben denn jemanden außer Ihrer Mutter, der Ihnen viel bedeutet?«

Er sah sie ernst an und fasste sich mit der nassen Hand an die Stirn.

Sein Ja klang atemlos.

»Und?«, hakte sie nach.

»Sie werden es doch nicht gegen mich verwenden?« Er lächelte und wartete kurz auf ihr zustimmendes Nicken, ehe er fortfuhr. »Lippi denkt, ich wäre homosexuell. Aber er irrt sich. Ich habe eine Verlobte in Sizilien. Wir telefonieren täglich via Skype.«

Maddalena war ein klein wenig enttäuscht. Sie hatte befürchtet, dass hinter der Sympathie, die er ihr entgegenbrachte, mehr steckte, und es freute sie, dass dem nicht so war. Dennoch fühlte es sich kurz an, als hätte jemand aus einem Ballon die Luft herausgelassen. Sie war unangenehm berührt über ihre Gedanken und schimpfte sich nicht zum ersten Mal oberflächlich.

»Wie heißt Ihre Flamme denn?«, fragte sie verlegen und stieß ihm dabei kumpelhaft in die Seite.

»Maddalena heißt sie, so wie Sie«, sagte Zoli errötend und sah zu Boden.

»Na, dann ist ja alles in Ordnung.« Ihre Stimme klang überlaut und eine Spur zu forsch. »Und jetzt los. Wenn wir hier weiterplaudern, werden wir noch anwachsen.«

Renzo Dalla empfing sie, als hätte er sie erwartet. Er wischte seine Hände an der schwarzen Schürze mit dem Emblem des Lokals ab und lächelte ihnen geschäftsmäßig zu. »Ich kann es nicht glauben. Camilla Benigni war meine beste Kraft. Wollen Sie ein Bier? Die Hausmarke oder lieber ein Helles?«

Seine Finger berührten bereits den Messinggriff des Zapfhahns, als Zoli verneinte. Der Wirt stellte daraufhin achselzuckend eine Karaffe Wasser vor sie auf die Theke.

Maddalena wusste, dass das Pub in der Lagune beliebt war. Hierher kamen die Jungen, aber auch die Alten, die sich sonst eher in ihren Häusern versteckten.

»Der Verlobte von Camilla ist ein übler Bursche«, sagte Dalla und beugte sich zornig zu ihnen vor. »Nehmen Sie den gründlich unter die Lupe. Camilla war etwas Besonderes.« Er wischte sich verstohlen über die Augen. »Sie war eine von denen, die immer ihr Bestes geben, aber der Kerl brachte ihr nichts als Unglück. Er nutzte sie aus und trampelte schamlos auf ihren Gefühlen herum. Sie hat versucht, sich ihren Kummer nicht anmerken zu lassen, aber es war nicht zu übersehen, wie schlecht es ihr mit ihm ging.«

Maddalena und Zoli beobachteten interessiert, wie dem Wirt der Kamm schwoll.

»Wir werden uns darum kümmern.«

Als sie die Bar verließen, meinte Zoli beiläufig: »So auf dem Silbertablett bekommen wir selten einen serviert«, und Maddalena mochte ihren Kollegen für diese Bemerkung gleich noch mehr.

Die Mutter des Opfers hatte geweint. Ihre tränenverquollenen Augen versuchte sie hinter einer Sonnenbrille zu verbergen. Als sie sie in das kleine Wohnzimmer bat, zitterte sie.

Alles war spärlich eingerichtet und schrie vor Armut. Eine Sozialhilfeempfängerin, nahm Maddalena an. Vorurteil, berichtigte sie sich, doch Zoli schien ähnlich zu denken; sie meinte es an seinem durch den Raum schweifenden Blick zu erkennen.

»Hatten Sie regelmäßig Kontakt zu Ihrer Tochter?«, fragte er sanft.

»In letzter Zeit schon.« Signora Benigni schnäuzte sich in ein Papiertaschentuch. »Jeden Tag rief Milli mich an, todtraurig, und auch wenn sie es nicht aussprach, der Grund dafür war Samuele. Wie der meine Kleine behandelt hat, zum Davonlaufen war das. Sie spielte immer und überall die zweite Geige. Aber sie wollte nicht auf mich hören und verteidigte ihn sogar. Milli war zartbesaitet. Alles, was meine Kleine wollte, war ein Kind. Wie oft habe ich versucht, ihr diese Idee auszureden. Verstehen Sie mich nicht falsch, ich hätte mich über einen Enkel gefreut, aber Samuele war nicht der Richtige. Er wäre kein guter Vater gewesen, der nicht.« Sie begann laut zu weinen.

Maddalena versuchte, nicht auf die Schweißflecke zu schauen, die sich unter den Achseln der Frau abzeichneten. Mit zunehmender Besorgnis beobachtete sie Signora Benignis Gesicht, das sich gerötet hatte.

»Er hat sie ausgenutzt, wollte ein angenehmes Leben auf ihre Kosten führen und auf der faulen Haut liegen.«

»Der Verlobte Ihrer Tochter ist arbeitslos?«, erkundigte sich Zoli.

»Nein, aber er hätte sicher nichts dagegen. So einer ist das.«

»Signora Benigni«, sagte Maddalena mitfühlend, »hatte Ihre Tochter Feinde?«

Die Frau sah sie an und schüttelte den Kopf. »Nur diesen einen, und das war einer zu viel.«

Maddalena stand auf. »Signora, ich verspreche Ihnen, dass wir alles tun werden, um die Sache aufzuklären.«

Doch die Frau zuckte nur mit den Achseln.

Samuele Onofrio war zu Hause.

»Ich habe Trauertage genommen«, sagte er zur Begrüßung. »In diesem Zustand kann ich nicht arbeiten. Das ist den Kunden nicht zuzumuten. Immerhin zahlen die für meine Leistung. Mein Chef hat dafür vollstes Verständnis.«

Er bat sie herein und setzte sich ihnen gegenüber an den Küchentisch. Eine halb volle Flasche billigen Weinbrands stand vor ihm. »Der Schmerz, die Trauer«, erklärte er, als er ihre Blicke bemerkte.

»Signor Onofrio«, begann Maddalena. »Sie hatten Streit mit Ihrer Lebensgefährtin? Worum ging es dabei?«

»Ach, das Übliche.« Ungeniert hob er die Flasche und nahm

einen Schluck. »Unsere Beziehung war am Ende. Ich wollte die Trennung. Dauernd dieser Druck mit dem Kindermachen. Alles war darauf ausgerichtet. Der ganze Spaß vergeht einem dabei. Bin ich denn eine Melkmaschine? Commissaria, Sie sind eine attraktive Frau. Sagen Sie selbst. Ist es ein Wunder, dass ich mich nach etwas anderem umgesehen habe?«

Maddalena versuchte, sich nicht anmerken zu lassen, wie unsympathisch ihr der Mann war. Zugegeben, er sah nicht schlecht aus, aber sein selbstgefälliges Gehabe war zum Davonlaufen.

»Sie hatten also eine Affäre?«

Wieder nahm er einen Schluck aus der Flasche, blies ihr seinen Cognac-Atem entgegen und strich sich theatralisch über die Augen. »Jetzt, wo Camilla für immer gegangen ist, vermisse ich sie. Im Grunde war sie eine gute Seele. Wenn nur die Familiengründerei nicht gewesen wäre.«

Maddalenas Handy vibrierte in ihrer Hosentasche. Sie zog es heraus, sah auf das Display und sagte leise: »Entschuldigung, da muss ich rangehen.« Dann machte sie eine Kopfbewegung in Richtung Zoli und verließ das Haus.

Vorne an der Straße blieb sie auf dem Gehsteig stehen und hörte dem Anrufer eine Weile zu.

Langsam ging sie zurück. Zuerst das Silbertablett und jetzt das Sahnehäubchen, dachte sie und fragte sich, ob es wirklich so einfach war.

»Nun, Signor Onofrio.« Sie blieb dicht neben ihm stehen. »Nach dem Streit sind Sie Ihrer Lebensgefährtin gefolgt, um das kleine Problem aus der Welt zu schaffen.«

»Welches kleine Problem? Wovon reden Sie?« Der Mann sah sie verständnislos an.

»Eben habe ich erfahren, dass Ihre Verlobte schwanger war. Das kann Ihnen nicht gefallen haben. Sie wollten frei sein. Weil sich Camilla Benigni jetzt aber erst recht gegen die Trennung wehrte, haben Sie sie erwürgt und, damit der Verdacht nicht auf Sie fällt und das Ganze wie ein Überfall aussieht, in den Kanal geworfen.«

»Von der Schwangerschaft höre ich zum ersten Mal.« Samuele Onofrios Gesicht war kalkweiß geworden.

Stumm hörte er zu, als Maddalena ihm seine Rechte vorlas, schweigend ließ er sich zum Polizeiwagen führen. Erst im Fahrzeug, als sie über den Damm nach Grado rollten, begann er wieder zu sprechen: »Ich habe ein Alibi.«

Er nannte den Namen seiner Freundin, zu der er, sobald Camilla das Haus verlassen hatte, gefahren sein wollte. Auch eine Cousine der Frau sei vorbeigekommen und könne seine Anwesenheit bestätigen. Man habe gemeinsam eine Flasche Prosecco geleert, und er selbst habe noch ein paar Bierchen nachgeschoben.

»Das werden wir überprüfen. Sie kommen dennoch vorerst mit uns.«

»Und wer kümmert sich um die Katze? Paulina ist krank, eigentlich muss sie zum Tierarzt.«

»Ich denke, Sie haben jetzt andere Sorgen.« Zolis Stimme klang müde.

Maddalena merkte ihrem Kollegen an, wie unbehaglich dieser sich fühlte. Wenn sich Onofrios Alibi bestätigte, hatten sie soeben ihren vielversprechenden Hauptverdächtigen verloren.

7

Er saß regungslos auf dem Stuhl, seinen Rücken wie zur Strafe gegen die Holzlehne gepresst. Über den Wangenknochen zeigten sich rote Flecke, die sein Gesicht noch bleicher wirken ließen. Unverwandt fixierte er den schweren Eisenring direkt neben dem Waschbecken.

Er kämpfte mit sich.

Wie zur Hölle hatte ihm dieser Fehler unterlaufen können? Ihm, der alles minutiös plante, der stets sein Handeln unter Kontrolle hatte.

Vieles war schiefgegangen. Dabei schien es anfangs so einfach. Vielleicht zu einfach.

Es war eine Gelegenheit gewesen, wie sie sich selten bot. Nahezu perfekt war sie ihm vorgekommen. Das hätte ihn stutzig machen müssen.

Die Frau auf dem Fahrrad, die Ohren verschlossen gegenüber den Gefahren der Straße, hatte sich voll auf die Musik aus ihren Kopfhörern konzentriert. Eine Einladung.

Er hatte anderes mit ihr vorgehabt. Besseres.

Es kostete ihn Überwindung, den Blick vom eisernen Ring zu lösen. Er sah sie vor sich, wie sie, mit Handschellen daran fixiert, an der Wand lehnte, aufmerksam seinen Worten lauschend. Alles hätte er ihr erzählen können, ausgebreitet hätte er sich vor ihr. Rückhaltlos. Offen und ehrlich.

Sie aber hatte seine Pläne durchkreuzt. Panisch war sie vor ihm geflüchtet, ohne nachzudenken hatte sie ihm den Schal vom Gesicht gerissen und ihn natürlich erkannt. Ihre Wege hatten sich schließlich nicht zum ersten Mal gekreuzt.

»Sie?«, hatte sie fassungslos gestammelt, und die Erinnerung an das Erstaunen in dieser Frage brachte sein Zwerchfell zum Beben.

Er hatte das letzte Wort ihres armseligen Lebens in ihrer Kehle zerquetscht, hatte beobachtet, wie die Verwirrung in den hervorquellenden Augen wilder Panik, Todesangst und ganz zuletzt einem Ausdruck von Resignation gewichen war.

Wollte sie um ihr Leben flehen? Widerwärtig, allein die Vorstellung. Sicher hätte sie an seine Güte appelliert, ihm versichert, dass sie den Mund halten würde.

Nun, dafür hatte er selbst gesorgt. Sie ließ ihm keine Wahl.

Es war anders geplant gewesen. Betäuben wollte er sie, nicht töten. Jedenfalls nicht sofort und sicher nicht auf einem abgeernteten Acker mitten in der Lagune.

Entspannt, ohne Vorsatz, die behandschuhten Finger locker am Lenkrad, so war er durch die Gegend gefahren. Er genoss es, aus den offenen Seitenfenstern die Landschaft zu betrachten und den spezifischen Jahreszeitengeruch tief einzuatmen. Im Sommer betörten ihn die harzigen Piniennadeln und das Salz des Meeres, im Frühjahr der süße Jasmin und jetzt, im Herbst, der herbe Duft nach Erde und gefallenem Laub.

Da hatte er sie entdeckt, vor sich auf dem Weg. Es war ein Leichtes gewesen, unbeachtet an ihr vorbeizufahren und seinen Wagen im Schatten der alten Mühle zu parken. Und der Drang, den er zu unterdrücken versuchte, war übermächtig geworden.

Ohne Argwohn war sie den Kanal entlanggerollt, bis hin zu den Sträuchern, hinter denen er wartete.

Sie hatte erstaunlich schnell reagiert. Der Tritt, der ihn in die Knie zwang, tat weh – und er weckte seinen Zorn. Bis er hochkam, war sie schon auf dem angrenzenden Feld, aber trotz allem hatte sie keine Chance. Er war ihr körperlich überlegen, und er war schnell.

Die Verfolgung hatte ihm Genuss bereitet. Doch als er sie überwältigte, überraschte sie ihn erneut. Diese Kraft hatte er der zarten Servierkraft aus dem Lagunen-Pub nicht zugetraut. Und trotzdem, kurz lächelte er, hatte er alles im Griff gehabt.

Einzig dieser verdammte Wagen ärgerte ihn. Warum hatte er ausgerechnet in jenem Moment, in dem sie ihm den Schal vom Gesicht riss, die Landstraße entlangkurven müssen? Noch dazu mit aufgeblendeten Scheinwerfern, durch deren Licht sich seine Gesichtszüge in ihren Augen spiegelten.

Er *musste* sie töten. Es war reine Notwehr. Er oder sie. Eine andere Wahl hatte er nicht gehabt.

So viel zur Logik, dachte er.

Er wusste, dass er nicht nur vernunftbedingt gehandelt hatte, sondern erneut in jene andere Dimension eingetaucht war. Diesmal ein Stück tiefer als je zuvor.

Er hatte keine Gelegenheit mehr gehabt, sie mit Chloroform zu betäuben, sondern musste dem Kampf mit ihr aufnehmen, ihre Abwehr durchbrechen.

Welch ein Genuss, welch neue Erfahrung.

Erst als sich der Rausch seiner Euphorie allmählich zurückgezogen hatte, war sein Hirn wieder aktiv geworden.

Und er hatte eine Leiche am Hals gehabt.

Kurz entschlossen hatte er das Bündel unter den Armen gefasst und es über den Acker zurück zum Kanal gezogen. Die mondlos finstere Nacht schützte ihn vor unerwünschten Blicken, und das schlammige Wasser war ein Verbündeter, der vielleicht wusste, wie Beweismittel zu vernichten waren. Nicht dass es groß darauf angekommen wäre. Er war vorsichtig gewesen.

Dem Inhalt ihrer Tasche aus billigem Stoff hatte er nur einen flüchtigen Blick beigemessen. Ein Führerschein, ein abgewetztes Portemonnaie, Taschentücher, Lipgloss, mehr war da nicht. Achselzuckend hatte er das Ding in den Kofferraum seines Wagens geworfen, um es später zu entsorgen. Ihr Rad ließ er, wo es war. Berührt hatte er nichts.

Dann hatte er einen Moment innegehalten und in sich hineingehorcht.

Begannen seine Nerven zu reißen?

Nein. Er hatte die Situation im Griff.

Es galt nun, weiter sein Leben zu führen, beständig seiner Arbeit nachzugehen, auch auf die unmöglichsten Fragen höflich zu antworten und sich von Zeit zu Zeit am Ende des Tages mit einigen Bekannten ein Bier im Pub zu gönnen.

Mit sich im Reinen hatte er sich auf den Rückweg gemacht. Bedenken waren ihm erst hier im Zimmer gekommen.

Hatte er wirklich an alles gedacht? War die Polizei ihm nicht vielleicht doch auf der Spur?

Kurz kam es ihm so vor, als wäre das Spiel zu seinen Ungunsten gekippt.

Aber nein, er lag immer noch vorn.

8

Es war spät am Vormittag, und eine zögerliche Sonne schickte erste Strahlen.

Seit ein paar Minuten saß Ginevra am Alten Hafen vor einer Bar und wartete auf ihre Freundin. Mia war die Einzige aus ihrer Studienzeit in Padua, mit der sie noch Kontakt hatte.

Das Wasser des Hafenbeckens schimmerte schlammig grün. Anders als an den meisten Tagen lagen heute keine Jachten vor Anker. Nur vereinzelte Fischerboote waren zu sehen. Ein Müllsack, der aufgebläht auf dem Wasser schwamm, fesselte kurz ihre Aufmerksamkeit, träge fragte sie sich, ob wohl Quallen unterwegs waren.

Immer noch fand sie wenig Schlaf, in ihrem Kopf pochte ein steter Schmerz. Geistesabwesend rührte sie in ihrer Tasse, obwohl sich der Zucker im Tee längst aufgelöst hatte. Es war eine Angewohnheit, die ihre Mutter verrückt machte.

»Du kratzt das ganze Porzellan ab. Ich halte das schabende Geräusch keine Sekunde länger aus.«

Ginevra verzog den Mund, als sie die Stimme ihrer Mutter im Geiste so deutlich hörte, als säße sie neben ihr. Gehorsam legte sie den Löffel beiseite und hielt das Gesicht in die Sonne. Mit geschlossenen Augen versuchte sie abzuschalten, an nichts zu denken.

Sie musste eingenickt sein, denn unversehens ritt sie auf einem Schimmel den Strand entlang. Hinter ihr, auf einem Rappen, galoppierte ein Mann. Als er sie erreichte, strich er sich eine weißblonde Strähne aus der Stirn und streckte die Hand nach ihr aus.

»Ginevra Missoni, sehen Sie mich an.«

Fahrig schreckte sie hoch. »Mia«, rief sie entrüstet, »du bist ein Ungeheuer!« Sie lachte und rieb sich die Augen.

»Ich musste dich wecken, sonst hätten die Möwen den restlichen Zucker geklaut.«

Mia ließ sich neben sie fallen. »So habe ich den besseren Blick auf den Hafen.« Sie rümpfte die Nase und schüttelte sich. »Hier stinkt es nach totem Fisch, und da vorne dümpelt eine Qualle im Wasser.«

Ginevra drehte sich zu ihr und betrachtete ihre Freundin. Ihr gegeltes knallrotes Haar stand stachelig in die Höhe, eine Bewegung brachte das Nasenpiercing zum Glitzern. Unter der Jeansjacke trug sie einen gelben Wollpulli, der ihren Hals locker umspielte und den Blick auf eine lilafarbene Rose freigab.

»Schon wieder ein neues Tattoo?« Ginevra konnte sich nur schwer mit Mias Vorliebe für immer neue Tätowierungen anfreunden und war jedes Mal erschrocken, wenn sie weitere Teile der bunten Landkarte auf ihrem Körper zu sehen bekam.

»Zwei«, wurde sie korrigiert. Fröhlich deutete Mia auf ihre Achsel. »Da unten. Willst du es sehen?«

»Danke. Die Blume reicht mir.«

Unterschiedlicher als wir beide können zwei nicht sein, dachte Ginevra oft, doch vermutlich war gerade das der Grund für ihre enge Freundschaft. Sie akzeptierten die Spleens der jeweils anderen, ohne ähnlich zu ticken. Nur für eine einzige Sache hatte Mia nie Verständnis gezeigt: Ginevras ewiges Spiel mit zwei Männern. Ihre diesbezügliche Entscheidungsneurose, die Unfähigkeit, zwischen den beiden Kandidaten zu wählen, stieß ihre Freundin ab. Nachdem dies nun aber kein Thema mehr war, trübte nichts die Harmonie, die zwischen ihnen bestand.

Ginevra war seit dem Verbrechen nie wieder in ihr Auto gestiegen, daher oblag es Mia, die Häufigkeit ihrer persönlichen Kontakte zu bestimmen. Alle zwei Wochen kam sie getreulich von Padua nach Grado gefahren und beschwerte sich augenzwinkernd, wegen ihrer Freundin ständig Weltreisen unternehmen zu müssen.

Die gemeinsamen Tage verbrachten sie fröhlich, und wenn Ginevra, selten genug, das Bedürfnis hatte, über das an ihr begangene Verbrechen zu reden, hörte Mia ihr zu. Mit einer

Geduld, die sonst gar nicht ihrem Wesen entsprach, ermöglichte sie Ginevra, ihr Herz auszuschütten. Ihre Antworten waren vernünftig, und, wichtiger noch, sie waren weit davon entfernt, nach Mitleid zu klingen.

Obwohl Mia kratzbürstig sein konnte, war sie der warmherzigste Mensch, den Ginevra kannte.

»Und wie gehst du *damit* um?«, fragte sie und hielt der völlig unvorbereiteten Ginevra einen mitgebrachten »Il Piccolo« unter die Nase. »Leiche nahe Fiumicello gefunden«, lautete die Schlagzeile auf dem Titel. Darunter stand in etwas kleinerer Schrift: »Junge Frau vermutlich Opfer eines Verbrechens.«

Mia blätterte um.

Das Papier raschelte überlaut in Ginevras Ohren. Mit der flachen Hand klatschte sie auf die aufgeschlagene Seite und schüttelte den Kopf. »Ich will das nicht wissen. Überall im Land passiert täglich Schreckliches. Unfälle, Morde, Vergewaltigungen, Stürme, Tsunamis, Feuerbrünste, Erdrutsche, Erdbeben. Deshalb lese ich keine Zeitung mehr, schaue nicht ins Netz und schalte um, wenn sie im Fernsehen Nachrichten bringen. Ich habe genug von alldem.«

Mia drückte schuldbewusst ihre Schulter. »Tut mir leid, ich dachte, du hättest es gelesen. Ich finde, es ist besser, du weißt es.«

»Warum soll das besser sein? Damit ich einen Alptraum mehr abbekomme?« Ginevra rückte ein Stückchen von Mia ab und funkelte ihre Freundin böse an.

»Nein, weil du nicht alles, was dich belastet, ausblenden kannst«, erwiderte diese ruhig.

Hastig überflog Ginevra die Meldung und stieß dann die Tageszeitung von sich. »Wie? Du glaubst also, es könnte mir jederzeit wieder passieren?«

»Ginevra, beruhige dich. Das glaube ich natürlich nicht. Der Mann, der dir das angetan hat, wurde gefasst. Er ist geständig und befindet sich in der Psychiatrie in Triest in Sicherheitsverwahrung. Und wir wissen, dass du von ihm nichts mehr zu befürchten hast.«

Ginevra schüttelte störrisch den Kopf und versuchte, durch innere Mantras ihre Nervosität zu bekämpfen. Doch ihr Herz klopfte viel zu schnell.

»Ich weiß, deine Welt hat einen Riss bekommen, aber du darfst dich nicht ständig verkriechen. Du musst wieder unter Leute gehen, und einen Job solltest du dir auch suchen. Wach endlich auf, Ginevra.« Mia hielt atemlos inne und drehte an ihrem Nasenpiercing. »Aber das sage ich jedes Mal. Hört sich nervtötend an, nicht wahr?«

»Du hast ja recht, aber ich bin einfach noch nicht so weit. Vielleicht schaue ich demnächst, ob irgendwo eine Aushilfe gebraucht wird. Auf keinen Fall will ich etwas Anspruchsvolles.«

»Das verstehe ich, es ist ein Anfang.«

Ginevra fühlte einen neuen Schub Energie. Vielleicht war es wirklich an der Zeit, die Dinge zu ändern. Sie stand auf, und Mia wollte sich, ein wenig erstaunt, ebenfalls erheben, doch Ginevra winkte ab.

»Bleib, ich komme gleich wieder«, sagte sie und verschwand. Als sie gleich darauf zwei Glas Prosecco auf den Tisch stellte, lächelte Mia anerkennend.

»Du wirst sehen, wenn ich das nächste Mal auf Besuch komme, hast du bereits einen Job.«

Sie stießen an und tranken.

»Wann gibt es übrigens Mittagessen? Ich komme vor Hunger fast um.« Mia nahm eine Handvoll Chips und stopfte sie sich in den Mund.

»Mittagessen? Willst du das wirklich?«

»Was meinst du?«, fragte die Freundin erstaunt.

»Na, essen, was ich vorbereitet habe? Rote Linsen, Basmatireis, Joghurtsoße mit frischem Koriander, Haselnuss-Tofu und Blumenkohlcurry.«

»Klingt doch gut.« Die passionierte Fleischesserin nickte halbherzig.

Ginevra lachte, als sie Mias Gesicht sah. »Keine Bange, für dich gibt es Steak. Wollen wir?« Sie leerte ihr Glas, stand auf und stülpte die Kapuze über ihr Haar.

Auf halbem Weg sah sie stirnrunzelnd auf das Display ihres läutenden Handys. Zögernd nahm sie den Anruf entgegen.

»Ich muss noch kurz aufs Kommissariat«, sagte sie gleich darauf. »Begleitest du mich? Die Polizeistation ist nicht weit von hier.«

»Klar, worum geht es?«, fragte Mia etwas verwundert.

»Keine Ahnung. Die Commissaria bittet mich hinzukommen.«

Mia hakte sich bei ihr unter. »Vielleicht will sie noch etwas über diesen Toto wissen?«

Ginevra fröstelte.

Sie durchquerten schnellen Schrittes den Parco delle Rose. Der Wind hatte aufgefrischt und brachte feinen Sand vom Meer mit.

Eine uniformierte Frau nahm sie in Empfang. »Beltrame«, sagte sie freundlich und streckte Ginevra die Hand entgegen.

»Ich kann mich an Sie erinnern. Ist es ein Problem, dass meine Freundin mich begleitet?«

»Nein, wieso sollte es?«

Als sie der Beamtin folgten, spürte Ginevra, wie sich ihr Magen zusammenkrampfte. Ein dumpfer Schmerz hatte sich in ihrem Hinterkopf breitgemacht. Wieder begann ihr Herz, viel zu schnell zu klopfen.

Das Büro, in das sie wenig später eintraten, wirkte hell, beide Fensterflügel waren weit geöffnet. Die einströmende Luft vermittelte einen Hauch Spätsommerstimmung.

Commissaria Degrassi saß hinter ihrem Schreibtisch, stand aber auf, als sie eintraten. Sie trug ihre langen dunklen Locken offen und hatte Jeans an, die über den Knien aufgeschlitzt waren. Der dicke Pullover war vom selben Farbton wie ihre Augen. Smaragdgrün.

Ginevra fand Maddalena Degrassi attraktiv, aber der Ernst, den sie in ihren Gesichtszügen zu erkennen glaubte, machte ihr Angst. Außerdem irritierte es sie, dass sich eine Polizistin in leitender Funktion wie ein Teenager kleidete. Kurz fragte sie sich, ob sie eifersüchtig auf die hübsche Kommissarin war, verwarf den Gedanken aber sofort wieder.

Hinter ihnen betraten zwei Männer den Raum. Eindeutig zu viele Menschen hielten sich auf einmal in dem kleinen Büro auf, fand Ginevra und begann zu schwitzen.

»Signora Missoni, bitte setzen Sie sich. Mein Kollege«, Maddalena Degrassi wies auf einen der Neuankömmlinge, »wird unser Gespräch aufzeichnen. Sie haben doch nichts dagegen?«

»Wieso sollte ich?« Ginevras Unbehagen wuchs. »Ist das hier ein Verhör?«

Mia räusperte sich nervös.

Einer der Polizisten lachte. Ginevra drehte sich zu ihm um und verstand gar nichts mehr. Unverschämt hellblaue Augen unter weißblondem Haar strahlten sie an.

War sie wegen des Unfalls hier?

»Ich bin der persönliche Assistent der Commissaria«, erklärte die Lichtgestalt fast entschuldigend.

Degrassi und Beltrame wechselten einen schnellen Blick, aus dem Ginevra schloss, dass es innerhalb der Beamtenschaft Spannungen gab. Also bezog sie Stellung, indem sie dem blonden Gott zulächelte.

»Signora Missoni«, erklärte die Commissaria unbeeindruckt, »so leid es mir tut, wir müssen noch einmal über das an Ihnen begangene Verbrechen sprechen. Wie Sie vielleicht wissen, wurde vor Kurzem eine junge Frau getötet. Es gibt gewisse Ähnlichkeiten in der Abfolge des Verbrechens. Ich weiß, wie belastend das jetzt für Sie sein muss, aber wir halten es für möglich, dass Ihr Fall vielleicht noch nicht restlos abgeschlossen ist.«

Ginevra stockte der Atem, als sie blitzschnell eins und eins zusammenzählte.

Die glaubten, den Falschen eingebuchtet zu haben.

9

Toto trat von einem Fuß auf den anderen. Es war, als wollte er sein Hinken damit in den Griff bekommen. Er hatte nicht gut geschlafen, war unruhig, und auch das Gespräch mit der netten Ärztin half heute nicht.

Sie lehnte mit dem Rücken am Fenster und zeigte auf den Stuhl ihr gegenüber.

Er mochte es nicht, wenn jemand stand, während er sitzen musste. Klein und unbedeutend kam er sich dann vor. Daher schüttelte er mutig den Kopf und machte keine Anstalten zu tun, worum die Dottoressa ihn bat.

»Signor Merluzzi«, sagte sie sanft und sah ihn freundlich an. »Was ist heute nur los mit Ihnen?«

»Ich habe von Nicola geträumt und davon, was ich ihr angetan habe.«

Die Ärztin neigte ihren Kopf zur Seite und machte leise: »Mhmm.«

Toto wusste, dass das Geräusch eine Aufforderung war weiterzusprechen, auch wenn es sich wie das Muhen einer Kuh anhörte. Fast musste er lachen.

Am Anfang hatten alle auf der Station um den heißen Brei herumgeredet. Keiner hatte sich getraut, mit ihm darüber zu sprechen. Über das, was er getan hatte. Er wusste, warum. Die hatten Angst, dass er wieder die Nerven verlor. Das wollten sie verhindern, deswegen wartete er hier und nicht im Gefängnis auf seine Verhandlung. Zwar war auf der Station auch alles nach außen verschlossen, genau wie im Gefängnis, die Türen am Ende der Gänge ebenso wie seine Zimmertür, und ein Gitter hatte er auch vor dem Fenster, aber daran hatte er sich gewöhnt. Er wollte ohnehin nirgendwo runterklettern. Schon gar nicht aus so großer Höhe.

Als er dann von selbst zu sprechen begonnen hatte, waren sie erschrocken gewesen. Dabei wusste Toto, dass sie in

Wahrheit über nichts anderes als über Nicola und die anderen Mädchen reden wollten. Sie trauten sich aber nicht. Also hatte er ihnen geholfen.

Die Ärztin mit dem kurz geschnittenen grauen Haar mochte er sehr. Noch nie hatte sie laut gesprochen oder ein böses Wort zu ihm gesagt. Nur ihre braunen Augen, die durch die Brillengläser ganz groß wurden, waren unheimlich. Unwirklich rund sahen sie aus.

Die Ärztin hieß Dottoressa Ghiberti und hatte ihn sofort verstanden. Nicht so wie die anderen Ärzte, die heftig nachbohrten und immer noch mehr wissen wollten, als er ihnen sagen konnte. Ein bisschen erinnerte ihn diese Frau Doktor an seine Tante Antonella.

Die anderen wurden schnell ungeduldig. Nicht dass sie es zugeben würden, aber Toto hörte es am Klang ihrer Stimmen. Er war ja nicht blöd, mit seinen dreiunddreißig Jahren war er schon lange erwachsen.

Seine Latte macchiato, die er so gern trank, stand auf dem Nachtkästchen. Wenn das Frühstückstablett von einer der netten Schwestern geholt wurde, durfte er den weißen Becher mit den gelben Punkten manchmal noch eine Weile behalten. Früher war es trotzdem besser gewesen. Da hatten ihm die Tante oder seine Schwester Olivia den Milchkaffee mit Schaumkrone immer in einem durchsichtigen hohen Glas serviert. Jetzt gab es nur diese Plastikbecher, und er konnte nicht mehr beobachten, wie schön sich die Milch mit dem Braun des Kaffees vermischte. Auch das Tablett, das Besteck und sogar das Geschirr waren aus Plastik und erinnerten ihn an das Spielzeug in Emilias altem Puppenhaus. Nur dass die Gegenstände dort viel kleiner gewesen waren.

Ohne der Ärztin zu antworten, hinkte Toto zum Bett und nahm den Becher in beide Hände. Nachdem er in den noch verbliebenen Schaum geblasen hatte, trank er einen Schluck. Das kleine Schmatzen, das er dabei verursachte, hätte Olivia geärgert. Aber da seine Schwester im Moment nicht bei ihm war, konnte er trinken, wie er wollte.

Auch um das Essen kümmerten sie sich hier gut. Es gab einen Speiseplan, der nur auf ihn abgestimmt war. Das musste so sein, denn jeder Patient hatte eine andere Krankheit. Leider gab es im Spital nie Mandeltarte, eine, wie Tante Antonella sie buk. Wahrscheinlich hatte Olivia es den Köchen verboten. »Du hast süßes Blut, Toto«, sagte sie immer. »Willst du, dass in der Nacht Vampire über dich herfallen?«

Toto konnte einen Spaß von Ernstgemeintem unterscheiden. Er wusste, sie meinte damit, dass er zuckerkrank war. Aber Gott sei Dank nur ein bisschen.

Jetzt war es an der Zeit, der netten Ärztin eine Freude zu machen. »Kommen Sie«, forderte er sie auf und klopfte neben sich auf das Bett, »wenn wir nebeneinandersitzen, können wir besser reden.«

»Signor Merluzzi, ich möchte Ihnen noch etwas sagen.«

Er sah sie erwartungsvoll an.

»Sie werden heute Besuch bekommen.«

»Vom Baumarkt?« Toto freute sich, denn bisher hatte noch keiner seiner ehemaligen Kollegen vorbeigeschaut. Und mit dem dicken Werkzeug-Katalog, den ihm einer der Pfleger auf sein Drängen geschenkt hatte, konnte er schließlich schwer sprechen.

Als die Dottoressa zögerte, seufzte er und sagte: »Ach so. Olivia und Tante Antonella kommen.«

Das war nichts Neues, warum kündigte sie es extra an? Aber vielleicht kam ja diesmal seine Cousine Emilia mit? Auch sie war noch nie hier gewesen. Zuerst wegen der Schule. Danach, in den Ferien, war sie bei Caterina, seiner anderen Cousine, und deren Mann Enzo in Florenz gewesen und musste dort auf ihren kleinen Neffen aufpassen. Nach den Ferien hatte sie nun wieder Schule.

Toto wusste, dass das nur Ausreden waren. Es hatte alles mit der schrecklichen Regennacht im Pineta-Wäldchen zu tun.

»Nein«, sagte die Dottoressa in seine Gedanken hinein, »Signora Degrassi von der Polizei in Grado will Sie besuchen. Wenn Sie möchten, bin ich bei dem Gespräch dabei.«

Toto, der sich vor der Commissaria ein bisschen fürchtete, zögerte. Die Polizistin hatte ihm seinen Schrein mit den Andenken an Nicola ausgeräumt, und der Groll darüber war immer noch frisch.

Er sah zur Ärztin hinüber und nickte dann. Ungeschickt versuchte er, mit der Hand einen Speicheltropfen von seinem Kinn zu wischen.

»Gut. Jetzt ruhen Sie sich ein wenig aus. Nach dem Mittagessen bringe ich Ihren Besuch zu Ihnen ins Zimmer.«

Das Gefühl der Einsamkeit, das ihn beschlich, kaum dass die Dottoressa den Raum verlassen hatte, kannte er inzwischen gut. Er hatte keinen Mitbewohner, was er bedauerte. Vielleicht hätte er so einen Freund gefunden.

Manchmal musste Toto an die Kathedrale Santa Eufemia in Grado denken, an ihre bunten Mosaiksteinchen auf dem Fußboden und die schönen Bilder an den Wänden. Er hatte dann den Geruch von Weihwasser in der Nase und wurde traurig. Den Erzengel Michael auf der Turmspitze, der die sich oft ändernde Windrichtung anzeigte, seinen Anzolo, wie die Figur von den Gradesern liebevoll genannt wurde, den vermisste er auch. Sogar mehr als Olivia. Obwohl die Ausflüge mit den Picknickkörben auf die Mönchsinsel Barbana mit ihr schön gewesen waren. Die Kirche dort mit der Schwarzen Madonna hatte er auch gemocht. Die Mauern waren geschmückt mit Malereien von dankbaren Kindern, die irgendein Unglück überlebt hatten. Diese gezeichneten Geschichten gefielen Toto, er fühlte sich durch sie mit jedem einzelnen der Kinder verbunden.

Jetzt durfte er nirgendwo mehr hin. Besuch kam für eine Stunde allein oder zu zweit und ging allein oder zu zweit wieder fort. Er blieb einsam zurück. So war der Ablauf, das war nicht zu ändern.

Letztens hatte er Olivia lachend gefragt: »Wie oft noch wirst du mich verlassen?«, und damit auf ein kleines Ritual zwischen ihnen angespielt. Aber seine Schwester hatte nicht, wie sie sollte: »Einmal, und danach keinmal mehr«, geantwortet, sondern böse »Hör endlich mit diesem Blödsinn auf« gesagt. Dabei war das kein Blödsinn gewesen, es war eine geheime Absprache zwischen ihnen. Eine Art Versicherung, dass alles gut werden würde mit der Zeit. Hatte sie das vergessen?

Seit Wochen blieb ihm nur, von früher zu träumen. Es war seine Strafe, das verstand er genau.

So übel war es hier gar nicht. Das Zimmer, das Toto bewohnte, war kein Adlerhorst, ganz hoch oben, und es lag auch nicht über dem schäumenden Meer wie das Zimmer, in dem er hier ganz am Anfang seines Aufenthaltes hatte schlafen müssen, sondern befand sich im zweiten Stock, von der Meerseite abgewandt zu den Hügeln hin. Deshalb musste er sich, obwohl es nicht ebenerdig lag, weniger vor der Tiefe unter ihm fürchten.

Damit sein Bart endlich zu wachsen begann, bekam er dreimal am Tag seine neue Medizin. Bisher war aber nicht viel zu seinem hellen Flaum auf den Wangen dazugekommen, nur müde und langsamer war er geworden. Die dunklen Bartschatten, die er sich sehnlich wünschte, ließen weiter auf sich warten.

Nach dem Mittagessen schlief Toto gern, aber diesmal hatte er kaum die Augen geschlossen, da klopfte es kurz, und die Dottoressa betrat sein Zimmer. Sie wurde begleitet von zwei Besuchern.

An die Commissaria konnte er sich gut erinnern und auch daran, dass ihm ihre Stimme gefiel und die Locken. Aber er wusste jetzt wieder, dass er sich vor ihren grünen Augen fürchten musste, Augen, die bis in sein Innerstes schauen konnten. Ängstlich setzte er sich auf.

Die Ärztin kam zu ihm und ließ sich neben ihm auf der Decke nieder. Sie nahm seine Hand, und Toto beruhigte sich ein wenig.

Der andere Polizist war nicht der dürre Mann mit dem Raubvogelgesicht, der alles, was Toto sagte, in ein Heft schrieb, sondern ein blonder Junge, der gut nach Herrenparfum roch.

Ob der überhaupt Polizist war?

»Ich möchte Sie bitten, das Gespräch kurz zu halten und Rücksicht auf den Patienten zu nehmen«, sagte die Dottoressa zur Kommissarin.

Das war ihm nur recht.

Auch die Commissaria fand das richtig, denn sie nickte und sagte: »Das versteht sich von selbst. Wir wollen niemandem schaden.«

Als Toto ihre Stimme hörte, begann etwas in seinem Kopf zu wirbeln. Denn jetzt fiel ihm wieder ein, warum ihre grünen Augen ihm so viel Angst bereiteten.

Es waren die Augen von Nicola.

Natürlich nicht wirklich, aber irgendwie schon. Zumindest hatte er das einmal geglaubt.

Er zog seine Hand von der Ärztin weg und versteckte sie unter seinem Oberschenkel.

»Signor Merluzzi, erzählen Sie uns bitte noch mal ganz genau, was damals passiert ist.«

»Ich habe alles gesagt.« Toto hatte den Eindruck, dass seine Zunge mit einem Mal viel zu dick war, um noch richtig sprechen zu können.

Wieder lief er durch das Wäldchen, versuchte Nicola zu finden. Der Regen rauschte in den Blättern, der Wind fuhr durch die Gräser. Der Boden war schlammig, er rutschte auf den Piniennadeln immer wieder aus. Und es roch durchdringend nach fremdem Schweiß.

Ein Schatten kam näher, war hinter Nicola her.

Er selbst hatte große Angst. Sein Hemd klebte schweißnass am Rücken.

»Signor Merluzzi«, fragte der Blonde von weit oben herab. »Haben Sie Verbrechen zugegeben, die Sie gar nicht begangen haben?«

Toto erschrak so heftig, dass seine Zähne klapperten. Die Ärztin neben ihm gab einen unwilligen Laut von sich und versuchte, wieder nach seiner Hand zu greifen. Er rückte von ihr ab. »Alles ist genau so geschehen, wie ich es gesagt habe.«

Die schöne Stimme der Kommissarin klang angespannt:

»War es nicht vielmehr so, dass Sie ihr Aufpasser waren und, als Sie erkannten, dass Sie das Mädchen nicht mehr beschützen konnten, vor Verzweiflung zusammengebrochen sind?«

Wieder wühlten sich ihre grünen Augen in seinen Kopf.

»Nein, so war es nicht. Ich habe es getan.« Toto spürte, wie Tränen in seine Augen stiegen.

»Wir wollen Ihnen ja glauben. Aber manches passt nicht zusammen.«

Toto verstand. Sie glaubten ihm nicht. Für sie war er ein Psycho, einer, den man nicht für voll nehmen musste, einer, der sich alles nur einbildete. Sein Atem ging stoßweise. Schweiß perlte auf seiner Stirn.

»Es reicht. Sehen Sie nicht, wie sehr Sie meinen Patienten unter Druck setzen?« Die Ärztin stand auf.

Toto war verzweifelt. Hilfesuchend streckte er seine Hand nach ihr aus. »Sie glauben mir doch?«

Als er Zweifel auch im Gesicht der freundlichen Dottoressa zu erkennen glaubte, wandte er sich ab und verbarg sein heißes Gesicht im Kissen.

Er kannte sich selbst nicht mehr aus.

10

Ginevra streckte ihren Körper, bis die Gelenke knackten. Dann beugte sie sich vor und ließ ihre Fingerspitzen den Boden berühren. So verweilte sie. Das Spannungsgefühl in ihren Armen und Beinen wurde fast unerträglich, dennoch fühlte es sich gut an. Sie richtete sich auf, presste die Handflächen gegen ihre Wangen und dehnte dabei die Finger so weit es ging nach hinten.

»Davon bekommst du Arthritis und Gicht«, war der immer gleiche Kommentar ihrer Mutter gewesen, früher, als sie hin und wieder bei dieser Übung zusah. Aber ihre Eltern waren in Aquileia, und Ginevra scherte sich längst nicht mehr um vage in Aussicht gestellte Gelenkentzündungen, die sie irgendwann in einer möglichen Zukunft ereilen könnten. Jetzt galt es erst mal, die Gegenwart in den Griff zu bekommen.

Ihr tägliches Lauftraining hatte sie beendet. Nun stand eine weitere Stunde mit ihrer Psychotherapeutin auf dem Programm.

Dottoressa Beatos Studio lag im ersten Stock des Ambulatoriums, also nicht weit von ihrer Wohnung im Zipser-Haus entfernt. Kurz hatte sie überlegt, ihren Laufdress gegen Jeans und Pulli zu tauschen, sich dann aber dagegen entschieden. Vielleicht würde sie das windstille, klare Vormittagswetter nutzen, um danach eine weitere Runde durch den Parco delle Rose zu laufen.

Im Gegensatz zu der Therapeutin, die sie in Cervignano konsultiert hatte, überzog diese hier die Therapiestunden gern. Ihre ehemalige Ärztin hingegen war stets pünktlich wie die Kirchenuhr aufgesprungen, als könnte sie Ginevra nicht schnell genug loswerden.

Im Wartezimmer blätterte sie sich gelangweilt durch einige Journale, bis Dottoressa Beato mit einem einladenden Lächeln die Tür zur Ordination öffnete.

»Wie geht es Ihnen heute?«, begann sie, wie die anderen Male zuvor, die Sitzung.

Obwohl Ginevra ihre Therapeutin mochte, hätte sie ihr bei dieser Frage am liebsten eine patzige Antwort gegeben. »Nicht anders als sonst«, sagte sie sich zurücknehmend, aber sie verdrehte dabei die Augen.

Dottoressa Beato ging auf diese theatralische Geste nicht ein. Gleichbleibend freundlich dozierte sie: »Unsere Gefühle, Stimmungen und körperlichen Befindlichkeiten ändern sich ständig. Also starten wir einen zweiten Versuch: Wie geht es Ihnen heute?«

Ginevra musste grinsen. »Ich habe mich beim Laufen geplagt, bin durstig und verschwitzt. Aber es ist ein angenehmes Gefühl.«

Die Therapeutin hob ihr langes kupferrot gefärbtes Haar, drehte es zu einem seitlichen Zopf und schlang einen Stoffgummi darum. »Das ist ein guter Anfang. Hatten Sie Zeit, über die Frage, die ich Ihnen am Ende der letzten Stunde gestellt habe, nachzudenken?«

»Nicht nur das, Sie haben inzwischen Rückendeckung von meiner Freundin Mia bekommen. Sie ist der gleichen Meinung.«

»Und die wäre?«

»Dass ich dringend versuchen muss, mein Leben wieder selbst in die Hand zu nehmen, mich bemühen, noch aktiver zu werden, und meiner Angst nicht nachgeben darf. Wenn das bloß so leicht wäre, wie alle sagen.«

»Nein, Ginevra, das war nicht meine Frage. Darüber haben wir bereits ausführlich gesprochen. Es ging vielmehr darum, dass Sie sich überlegen sollten, *wann* Sie konkret damit beginnen und was der erste Schritt sein wird.«

Ginevra richtete sich auf.

Immer wenn die Therapeutin sie mit Vornamen ansprach, spürte sie, dass es ans Eingemachte ging.

»Ich habe doch längst damit begonnen, ich laufe mir die Seele aus dem Leib.«

»Eben.«

Weil diese kurze Antwort mehr aussagte als viele Worte und ihr den Kern der Sache ungeschminkt verdeutlichte, ärgerte sich Ginevra. Und gleichzeitig ärgerte sie sich über ihren Ärger.

»Da ist noch etwas, das mich bedrückt. Angst macht es mir. Heftige Angst.«

»Signora Missoni, ist das vielleicht nur ein weiterer Versuch abzulenken?«

»Okay. Ja und nein. Mir ist bewusst, dass es an der Zeit ist, mein Leben in den Griff zu bekommen, aber es ist tatsächlich etwas Verstörendes passiert. Gestern wurde ich auf die Polizeistation gebeten. Mir ist jetzt noch schlecht, wenn ich daran denke.«

»Ja«, pflichtete die Therapeutin ihr in gewohnter Weise bei. »Was hat Sie beunruhigt?«

»Die Commissaria deutete allen Ernstes an, den Falschen eingebuchtet zu haben. Das hieße, der Täter läuft nach wie vor frei herum. Und das ausgerechnet jetzt, wo ich mich langsam besser zu fühlen beginne. Verstehen Sie nun, warum ich völlig verunsichert bin?«

»Hat die Commissaria Ihnen gegenüber konkrete Zweifel formuliert, oder interpretieren Sie ihre Äußerungen dahingehend?«

»Sie meinen, ich bilde mir das nur ein?«

»Keineswegs. Ich will sichergehen, dass ich nichts durcheinanderbringe.«

Ausführlich berichtete Ginevra, wie sie die Situation im Büro der Kommissarin wahrgenommen hatte. Auch Mias Einschätzung, die nach dem Gespräch ebenfalls überzeugt davon gewesen war, dass die Commissaria glaubte, der geständige Täter könne der falsche sein, erwähnte sie.

Als sie geendet hatte, sah sie gespannt zu Dottoressa Beato. Die hatte leicht die Stirn gerunzelt und machte sich eine Notiz. »Umso mehr«, sagte sie schließlich, »müssen Sie unter Leuten sein. Suchen Sie sich heute noch einen Job, beginnen Sie, wieder mit dem Auto zu fahren, hören Sie auf, sich zu verkriechen. Wir machen gemeinsam eine Liste, und bei Ihrem nächsten Besuch schauen wir uns an, was Sie davon erledigt haben. Was halten Sie davon?«

Ginevra nickte zögernd. »Ich will es zumindest versuchen.«

Vor dem Ambulatorium wehte ein kalter Wind, der vom Meer kam und die Wolken vor sich hertrieb, die sich während der Therapiestunde am Himmel aufgebauscht hatten. Ginevra griff zum Handy und rief ihre Eltern an.

»Papa, könnt ihr mich am Nachmittag abholen und nach Fossalon zur Werkstatt fahren, in der mein Wagen steht? Inzwischen wird er längst repariert sein. Ich habe beschlossen, wieder ins Auto zu steigen, und möchte es gerne abholen. Was meinst du?«

»Nichts lieber als das.«

Ginevra, die ihren neu gewonnenen Schwung ausnutzen wollte, beschloss, bis zur Ankunft ihrer Eltern in einigen Bars nachzufragen, ob eine Aushilfe gesucht werde. Rasch ging sie nach Hause, um zu duschen und sich etwas anderes anzuziehen.

In den ersten beiden Lokalen hatte sie keinen Erfolg, auch nicht in der Bar am Alten Hafen, in der sie sich gern mit Mia traf, aber sie gab nicht auf. So etwas wie Ehrgeiz hatte von ihr Besitz ergriffen.

Weiter hinten gab es noch eine Bar, also steuerte sie darauf zu. Sie überquerte die Straße und sah sich um. Hier war vor Kurzem umgebaut worden. Trotz des kühlen Wetters standen ein paar windbeständige Einheimische draußen am Tresen. Auch drinnen herrschte keine Angst vor dem Wetter. Glasfenster und -tür waren weit geöffnet, sie konnte den Hafen riechen und das Gezänk der Möwen hören. Stefano Capellari, der Besitzer, den sie flüchtig kannte, kam zu ihr.

»Cappuccino?«

»Eigentlich will ich fragen, ob Sie eine Aushilfe suchen?«

Er sah sie abwägend an und rief dann: »Francesca, komm doch mal her!«

Eine zarte, fast schon magere blonde Frau, deren Gesicht hübsch, aber abgezehrt wirkte, war damit beschäftigt gewesen, den Geschirrspüler auszuräumen. Jetzt trat sie näher und blieb mit einem fragenden Lächeln vor ihnen stehen. »Was gibt's, Tesoro?«

Ihr deutscher Akzent war deutlich zu hören. Ginevra mochte diese eigenartig harte Betonung, die ganz anders als der schnelle Singsang des Italienischen klang. Die Sprachmelodie erinnerte sie an die Aussprache ihrer verstorbenen deutschen Großmutter.

»Die Signora fragt, ob wir jemanden für den Service brauchen. Ich finde, sie kommt wie gerufen«, sagte Stefano und legte liebevoll einen Arm um ihre Schultern. Eine zarte Röte breitete sich auf den hohen Wangenknochen seiner Frau aus.

An Ginevra gewandt, erklärte Stefano: »Francesca litt letzten Sommer an aplastischer Anämie, einer Bluterkrankung, die gut zu behandeln war. Aber sie muss sich immer noch schonen und regelmäßig Reha-Maßnahmen in Anspruch nehmen. Wenn Sie uns also helfen könnten«, er hielt kurz inne und dachte nach, »vielleicht als Springerin, würde uns das entlasten.«

»Das möchte ich gern. Ich kann gleich heute Abend vorbeischauen und anfangen. Einiges an Erfahrung bringe ich mit, weil ich längere Zeit in einer Udineser Bar gejobbt habe.«

»Das klingt gut. Dann bringe ich Ihnen jetzt Ihren Cappuccino.« Stefano nickte und verschwand hinter dem Tresen.

Francesca lächelte Ginevra an. »Meistens kommt mein Mann gut allein zurecht. Dass ich jetzt hier bin, liegt daran, dass ich gern helfe. Aber wir haben Zeiten, wo das nicht reicht.«

Während Stefano Ginevras Daten aufnahm und sie das Organisatorische besprachen, begann ein Gefühl der Vorfreude in ihr zu keimen. Alles klang gut, und, besser noch, sie konnte durch ihre Mithilfe jemanden entlasten.

Die Bar hatte sich inzwischen gefüllt, die Geräuschkulisse gefiel Ginevra. Während sie die Stimmen der anderen Gäste auf sich wirken ließ, rührte sie entspannt in ihrem Kaffee. Als sie aufschaute, blickte sie direkt in ein Paar himmelblaue Augen unter weißblonden Haarsträhnen.

Rasch sah sie weg.

Aus den Augenwinkeln beobachtete sie, dass der Polizist, der sie an eine dieser Figuren aus einem Fantasyfilm erinnerte, ausgerechnet mit der Commissaria an einem Tisch saß und heftig debattierte. Sosehr Ginevra sich auch anstrengte, es war ihr unmöglich, einen zusammenhängenden Satz zu verstehen. Instinktiv befürchtete sie, dass es um die erwürgte Frau im Kanal ging und vielleicht auch um sie. Sie fühlte sich unbehaglich, wandte sich ihnen zu und nickte.

Die Degrassi hob nur grüßend die Hand. Ihr gut aussehender Assistent hingegen lächelte Ginevra breit an und, nein, sie täuschte sich nicht, blinzelte ihr zu.

Ohne es verhindern zu können, zwinkerte Ginevra zurück. Mann, war ihr diese unbedachte Reaktion peinlich.

Rasch legte sie ein paar Münzen auf den Tisch, winkte Stefano zu und verließ, ohne sich noch einmal umzudrehen, die Bar. Sie war sich sicher, dass die Blicke des Blonden ihr folgten. Erst auf der Straße spürte sie die Hitze in ihrem Gesicht – und empfand den Wind, der immer heftiger um die Häuser pfiff, als angenehm.

Zu Hause trug Ginevra den Müll hinunter und brachte die Wohnung auf Vordermann. Geraume Zeit musste sie nach ihrem Führerschein suchen, den sie etwas zu gut vor sich selbst versteckt hatte. Als sie am Vorzimmerspiegel vorbeikam und einen musternden Blick auf ihr Spiegelbild nicht vermeiden konnte, erschrak sie. Erbärmlich sah sie aus, ein Hungerhaken in viel zu großen Kleidern. Die Jeans waren ihr zu weit geworden, ein Gürtel musste sie halten, die Ärmelnähte des Pullis hingen ihr bis weit über die Schultern. Und warum hatte sie unbedingt ihr Haar so dilettantisch selbst kürzen müssen? Die dunkelblonden halblangen Locken, ein Erbe ihrer deutschen Großmutter, waren in einem Akt der Befreiung, der letztendlich eher an eine Bestrafung erinnerte, der Küchenschere zum Opfer gefallen. Ginevra hatte die kahle Stelle, die ihr der Täter zugefügt hatte, indem er ihr brutal einige Haarsträhnen herausriss, nicht mehr ertragen können. Sie empfand sie als persönliche Brandmarkung. Als ihre Finger zum hundertsten Mal über die nur langsam nachwachsenden Stoppeln gewandert waren, hatte sie sich nicht mehr zurückhalten können.

Noch einen weiteren Nachteil hatte die neue Frisur, befand sie in ihrer kritischen Stimmung: Man konnte ihre tiefblauen Augen, die übergroß aus den dunklen Schatten hervorstachen, noch besser erkennen. Der Gedanke, dass man durch sie wie durch ein Fenster in ihre Seele blicken könnte, beunruhigte sie.

Sie seufzte und empfand das Klingeln der Türglocke beinahe als Erleichterung.

Ihre Eltern warteten vor der Haustür und umarmten sie fest. Sie vermieden es angestrengt, Blicke miteinander zu tauschen, aber Ginevra wusste, dass die beiden nonverbal über ihren Zustand kommunizierten.

»Es geht mir besser, wirklich. Ich habe neuen Mut gefasst«, sagte sie, um ihre Befürchtungen zu zerstreuen.

Ihre Eltern warfen ihr skeptische Blicke zu, kommentierten die Behauptung jedoch nicht.

Wie ein Kind setzte man sie auf die Rückbank des Wagens, selbst die kontrollierende Bemerkung, ob sie denn angeschnallt wäre, blieb nicht aus. Ihr Vater fuhr, ihre Mutter stellte weitere belanglose Fragen, auf die sie von Ginevra keine Antworten erhielt und wohl auch keine erwartete.

Fossalon lag nahe Grado in Richtung Monfalcone und war ein Landwirtschaftsgebiet, durchzogen von vielen Kanälen. Hier befand sich eines der besten Spargelanbaugebiete der Gegend. Viele Gemüse- und Obsthändler, die ihre Ware täglich nach Grado zum überdachten Markt auf der Piazza Duca D'Aosta brachten, lebten hier. Auch eine Bäuerin, die ausschließlich Ziegenkäse herstellte.

Ginevra war alles hier vertraut. Mit dem Rad von Aquileia kommend, hatten sie und ihre Eltern früher oft zu dritt die Landschaft erkundet. Von Fossalon waren sie die Küste entlang bis zur Mündung des Isonzo gefahren, manchmal auch weiter. Die gesamte Gegend war, wie Ginevra wusste, ein Naturschutzgebiet.

Auch die Werkstätte lag dementsprechend idyllisch vor einem jetzt bereits abgeernteten Feld zwischen Kanälen, die trübes Wasser führten. Ein wenig wirkte sie, trotz des mediterranen Klimas, einem Dickens-Roman des 19. Jahrhunderts entsprungen: ärmlich, schmutzig, nicht wirklich vertrauenerweckend. Der Besitzer, ein knorriger Alter, war ein ausgemachtes Schlitzohr, das schon des Öfteren versucht hatte, ihr etwas anzudrehen, obwohl sie es nicht wirklich benötigte. Aber er war ein weitläufiger Bekannter von Onkel Giuseppe.

Sie mussten sich auf dem vollgestellten Hof einen Weg zur Halle bahnen. Der Werkstattbesitzer, er verkaufte auch Gebrauchtwagen, stand mit zwei Mechanikern am Ende der Montagegasse. Die Fensterscheiben hier waren verschmiert, sie hatten schon lange kein Putztuch mehr gesehen. Möglicherweise nie. Dennoch ließen sie genug Licht ein, um den Flug der dichten Staubflocken sichtbar zu machen.

»Hallo, hallo«, begrüßte der alte Mann sie aufgeräumt. »Ich habe mich über Ihren Anruf gefreut. Eigentlich müsste ich Ihnen Standmiete berechnen, für ein halbes Jahr unerlaubtes Parken«, er lachte und rieb sich die Hände, »aber dazu schätze ich zufriedene Kunden viel zu sehr. Ich habe Ihren Wagen fix und fertig bereits auf den Hof gestellt.« Er wies durch eines der Fenster und grinste. »Und ›fix und fertig‹, junge Frau, meine ich wörtlich. Sie sollten sich besser ein neueres Modell zulegen, am besten gleich.«

»Bedeutet das, mein Auto ist nur noch zum Verschrotten zu gebrauchen?«, fragte Ginevra hoffnungsvoll, denn dadurch täte sich eine unvorhergesehene Möglichkeit auf, ihr womöglich etwas vorschnell geäußertes Vorhaben doch nicht in Angriff nehmen zu müssen.

»Es fährt. Ich gebe Ihnen nur einen wohlgemeinten Rat. Mehr nicht.«

Ginevra fühlte sich zunehmend beengt. Eine Gruppe Männer war in die Werkstatt gekommen. Zudem hatte sich die Atmosphäre verändert. Ihr kam es so vor, als schwebte etwas Bedrohliches, etwas, das sie nicht zuordnen konnte, im Raum.

Sie begann zu schwitzen. Natürlich ist es nichts weiter als die inzwischen vertraute Einbildung, rief sie sich zur Ordnung. Aber dennoch, sie hatte einmal mehr den Eindruck, beobachtet zu werden. Dummchen, schalt sie sich erneut, du wirst ja auch beobachtet, kein Wunder bei der Unzahl von Mechanikern und männlichen Kunden.

Aber was wollten die alle hier? Das Geschäft des Schlitzohrs schien jedenfalls zu florieren. Womöglich handelte er unter dem Ladentisch noch mit anderer Ware.

Ginevra schüttelte sich und sandte ihrem Vater einen hilfesuchenden Blick, eine stumme Aufforderung, mit ihr von hier zu verschwinden. Er reagierte jedoch nicht, und an ihrer Mutter prallten ihre Blicke ohnehin ab. Endlich, nach Minuten, in denen er jeden seiner Besucher ausführlich begrüßt hatte, führte der Werkstattbesitzer sie zu Ginevras altem Fiat.

»Ich habe repariert, was zu reparieren war, und die Karre immer wieder in Bewegung gesetzt, damit sie nicht völlig einrostet.« Er grinste und übergab den Schlüssel Ginevra, die ihn unruhig entgegennahm.

Immerhin beglich ihr Vater und nicht sie die unverschämt hohe Rechnung. Dann stiegen die Eltern in ihren Wagen, während sie sich zögernd hinter das Steuer ihrer Schrottkiste setzte. Der große Moment war gekommen.

Als Zugeständnis an ihre Ängste hatte Ginevra darum gebeten, dass die Eltern ihr folgten. Im Wagen war sie jedoch allein. Erneut spürte sie Hitze in sich aufwallen. Aber nein, dachte sie fest, ich werde jetzt keine Panikattacke bekommen. Sich so Mut machend, startete sie ihren kleinen Fiat Panda.

Natürlich klappte es erst beim zweiten Versuch. Es war ihrer dummen Nervosität zuzuschreiben, das war ihr klar. Trotzdem ärgerte sie sich.

Ihr war, als hätte die bedrohliche Atmosphäre der Werkstatt sich auf den Innenraum des Wagens übertragen. Die Luft war zum Schneiden, und die Scheiben beschlugen, als sie von der buckeligen Landstraße auf die Hauptstraße nach Grado abbogen. Es herrschte Feierabendverkehr, alle wollten jetzt nach

Hause. Obwohl ihre Eltern dicht hinter ihr fuhren, fühlte sie sich allein und wurde immer unsicherer.

Mit einem Mal begannen Tränen über ihre Wangen zu strömen. Ihre Lippen bebten, stammelten sinnloses Zeug. Fast war es wie in jener bewussten Nacht, nur dass kein Regen fiel und nicht Sturm, sondern Straßenverkehr rund um das Auto heulte. Das Herz schlug Ginevra bis zum Hals, und ein gewaltiger Schwindel hatte von ihr Besitz ergriffen.

Was war bloß los mit ihr?

War er wieder hinter ihr her?

Kaum dass sich dieser Gedanke gebildet hatte, wurde er auch schon zur allumfassenden Wahrheit.

Ohne zu überlegen, scherte sie nach rechts aus, bremste scharf und blieb mit laufendem Motor auf dem Seitenstreifen stehen. Ihr überraschter Vater brauste an ihr vorbei, beinahe wäre er aufgefahren. Ginevra schlang die Arme um das Lenkrad und weinte laut.

Erst als nach einiger Zeit ihre Mutter auf der Beifahrerseite einstieg und sie in die Arme nahm, begann sie sich allmählich zu beruhigen. »Ich drehe noch völlig durch«, schluchzte sie. »Verdammt, ich bin noch nicht so weit, mit dem Auto zu fahren. Das kommt dabei heraus, wenn ich mich wider besseres Wissen zu etwas zwinge.«

»Mach dir keine Vorwürfe, Mädchen. Es ist nichts passiert. Ich fahre dein Auto nach Aquileia und stelle es in die Garage, bis du wirklich so weit bist, selbst zu fahren. Setz dich nicht unnötig unter Druck. Papa bringt dich nach Grado zurück.«

Die Worte ihrer Mutter taten ihr gut, aber innerlich wusste Ginevra, sie hatte versagt.

Wie ein Schulkind hockte sie danach mit tränenverschmiertem Gesicht neben ihrem Vater, der zum Glück davon Abstand nahm, sie beruhigen oder trösten zu wollen.

Nur beim Abschied drückte er sie ganz fest an sich. »Mach dir nichts draus«, sagte er leise.

Doch Ginevra machte sich etwas draus. Sicher, sie hatte gewusst, dass es schwierig werden würde, zum ersten Mal wieder ins Auto zu steigen. Aber mit einer derart heftigen Panikattacke hatte sie nicht gerechnet. Das, was sie im Wageninneren erfasst hatte, war wie eine mystische Verfinsterung gewesen.

»So, Dottoressa Beato«, schrie sie gegen die Wände ihrer Wohnung, »die erste Aufgabe wäre erledigt. Autofahren ist bis auf Weiteres gestrichen!«

Um sich nicht noch mehr in ihren Ärger hineinzusteigern, ging sie unter die Dusche, zum dritten Mal am heutigen Tag, und schrubbte ihre Haut, bis sie rot war und prickelte. Dann trank sie mehrere Gläser Wasser. Sich dazu zwingend, an nichts zu denken, schlüpfte sie in schwarze Jeans und zog ein weißes Hemd über den Kopf.

Erst auf dem Weg zu Stefanos Bar am Alten Hafen begann Ginevra, sich etwas wohler zu fühlen. Was ihr weiterhin Sorgen bereitete, war die Angst vor einer neuerlichen Panikattacke.

Als sie eintraf, war nicht viel los. Sie hatte Zeit, Francesca Fragen zu stellen und sich ein wenig umzusehen. Erst gegen neun Uhr wurde es voller, aber da sie zu dritt waren, ging alles leicht von der Hand.

Ginevra begann sich mehr und mehr zu entspannen. Besser noch, sie hatte mit einem Mal Spaß an der Arbeit.

»Man merkt, du hast Erfahrung im Service.« Auch Stefano wirkte zufrieden.

Ginevra lächelte. Sein Lob tat ihr gut.

Einige der Gäste waren ihr von früher vage bekannt. Es waren junge Leute in ihrem Alter, die hier lebten. Damals, als ihre Tante, Onkel Giuseppes Frau, noch lebte, hatte Ginevra die Sommer ihrer Kindheit hier am Meer verbracht und viele Freundschaften geschlossen. Grado, vor allem der Strand, war damals so etwas wie ihr zweites Wohnzimmer gewesen.

So rückte der traumatische Nachmittag in Fossalon immer mehr in den Hintergrund. Ginevra war wieder im Jetzt angekommen. Kurz fiel ihr die Begegnung mit dem blonden Märchenprinzen vom Vormittag ein. Überrascht merkte sie, dass sich ihr Mund dabei zu einem Lächeln verzog. Insgeheim hielt sie nach ihm Ausschau.

Dann, bereits spät am Abend, fielen neue Gäste ein.

»Betrunkene«, murmelte Stefano mürrisch und schickte seine Frau in die Wohnung über dem Lokal.

Einer aus der Gruppe, offensichtlich der Wortführer, gab sich besonders laut. Immer wieder versuchte er, Ginevras Aufmerksamkeit mit zotigen Sprüchen zu erlangen. Die war aus der Udineser Bar einiges gewohnt. Doch das war vor dem Verbrechen gewesen.

Wieder musste sie feststellen, wie dünn ihr Nervenkostüm war. Die Schutzschicht, die einst vieles an ihr abprallen ließ, war ihr abhandengekommen.

»Du kannst heimgehen«, bot Stefano an. »Mit denen komme ich schon allein zurecht.«

Ginevra aber wollte beweisen, dass sie auch schwierigen Situationen gewachsen war, und lehnte ab.

Die Betrunkenen bekamen zwar keine Getränke mehr, blieben aber hartnäckig sitzen. Irgendwann packte der eine, der ihr am meisten zugesetzt hatte, sie an den Hüften und zog sie zu sich. Ginevra wehrte sich instinktiv. Ihren Ellbogen drosch sie gegen seine Brust, ihre Handfläche landete klatschend in seinem Gesicht. Unter dem höhnischen Gejohle seiner Freunde riss sie sich los und rannte in die kleine Küche hinter der Bar.

Wenig später setzte sich Stefano zu ihr. »Die sind weg und kommen so schnell nicht wieder.«

Er versuchte, sie zu beruhigen, aber in Ginevra waren wieder die alten Zweifel erwacht. Sie zweifelte an sich, ihren Fähigkeiten, ihrem Durchhaltevermögen, ihrer Vernunft. Sie zweifelte daran, überhaupt arbeiten zu können. Stellte sie nicht vielmehr eine Belastung für jeden Chef dar? Und sie fragte sich, ob sie den Typen, der sie so bedrängt hatte, womöglich kannte. Immer wieder fragte sie sich das.

»Lass dir Zeit«, riet ihr Stefano, der ihre Situation erfasst hatte, beschwichtigend. »Ich freue mich, wenn du dich entscheidest, weiter bei mir auszuhelfen, aber du musst nichts überstürzen.«

Es war gar nicht notwendig gewesen, ihm zu erzählen, warum es ihr mies ging, er hatte auch so verstanden.

Nach einer Weile begleitete er sie hinaus.

In ihrer Wohnung trank Ginevra ein Glas Cola mit viel Zitrone und lümmelte sich auf ihr Bett. Bei Netflix suchte sie eine neue Serie, eine, in der es um Liebe ging. Etwas ganz und gar Harmloses, Anspruchsloses.

Als sie schließlich gefunden hatte, was ihren Wünschen entsprach, lehnte sie ihren Kopf gegen das Kissen und schloss die Augen.

Innerhalb weniger Sekunden war sie fest eingeschlafen.

11

Als Toto erwachte, war es dämmrig im Zimmer und dämmrig in seinem Kopf.

Alles sah anders aus.

Wo war sein Schrank, und weshalb stand das Bett verkehrt herum, im rechten Winkel zum Fenster? Auf einem Tisch ließ eine einzelne Blume durstig ihren Kopf über den Hals einer schmalen Vase hängen.

Wo war er?

Bevor er sich weitere Fragen stellen konnte, hörte er, wie sich ein Schlüssel im Schloss der Zimmertür drehte, und eine Schwester betrat den Raum. Sie schob einen Servierwagen mit Suppe, Weißbrot, einem Becher Tee und einem Pillenbehälter in seine Richtung.

»Wer sind Sie?« Totos Frage klang selbst in seinen Ohren undeutlich.

Die Frau wies auf ein Namensschild, das an die Brusttasche ihres weißen Mantels geheftet war. »Ich heiße Marietta und kümmere mich um Sie.«

Ein freundliches Lächeln zeigte sich auf ihrem Gesicht. »Wie geht es Ihnen?«, fragte sie, und Toto versuchte, sich zu konzentrieren.

Sie hatte graue Augen und trug eine helle Hose. Ihr Mund war klein und rund. Das brünette Haar baumelte in einem langen Zopf über den Rücken. Ja, das gefiel ihm. An ihrer Schulter hing eine Tasche, aus der sie einige Instrumente zog.

»Ich überprüfe jetzt Ihre Reflexe.« Sie lächelte wieder und sah ihm in die Augen. »Folgen Sie dem Gegenstand.«

Irgendetwas hielt sie in die Höhe und bewegte es weg von ihm. Toto streckte die Hand nach dem Ding aus und fing es. Es war ein Metallstift. Er hatte es geschafft, die erste Aufgabe war gelöst.

»Nicht so. Ich meinte, mit Ihren Augen.«

Das war sogar noch leichter.

»Gut«, murmelte sie, schrieb etwas auf ein Blatt Papier und klopfte mit einem kleinen, spitzen Hammer auf seine Kniescheiben.

Toto versuchte, gegen das Zucken in seinen Beinen anzukämpfen, aber es gelang ihm nicht. Sie tröstete ihn, indem sie mit ihren Fingern abwechselnd über die empfindliche Haut seiner Fußsohlen strich. Es kitzelte, tat aber nicht weh. Mit einem Instrument, dessen Name ihm nicht einfiel, horchte sie in ihn hinein. Dabei hatte sie die Enden des Schlauches in ihre Ohren gesteckt und ihn gebeten, keinen Mucks zu machen. Er hielt die Luft an, bis es in seinem Magen gluckste. Das brachte sie beide zum Lachen.

In seinem Baumarkt führten sie so ein Gerät nicht. Weil er den Bestand besser kannte als alle anderen, war er sich sicher. Aber er hatte so etwas schon bei Dottor Beltrame, dem Hausarzt, gesehen.

»So, das hätten wir.« Die Schwester notierte wieder etwas auf dem Blatt und räumte die Instrumente weg. »Essen Sie jetzt Ihre Suppe, sonst wird sie kalt. Danach unterhalten wir uns ein wenig.«

Sie setzte sich auf einen Stuhl und wartete, bis er die dicke Suppe ausgelöffelt hatte. Sie roch zwar nach orangem Kürbis, aber Toto schmeckte ihn nicht, weil er beim Essen beobachtet wurde.

Noch bevor er in das Weißbrot beißen konnte, fing die Schwester wieder zu reden an. »Signor Merluzzi, woran können Sie sich erinnern?«

Ihre grauen Augen blickten fragend. Ihr Mund wirkte erstaunt, als wollte sie immerzu O sagen.

»Warum bin ich nicht mehr in meinem Zimmer mit dem Bild vom Meer und den Möwen? Hier gehört mir nur der Pyjama.«

»Schauen Sie«, die Schwester hatte die Tür eines schmalen Kastens geöffnet, »Ihre Sportschuhe, der Trainingsanzug und Ihre Jacke sind hier, und in der Duschzelle finden Sie Ihre Zahnbürste und einen Kamm.«

»Trotzdem, ich möchte wieder zurück.«

»Das dürfen Sie auch, aber erst, wenn Sie wieder gesund sind. Hier sind Sie in einer anderen Abteilung. Sie heißt neurologische Station. Sie hatten einen epileptischen Anfall.«

»Anfall?« Er sah sie verständnislos an. »Sind meine Nerven wieder gerissen?«

»Nein, nichts in der Art. Es war ein Krampfanfall. Wir nennen das: Gewitter im Kopf.«

Toto musste an grelle Blitze und polternde Donnerschläge denken.

»Dabei sind Sie umgefallen, haben sich den Kopf gestoßen und auf Ihre Zunge gebissen.«

Jetzt verstand Toto, warum die Suppe in seinem Mund so gebrannt hatte. Vorsichtig tastete er mit den Fingerspitzen über die Schwellung und dann über seine Stirn, Schläfen und Haare.

»Die Platzwunde ist am Hinterkopf, sie musste genäht werden.«

Wirklich, da war ein breites Pflaster an seinen Haaren.

»Ich kann mich nicht erinnern. Wann war das? Wissen Olivia und Tante Antonella davon? Werden sie schimpfen?«

»Niemand ist böse auf Sie, Sie hatten Glück. Dottoressa Ghiberti und zwei Polizisten waren gerade bei Ihnen. Eben wollten sie sich verabschieden, da ist es passiert. Die Ärztin sagte, Sie hätten sich kurz davor aufgeregt. Ihre Tante kam erst, als Sie genäht wurden.«

»Genäht? Mit Nadel und Faden? Wie ein Loch in der Socke bin ich gestopft worden?« Toto konnte sich ein Grinsen nicht verbeißen.

Auch Schwester Marietta lächelte. Jetzt sah ihr Mund aus wie ein Ist-gleich-Zeichen in einem Rechenbuch, das an beiden Enden nach oben gebogen war.

»Was geschieht mit mir? Werde ich das Gewitter im Kopf wieder bekommen?« Toto fürchtete sich ein bisschen vor Unwetter, aber er fand es auch interessant.

Er erinnerte sich nur undeutlich an das letzte Gespräch mit der Commissaria. Die Polizei hatte ihm nicht geglaubt, und das hatte ihn wütend gemacht. Gleich darauf war ihm schlecht geworden, und in seinem Kopf hatte es komisch gezuckt. War das ein Blitz vom Gewitter gewesen?

»Ihre Tante sagt, Sie hätten noch nie zuvor einen Krampfanfall gehabt. Auch in Ihrer Krankenakte ist nichts Derartiges vermerkt. Darum wollen wir Sie hier bei uns einmal ganz genau untersuchen. Sie müssen sich jedenfalls keine Sorgen machen. Manchmal bleibt es bei einem einzigen Anfall. Das Gehirn baut so Spannungen ab, die der Mensch nicht ertragen kann. Wir haben Ihnen Tabletten gegeben, damit es nicht wieder passiert. Verstehen Sie das?«

Natürlich verstand Toto. Er war ja nicht blöd.

»Jetzt schlafen Sie am besten noch ein wenig, bis Sie zum EEG geholt werden.« Sie sah seinen fragenden Blick. »Das Elektroenzephalogramm ist eine spezielle Untersuchung Ihres Kopfes.«

»Elektroenze…« Toto stockte. »Bohren die Ärzte meinen Kopf damit auf, um zu sehen, was die Gedanken machen?«

»Du meine Güte, nein. Es werden Elektroden auf Ihre Kopfhaut gesetzt, die Ihre Hirnströme messen. Sie dürfen dabei in den Spiegel schauen und werden es lustig finden, weil Sie mit den ganzen Drähten auf dem Kopf wie ein Marsmännchen aussehen.«

Schwester Marietta lachte, und Toto, der ernst blieb, konnte schimmernde Zähne und ihre Zunge sehen.

Es gefiel ihm überhaupt nicht, wie ein Außerirdischer auszusehen. Nein, das wollte er nicht.

»Weiß die Tante davon? Und Olivia?«

Die beiden mussten ihre Zustimmung zu jeder Untersuchung geben, das wusste Toto genau. Und so ein Elektrodings hätten sie nicht erlaubt, denn sie wollten immer, dass er *normal* aussah.

»Es ist alles abgeklärt. Machen Sie sich keine Sorgen. Es ist zu Ihrem Besten.«

Aber Toto machte sich Sorgen. Er glaubte dieser Schwester Marietta nicht. Wieso sollten Olivia und seine Tante das, was sie hier mit seinem Kopf machen wollten, einfach so, ohne Weiteres erlauben?

Er musste plötzlich an Grado denken und an den Pfarrer von Santa Eufemia. Das war ein Mann mit einem großen Herzen. Alle Sonntage nach seiner Predigt sang in seiner Kathedrale der Fischerchor. So schön war das, dass Toto beim Lied »Madonnina del mare« jedes Mal weinen musste. Der Priester hatte ihm erlaubt, einmal mit den Fischern mitzusingen, was eine große Ehre war. Bisher hatte Toto sich jedoch nicht getraut. Niemandem hatte er davon erzählt, auch nicht seiner Tante und Olivia. Diesen Pfarrer vermisste er sehr. Mehr noch als Olivia und den heiligen Michael, seinen Anzolo, oben auf der Turmspitze.

»Ich will nach Grado.« Seine Stimme klang leise.

»Wir werden sehen. Später kommen der Arzt und der Psychologe zu Ihnen. Sie entscheiden darüber.«

Toto spürte es genau, wenn sich jemand vor einer Antwort drückte. Die Frau war zu feige, ihm zu sagen, dass er nicht nach Hause durfte. Das wusste er jetzt.

Schwester Marietta stand auf und wusch sich die Hände. Dann sprühte sie das Desinfektionsmittel, das auf der Haut ein bisschen brannte und kalt war, aus dem an der Wand befestigten Behälter und tat noch einmal so, als würde sie sich die Hände waschen. Als sie ging, lächelte sie ihn wieder an. »Sie haben das gut gemacht.«

Toto war sich nicht sicher. Er lehnte sich zurück, schloss die Augen und fing an nachzudenken.

Alles, worüber er jemals mit der Commissaria gesprochen hatte, wollte er gern dem Priester erzählen. Dem konnte er vertrauen, in der heiligen Beichte. Dort durfte man nicht lügen. Schon deshalb musste der Pfarrer ihm glauben. Toto würde sein Gewissen erleichtern und um Vergebung bitten.

Als er die Augen wieder aufmachte, stand vor seinem Bett ein Mann und blickte auf ihn herab. Toto schreckte hoch.

»Es ist alles in Ordnung. Ich hole Sie zur Untersuchung. Bitte ziehen Sie Ihre Jacke über den Trainingsanzug und vergessen Sie auch nicht die Schuhe. Es ist kalt, und wir müssen in einen anderen Trakt gehen.«

Vor der Tür saß ein Polizist. Er blätterte in einer Zeitschrift. Sein Handy lag auf einem kleinen Tisch neben ihm. Toto wusste, dass auch vor seinem anderen Zimmer im Krankenhaus bis zur Verhandlung Polizeibeamte auf ihn aufpassten.

Kurz fragte er sich, wovor man hier beschützt werden musste, aber dann fand er es einfach nur angenehm, die vielen Flure entlangzugehen. Er genoss den Spaziergang richtig. Mit dem Pfleger an seiner Seite fühlte er sich nicht so allein.

Jetzt erst bemerkte Toto, wie sehr ihm seine ausgedehnten Wanderungen fehlten. »Ich möchte morgen wieder zu dieser Kopf-Untersuchung«, versuchte er deshalb den Pfleger zu überzeugen.

Der grinste ihn von der Seite her an. »Das bestimmen die Ärzte, aber ich an Ihrer Stelle würde nicht darum bitten. Es gibt weitaus Angenehmeres als ein Elektroenzephalogramm.«

Elektroenze... Schon wieder dieses hässliche Wort, das er sich nicht merken konnte. Jetzt bekam Toto wirklich Angst. Wollten die seinen Kopf also doch aufschneiden? Vielleicht hatte die Schwester nicht die Wahrheit gesagt, sie hatte schon einmal gelogen.

Vor Jahren hatte Toto einen Film gesehen, in dem einem Mann, der zu wild gewesen war, der Kopf aufgeklappt wurde. Als wäre er ein Frühstücksei, schnipselte ein Messer ihn mittendurch. Er hatte zu weinen begonnen und musste sich übergeben. Zweimal.

Und jetzt war er dran. Er war zu wild gewesen. Toto zitterte heftig und begann zu taumeln. Er sah sein Hirn, das wie der gelbe Dotter eines Frühstückseis über seine Gesichtsschale rann.

»Ist alles in Ordnung mit Ihnen?« Der Pfleger sah sich besorgt um und zog ihn zu einer Sitzgruppe für Besucher. »Bitte warten Sie hier, ich hole einen Arzt.«

»In ... in meinem Kopf ... wackelt das Hirn wie Pudding«,

stammelte Toto und ließ sich auf den Stuhl fallen. Panisch sah er, wie der Pfleger davonlief und um die nächste Ecke bog. Er wollte nicht schon wieder allein sein.

Toto dachte an das Messer, das gleich seinen Kopf aufschneiden würde. Er musste dem Mann sofort nachlaufen und mit ihm zurück in sein Zimmer gehen. Keine Untersuchung, kein Messer. Er war dagegen.

Mit wackeligen Beinen stand er auf und machte sich auf die Suche.

Er gelangte zur Biegung, hinter der der Pfleger verschwunden war, aber der Gang war leer. Verängstigt öffnete er eine Tür und stand in einem Stiegenhaus. Eine Stahltreppe führte hinunter, und Toto umklammerte das Geländer. Vorsichtig setzte er einen Fuß vor den anderen.

Das waren mindestens fünf Stockwerke, dachte er, als er unten angekommen war, und atmete heftig.

Durch ein kleines, mit Sand verschmiertes Fenster sah er Autos auf einem Parkplatz stehen. Zaghaft öffnete er die danebenliegende Tür und trat ins Freie.

Die frische Luft, auch wenn sie ihm guttat, war ordentlich kalt.

Toto dachte kurz nach. Er hatte nach dem Pfleger gesucht, aber vielleicht suchten inzwischen die Ärzte nach ihm? Er wollte nicht bestraft werden, weil er weglief, aber noch viel weniger wollte er wie ein Frühstücksei aufgeschnitten und untersucht werden. Davor schützte ihn nicht einmal der Polizist, der vor der Zimmertür saß. Sonst wäre der ja vorhin mitgekommen.

Nein, seine Eierschale durfte er sich nicht zerbrechen lassen. Die hielt ihn zusammen.

Wieder fiel ihm der Pfarrer ein. Und dass der Pfarrer sicher Rat wusste, weil er ein Priester war.

Toto drehte sich zweimal im Kreis, bevor er den Parkplatz verließ.

Weder Schritte noch Rufe verfolgten ihn.

Irgendwo gab es immer einen Bahnhof, das wusste er aus

einem Buch. Mit dem Zug konnte er Grado erreichen, und dann war es nicht mehr weit bis zur Kirche.

Während Toto in Richtung Triest ging, überlegte er, wo der Bahnhof sein könnte.

12

Maddalena Degrassi legte den Hörer so heftig auf, dass er krachend zu Boden fiel.

Fanetti, der am Fenster gestanden und versonnen das Meer betrachtet hatte, drehte sich ruckartig zu ihr um. »Was?«, begann er und verstummte, als er ihr zorniges Gesicht sah.

»Toto Merluzzi ist weg. Abgängig. Hat sich in Luft aufgelöst. Der diensthabende Beamte, dieser Narr, hatte keine andere Aufgabe, als sein Kreuzworträtsel zu lösen, Kaffee zu trinken und das Zimmer zu bewachen. Und dennoch hat es Merluzzi irgendwie geschafft zu verschwinden.«

»Was ist passiert? Ist der Kollege eingeschlafen?«

Maddalena runzelte die Stirn. »Ich weiß es noch nicht, aber glauben Sie mir, es wird ein Nachspiel haben. Im Moment durchkämmen sie auf der Suche nach ihm das Krankenhausareal und die unmittelbare Umgebung.« Sie seufzte. »Wofür, verdammt noch mal, stellen wir unser teures Personal ab, wenn das ohnehin nichts bringt?«

Natürlich war ihr klar, dass Legolas die falsche Ansprechperson für ihren Zorn war. Aber er eignete sich nun mal hervorragend als Blitzableiter.

Inzwischen hatte Lippi, angelockt von der Lautstärke ihrer Unterhaltung, das Büro betreten. »Sicher so ein lausiger Grünschnabel«, beantwortete er vorlaut ihre rhetorische Frage. »Die Frischlinge haben doch heutzutage keine Arbeitsmoral mehr. Und das kommt dabei heraus, wenn ein Idiot einen Minderbegabten bewacht. Was wird denen auf der Polizeischule eigentlich noch beigebracht? Wie man die Dienstwaffe poliert?« Er strich sich echauffiert über den Bauch. Sein Hemd spannte, der mittlere Knopf drohte wegzuspringen.

Maddalena warf ihm einen giftigen Blick zu. »Schreiben Sie Merluzzi zur Fahndung aus. Sofort.«

Lippi nickte und verschwand, Fanetti drehte sich weg.

Wenn sie Pech hatte, rief er Scaramuzza im Urlaub an und erzählte seinem Onkel brühwarm von dieser Pleite. Dem galt es zuvorzukommen, informieren musste Maddalena ihren Vorgesetzten schon selbst. Am besten gleich.

»Legolas, nehmen Sie Beltrame und fahren Sie zu den Merluzzis. Vielleicht schlägt der Flüchtige sich bis zu seiner Verwandtschaft durch, wenn wir Glück haben, möchte er nur nach Hause.«

Fanetti starrte sie an. »Wie haben Sie mich eben genannt?«
»Ach, vergessen Sie es.« Sie dachte kurz nach. »Bevor Sie fahren, schicken Sie mir noch Zoli herein. Wir werden die Radiostationen und Zeitungen um Mithilfe bitten müssen.«

Es war bereits dunkel, als sie sich zur Lagebesprechung wieder im Büro einfanden.

Bisher hatte der Lauf der Ereignisse sie nicht innehalten lassen, jetzt, in den ersten Momenten der Ruhe, spürte Maddalena, wie müde sie war. Auch Lippi, Zoli und Beltrame wirkten erschöpft, nur Legolas – sie rief sich zur Ordnung: *Fanetti* – erschien frisch und makellos wie immer.

Die Fahndung war bislang erfolglos geblieben. Das Haus der Merluzzis wurde zwar überwacht, verlässlich, wie ihr versichert wurde, aber inzwischen glaubte Maddalena nicht mehr so recht daran, einen leichten Erfolg erringen zu können. Obwohl die Meldung über den Ausbruch bereits in den Nachrichten war, hielten sich die Hinweise in Grenzen. Morgen würden die Zeitungen darüber berichten, aber Maddalena erhoffte sich auch davon nicht viel. Ein bedrücktes Schweigen hatte sich im Raum breitgemacht.

Als die Tür aufgerissen wurde, fuhren sie alle fünf hoch.

Mit zorngeröteten Wangen stürmte Commandante Scaramuzza ins Zimmer. »Ich störe nur ungern beim Kaffeekränzchen«, polterte er ungehalten, »aber mein Pflichtbewusstsein erlaubt *mir* in Krisensituationen *keine* Gemütlichkeit.«

»Möchtest du trotzdem einen Kaffee?«

Maddalena meinte, aus Fanettis Stimme blanke Ironie herauszuhören, aber Scaramuzza nickte erstaunlich freundlich in Richtung seines bevorzugten Schützlings.

»Commandante«, sagte sie und zeigte einladend auf den einzigen noch freien Stuhl, »wir dachten, Sie kämen erst Anfang nächster Woche zurück?« Sie räusperte sich.

Scaramuzza schnaubte geräuschvoll. »Wie es aussieht, werde ich hier gebraucht. Degrassi, warum passieren immer Ihnen diese Missgeschicke?«

Maddalena sah ihn schweigend an. In ihr kämpften widerstreitende Gefühle. Sie wollte sich diesen Ton, diese Unterstellungen nicht länger gefallen lassen, aber ihr war auch klar, dass er so unrecht nicht hatte. Zu viel war in letzter Zeit geschehen, und nicht immer war sie erfolgreich gewesen.

Fanetti hatte sich inzwischen Zolis Thermoskanne geschnappt und schenkte dem Commandante großzügig einen Becher voll ein.

Scaramuzza nahm einen Schluck und nickte anerkennend. »Großartig, mein Junge. War ja nicht anders von dir zu erwarten.«

»Eine Spezialmischung. Wir nennen sie ›Mutterglück‹.« Fanetti lächelte unbeschwert und ließ seine weißen Zähne blitzen.

Zoli stieß einen Laut aus, der an das verletzte Knurren eines Welpen erinnerte, und in Maddalena stieg eine unbändige Heiterkeit hoch, die sie verzweifelt zu unterdrücken versuchte. Jetzt nur keinen hysterischen Lachkrampf bekommen, dachte sie und flüchtete sich in einen wilden Hustenanfall.

»Bringen Sie mich auf den neuesten Stand«, forderte Scaramuzza sie auf, sah dabei aber Lippi an.

Maddalena wusste, dass er ihn gern an ihrer Stelle sähe, und wurde schlagartig ernst. Ehe Lippi zum Sprechen ansetzen konnte, informierte sie Scaramuzza über die neuesten Entwicklungen und ließ dann auch ihre Kollegen reihum kurz ein paar Sätze sagen.

Der Commandante nickte und rieb sich die Hände. »Ich werde mich auf der Stelle persönlich mit dem Chefredakteur des ›Il Piccolo‹ besprechen. Einerseits«, er hob einen Finger,

»pflegen wir damit den Kontakt zur Presse, und andererseits«, ein weiterer seiner Finger schoss in die Höhe, »kann ich dabei die Berichterstattung in unserem Sinne beeinflussen.« Zufrieden lehnte er sich zurück. »Zwei Fliegen, Degrassi, verstehen Sie?«

Halt endlich die Klappe, dachte Maddalena und räusperte sich. Sie musste noch etwas Wichtiges loswerden, bevor dieser fleischgewordene Wirbelwind wie üblich Schaden anrichtete. »Warten Sie bitte noch einen Moment, Commandante«, sagte sie daher und fluchte innerlich, als sie bemerkte, wie dünn ihre Stimme klang.

Doch sie hatte die ohnehin sehr begrenzte Aufnahmefähigkeit ihres Chefs bereits überschritten. Reihum grüßend verließ er das Büro, ohne sie weiter zu beachten. Ihr blieb nichts anderes übrig, als hinter ihm herzulaufen. So behäbig er nach außen hin wirkte, so schnell konnte er sich von einem Ort zum nächsten bewegen.

Die Tür des Aufzugs schloss sich direkt vor ihrer Nase. Maddalena musste die Treppe hinunterlaufen.

»Was soll das, Degrassi, observieren Sie mich?«, röhrte er, als sie ihn im Erdgeschoss eingeholt hatte.

»Commandante, es gibt noch einen wichtigen Aspekt, der dem ganzen Fall eine neue Wendung geben kann«, sagte sie schnell.

Er wandte sich ihr schulterzuckend zu. »Warum sprachen Sie darüber nicht eben in der Konferenz? Ist es vertraulich? Haben Sie vor den Kollegen Geheimnisse?«

Entgeistert starrte sie in sein feistes Gesicht, auf dem ein joviales Lächeln lag.

»Können wir noch einen Moment in Ihr Büro gehen?«, fragte sie zögernd.

»Keine Chance. Ich weiß Ihr Vertrauen zu schätzen, aber Zeit ist nun einmal Geld. Ich muss los, also fassen Sie sich, aber fassen Sie sich kurz.«

Notgedrungen berichtete Maddalena ihm buchstäblich zwischen Tür und Angel von ihren, Zolis, Fanettis und Beltrames Zweifeln an Toto Merluzzis Täterschaft.

»Der neue Fall gleicht in beunruhigender Weise dem Mord an Nicola Pavese. Wie sie wurde Camilla Benigni mit ihrem eigenen Schal erwürgt, jedoch nicht wie die überlebenden Opfer vergewaltigt. Das könnte auf eine Veränderung im Täterprofil hinweisen. Vorausgesetzt, es handelt sich um denselben Täter. Toto Merluzzi könnte etwas gestanden haben, was er sich nur einbildet, getan zu haben, und der wahre Täter wäre dann immer noch auf freiem Fuß.«

Mit jedem ihrer Worte hatte Scaramuzzas Gesichtsfarbe einen intensiveren Ton angenommen. »Was denn?«, empörte er sich lautstark. »Sie gehen also in aller Seelenruhe davon aus, den Falschen verhaftet zu haben? Warum erstaunt mich das nicht? Kein Wunder, dass Sie vor den anderen nicht darüber sprechen wollten.«

Feine Speichelbläschen hatten sich auf seiner Unterlippe gebildet. »Hören Sie, Degrassi, Arturo Fanetti ist zu Ihrer Unterstützung da und nicht, um von Ihnen zu lernen, wie man Dinge verbockt und sich in irrwitzige Annahmen verstrickt. Ich verbitte mir diesen Unsinn, Merluzzi ist unser Täter. Er hat alle Taten gestanden. Schlimm genug, dass er geflohen ist, aber in Anbetracht Ihrer Unfähigkeit hat es wohl auch etwas Gutes, so wissen Sie wenigstens, *wen* Sie suchen müssen. Umgekehrt fällt es Ihnen ohnehin schwer.« Keuchend rang der Commandante nach Atem. »Vergessen Sie Ihre Hirngespinste, Degrassi, und konzentrieren Sie sich endlich auf das Naheliegende.«

Maddalena stand da wie erstarrt. Unfähig, sich zu rühren oder einen klaren Gedanken zu fassen, sah sie ihrem Chef nach, der zufrieden über den Parkplatz ging.

13

Es war einer jener Tage, die verklärt an längst vergangene Ferien, an Sandburgen, Meer und den Geruch von Sonnencreme erinnerten. Die Sonne schien heiß, und das Wasser im Hafenbecken glitzerte. Wüsste sie es nicht besser, sie würde annehmen, dass der Hochsommer zurückgekehrt wäre.

Entspannt stand Ginevra in Stefanos Bar hinter dem Tresen. Sie fühlte sich gut. Kürzer als sonst war sie heute früh vor sich und ihrem Scherenschnitt-Schatten davongelaufen, hatte sogar über ihren Eifer, alles zu verdrängen, gelacht.

Das Haar wollte sie wieder wachsen lassen, und mit dem Essen würde sie auch wieder anfangen. So leicht wie bisher, hatte sie beschlossen, wollte sie sich nicht mehr unterkriegen lassen, das verdammte Trauma hatte genug Platz in ihrer Psyche beansprucht.

Außer dem Verbrechen, Ginevra hatte es lange nicht verstanden, gab es noch so viel anderes in ihrer Welt. Bei Stefano und Francesca zu arbeiten gehörte dazu und auch, sich von Betrunkenen nicht mehr ins Bockshorn jagen zu lassen. Aber vor allem gehörte Leben dazu.

»So, das wäre geschafft.« Lächelnd nahm sie die Gläser aus der Spülmaschine, polierte sie nach und hängte sie verkehrt herum in die Halterungen über der Theke, Tassen und Unterteller verstaute sie im Regal. Sie befüllte den Spüler neu und wusch sich die Hände. Als sie gerade den Zucker in den kleinen Dosen auffüllte, begann ihr Handy zu vibrieren.

Mia fragte mittels WhatsApp nach Ginevras Befinden. Immer noch lächelnd antwortete sie ihrer Freundin, dass es ihr besser ginge und sie neuen Mut gefasst habe. Dann achtete sie darauf, dass die Batterie an Flaschen im Hintergrund gut zu erkennen war, knipste ein Selfie und schickte es ab. Mia sollte ruhig rätseln, ob sie Arbeit oder Vergnügen gefunden hatte. Beides, wäre die richtige Antwort gewesen, aber Worte allein konnten diese Veränderung, eine regelrechte Metamorphose, die sie so überraschend durchgemacht hatte, kaum beschreiben.

Es. Ging. Ihr. Gut.

Was war noch zu tun? Kritisch ließ sie ihren Blick durchs Lokal wandern. Stefano ordnete hingebungsvoll die Brioches in der Glasvitrine, und Ginevra musste grinsen, als sie die akribisch genaue Reihung registrierte: Schokolade an der vordersten Front, Marmelade in der Mitte und leere Croissants an der letzten Position.

»Du bist heute ja gut gelaunt.« Francesca, die eben mit einer Einkaufstasche die Bar betrat, winkte ihr zu. »Morgen geht's bei mir los. Dann schuftet ihr beiden zu zweit, und ich gönne mir herrliche Ayurveda-Massagen.«

Bieten die einem so etwas neuerdings in staatlichen Kureinrichtungen, fragte Ginevra sich im Stillen, entgegnete aber fröhlich: »Nichts lieber als das. Ich mag die Arbeit bei euch.«

Und es war wirklich so. Kaum dass sie mit ihrer neuen Aufgabe begonnen hatte, fühlte sie, wie sich ihr inneres Gleichgewicht wiederherstellte.

»Still. Seid mal kurz ruhig.« Stefano hatte die Stimme gehoben und schob den Lautstärkeregler des ständig laufenden Fernsehers in die Höhe. Eben flimmerten Nachrichten über den Bildschirm, und Ginevra hielt erschrocken den Atem an. Das eingeblendete dicke Gesicht auf dem Foto kannte sie aus der Zeitung.

»Verdammt«, entfuhr es ihr, »der Typ läuft wieder frei herum. Er ist entkommen.«

Sie hatte mit Francesca und Stefano nicht darüber gesprochen, aber sie wusste, die beiden ahnten, weshalb sie mit einem Mal so betroffen wirkte. Sie wechselten einen vielsagenden Blick, und Stefano schaltete den Fernseher ab. Wortlos reichte er Ginevra ein in Silberpapier eingeschlagenes Stück Schokolade, für ihn anscheinend so etwas wie ein Trostpflaster. Sie empfand genauso und genoss die wohltuende Süße, die sich in ihrem Mund ausbreitete.

»Mich kriegt der jedenfalls nicht mehr«, flüsterte sie und merkte befriedigt, dass sie es auch wirklich so meinte. Noch leiser werdend, fast schon gemurmelt, setzte sie nach: »Falls er es überhaupt war. Er sieht so anders aus, als ich ihn in Erinnerung habe.«

Francesca sah sie überrascht an, sagte aber nichts.

»Wie meinst du das?« Stefanos Frage stand unbeantwortet im Raum. Nur das Brummen des Geschirrspülers durchbrach die entstandene Stille.

»Die Polizei ist sich auch nicht sicher«, rechtfertigte sich Ginevra schließlich mit einer halbherzigen Erklärung, zu der sie keine Veranlassung verspürte. Nur das Bewusstsein, von ihr wohlgesinnten Menschen umgeben zu sein, ließ sie fortfahren: »Die Commissaria nimmt inzwischen an, den Falschen verhaftet zu haben, also stellt der Ausbrecher jetzt kein Problem für mich dar. Oder seid ihr da anderer Meinung?«

Aufkeimender Zorn hatte sich in ihren Tonfall geschlichen.

»Dir droht von niemandem Gefahr. Hier bist du sicher.« Francescas Stimme klang sanft, und Stefano legte seiner Frau nickend den Arm um die Taille.

»Wir passen auf dich auf, Ginevra.«

Ginevra nickte. Lange dachte sie nach.

Vom ersten Augenblick an hatte sie tief in ihrem Inneren Zweifel gehabt, ob der Mann, der alles gestanden hatte, tatsächlich ihr Angreifer gewesen war. Sie konnte sich dieses Gefühl nicht erklären, schließlich hatte er sie betäubt, sodass sie außer einer unvollständigen Silhouette kaum etwas von ihm mitbekommen hatte, und um es weiter zu ergründen, dazu fehlte ihr der Mut. Sooft sich diese Gedanken in ihrem Kopf gebildet hatten, so oft hatte sie sich dagegen gewehrt. Denn unmittelbar hinter dem Zweifel stand drohend die nächste Frage: Wenn nicht er, wer war dann der Täter?

Zwei junge Frauen betraten die Bar und bestellten Cappuccino. Während sie die Getränke zubereitete, dachte sie zum ersten Mal seit jener Nacht ernsthaft darüber nach, mit jemandem über ihre immer größer werdenden Zweifel zu reden.

Sie stäubte Herzen aus Kakao in den weißen Schaum und trug das kleine Tablett zum Tisch der Gäste.

Aber mit wem konnte sie über diese verwirrende Angelegenheit sprechen? Dottoressa Beato, die Psychotherapeutin, so naheliegend es war, kam nicht in Frage. Es würde nichts bringen, diese Bedenken mit ihr durchzukauen, entschied Ginevra, denn die Gespräche mit der Therapeutin kreisen in erster Linie um das Thema einer zu etablierenden Tagesstruktur, eines Neubeginns, und nicht im Entferntesten um Ermittlungsfragen bezüglich ihres Falls. Ginevra fürchtete, dass die Therapeutin in ihren Zweifeln bloß irrationale Ängste sehen würde, Ängste, die mit Entspannungstechniken zu behandeln wären.

Ihre Arbeitszeit war zu Ende. Sie verabschiedete sich bei Francesca und Stefano mit einem Händedruck und bestätigte, am nächsten Morgen wieder hier sein zu wollen.

Auf ihrem Heimweg genoss sie das Licht des späten Vormittags und ließ sich treiben.

Mit Mia zu sprechen, das wäre eine Option. Mit ihr die Dinge zu zerklauben brachte meistens etwas, aber das hatte sie schon getan. Sie wollte neue Blickwinkel erkennen können, vorzugsweise von Menschen, deren Betrachtungsweise sie noch nicht in- und auswendig kannte, Blickwinkel, die sich von den ihren unterschieden.

Und dann hatte sie eine Idee.

Sie würde demnächst noch einmal die Polizeistation aufsuchen, diesmal, ohne gebeten zu werden, und der Commissaria einen Besuch abstatten. Wer, wenn nicht die Degrassi, wäre imstande, sich produktiv mit Ginevras Fragen auseinanderzusetzen? Vor allem, da sie ja offensichtlich selbst Zweifel zu haben schien.

Obwohl Ginevra sich gut fühlte, drehte sie sich auf dem Weg vom Hafen zurück in ihre Wohnung einige Male um.

14

Giorgione, Paola Faccinettis Irish Setter, verlangte wieder mal vehement nach den Streicheleinheiten, die ihm seiner Meinung nach zustanden.

So saß Paola geduldig und kraulte ihn hinter dem Ohr. Wäre er eine Katze, dachte sie, könnte man sein Schnurren bis zu den Nachbarn hören. Aber Giorgione war ein Hund, ohne jegliche Ambition, in andere Rollen zu schlüpfen, er legte bloß eine seiner Pfoten besitzergreifend auf Paolas Knie und schmachtete sie aus seinen braunen Augen hingebungsvoll an. Ihr ging dabei jedes Mal das von zu viel Kummer angegriffene Herz über.

Paola Faccinetti war erst dreiundzwanzig Jahre alt und schon Witwe.

Primo und sie kannten sich aus der Schule und hatten sich danach aus den Augen verloren. Jahre später waren sie sich ausgerechnet bei einer Brautjungfernfeier im Lagunen-Pub wiederbegegnet. Sie im rosaroten Zuckerwattekleid, er in coolen Jeans und verwegenem Hoodie. Als sie, im Übermut des reichlich geflossenen Bieres, ihm einen Krug auf den Tisch stellen ließ, war er zu den feiernden Mädchen geschlendert. Da war Paola schon ziemlich betrunken gewesen und hatte ihn großmütig aufgefordert, Platz zu nehmen.

Ihre Freundin, die Braut, bestellte einen Song nach dem anderen, und alle, auch Primo, tanzten ausgelassen bis in den Morgen. Renzo, der Chef des Lokals, ließ sich die ausgelassene Stimmung seiner Gäste bis zum Morgengrauen gefallen, schob dann aber dem Treiben einen eisernen Riegel vor.

Johlend war die feuchtfröhliche Gruppe weitergezogen, nur zwei blieben zögernd zurück. So kam es, dass Paola und Primo in aller Herrgottsfrühe auf der Straße standen und froren.

Paola war nicht heimgegangen, sie war in Primos Bett gelandet. Irgendwann, viel später, hatte er ihr gestanden, sie erst am nächsten Tag als ehemalige Mitschülerin wiedererkannt zu haben. Paola hingegen hatte auf den ersten Blick gewusst, wer er war, denn sie hatte schon in der Schulzeit heftig für ihn geschwärmt.

Und jetzt war Primo tot, eingegraben in der Erde, für immer fort. Fort war sein Lachen, fort seine dummen Sprüche, fort seine Zärtlichkeit.

»Warum nur«, fragte sie Giorgione, »warum musste das uns passieren? Warum musste er uns das antun?« Und der Hund sah sie treuherzig an, als wollte er sagen: »Reg dich ab, du hast ja immer noch mich.«

Giorgione war ihr gemeinsames Welpen-Baby gewesen, ihr unerzogener kleiner Bengel. Roberto, der Tierarzt, einer von Primos Bekannten, hatte ihn für sie ausgesucht.

Heute Abend wollte Paola zum Timavo fahren. Da gab es eine besondere Stelle am Fluss, die nur Primo und ihr gehörte, nur ihnen allein. Dort hatte er ihr gesagt, dass er sie mehr liebte als alles andere in seinem Leben. Er hatte gegrinst und hinzugefügt: »Sogar mehr als das Pferd.«

Sein Pferd hieß Scirocco und war ein besserer Ackergaul, nicht unähnlich einem Maultier. Mit dem Namen des Windes hatte er nicht viel gemeinsam. Er war langsam und schwerfällig, aber Primo wollte ihn bei öffentlichen Pferderennen mitlaufen lassen. Dass es dazu nie gekommen war, lag allein am eindeutigen Veto seines Vaters.

Paola mochte ihre Schwiegereltern, bei denen sie lebten und mitarbeiteten. Primos Eltern führten in der Lagune einen landwirtschaftlichen Betrieb, es gab dort außer drei Hauskatzen, Kühen, Hühnern, Schweinen und Schafen auch ein paar Pferde.

Primo und sein Bruder Edi waren seit Kindesbeinen leidenschaftliche Reiter, die sich, wenn sie nicht friedlich an den Kanälen entlangtrabten, auf den angrenzenden Wiesen wilde Rennen lieferten.

»Ihr zwei Idioten glaubt doch allen Ernstes, ausgebildete Jockeys zu sein«, hatte Paola mehr als einmal verärgert behauptet, nachdem beide wieder einmal mit zerkratzten Gesichtern und aufgeschürften Gliedmaßen heimgekommen waren. Die Brüder hatten gelacht und mit ihren albernen Querfeldeinläufen weitergemacht.

Bei einem dieser Wettkämpfe war es dann geschehen, sie waren gerade mal ein Jahr verheiratet gewesen und sparten immer noch auf die Hochzeitsreise. Scirocco war gestürzt und hatte seinen Reiter unter sich begraben. Trotz schneller Hilfe konnte Primos Leben nicht gerettet werden.

Paola war auf dem Hof der Schwiegereltern geblieben. Es fiel ihr immer noch schwer abzuschließen, auch wenn sie das Trauerjahr bereits hinter sich hatte. Sie konnte und wollte nicht loslassen. Daher fuhr sie alle vierzehn Tage, bei jedem Wetter, zu jeder Jahreszeit, zu der kleinen frühchristlichen Kirche am Timavo.

Es dämmerte schon, als sie an diesem Abend ihr Auto auf dem Parkplatz abstellte. Die Bora blies heftig, und Paola zog die Kapuze ihres Anoraks über ihr kurz geschnittenes schwarzes Haar.

Primo hatte sich gewünscht, dass sie es wachsen ließ, und als er verunglückte, waren die Spitzen gerade mal auf der Höhe der Schultern gewesen. Am Tag nach dem Begräbnis war sie zum Friseur gegangen und hatte es auf die gewohnte Länge kürzen lassen. Es gab niemanden mehr, dem sie mit ihrem Haar eine Freude bereiten konnte.

Außer ihr war um diese Zeit keine Seele unterwegs. Von der nahen, nur durch eine dichte Hecke vom Parkplatz getrennten Hauptstraße drangen vereinzelt Geräusche der Autos. Hoffentlich, dachte sie, als sie dem schmalen Pfad folgte, ist die Kirchentür noch nicht verschlossen.

Sie hatte Glück.

Der Innenraum roch modrig, die Wände waren feucht. Paola knipste die Taschenlampe ihres Handys an und ging vor zum Altar. Das Besondere dieser kleinen Kirche, die auf einem Tempel, einer Stätte des Mithraskultes, erbaut wurde, war die wogende, immergrüne Wiese, die den Boden des gesamten Altarraums bedeckte.

Nach einem stillen Gebet bekreuzigte sich Paola und zündete eine Kerze für Primo an. Es war ein Ritual, durch das sie sich mit ihrem verstorbenen Mann weiterhin verbunden fühlte.

Langsam, tief in Gedanken, verließ sie die Kirche und wanderte zu dem kleinen Wasserfall ganz in der Nähe. Nach einem vierzig Kilometer langen unterirdischen Lauf durch den Karst trat hier der Fluss Timavo in einem matten Blaugrün ins Freie. Dieser Ort, von den Ästen der Platanen und Pappeln begrenzt, war für Paola eine Oase der Einkehr. Geschützt von hochgewachsenen Zypressen, erinnerte er sie sogar heute, bei pfeifendem Wind, an eine tropische Idylle.

Schon die alten Griechen und Römer hatten darüber spekuliert, ob an dieser mystischen Stelle nicht der Eingang zur Unterwelt zu finden wäre.

Paola erschauerte. Langsam ging sie am Ufer des Timavo entlang zur schmalen Holzbank, auf der Primo ihr seine Liebe erklärt hatte. Obwohl Anfang November, roch es leicht nach Minze. Wasserminze, die am Fluss wuchs, vermutete Paola. Sie ließ sich auf ihrer Bank nieder und fuhr mit den Fingerspitzen über das geschnitzte Herz in der Lehne, das ihre beiden Initialen trug.

Irritiert sah sie auf.

Irgendetwas war heute anders als sonst. Lag es vielleicht an der Bora, diesem gewaltigen Wind, der viel Schaden anrichten konnte und daher gefürchtet wurde? Schon manch einer war von den Hafenmolen Triests ins Meer geweht worden. Paola schüttelte sich bei dieser Vorstellung.

Obwohl sie niemandem begegnet war, hatte sie das Gefühl, nicht allein zu sein. Nirgendwo sonst war Primo näher bei ihr. Welchen Weg sie auch einschlug, er begleitete sie. Schließlich war er nach seinem Tod zu einem Teil ihrer selbst geworden, einem Teil, den sie sorgsam in ihrem Inneren hütete. Nicht selten kam es vor, dass sie ihn körperlich zu spüren meinte. Doch hier war es stets am intensivsten.

Die Kapuze ihres Anoraks bauschte sich im kalten Wind,

der sie frösteln ließ. Wenn ich noch länger hier sitze, hole ich mir eine Blasenentzündung, dachte sie und stand auf.

Sonst marschierte sie gern noch durch das Gestrüpp in Richtung Meer, heute aber entschloss sie sich dagegen. Auf dem Hof der Schwiegereltern war noch einiges zu erledigen, bevor sie sich in ihre kleine Wohnung im ersten Stockwerk zurückziehen konnte.

Seufzend sandte sie dem Herz einen letzten Gruß.

Inzwischen war die Nacht hereingebrochen, aber Paola fürchtete sich nicht vor der Dunkelheit. Was ihr Angst machte, war der plötzliche Tod, verursacht durch einen Unfall. Wie oft hatte sie mit Gott gehadert, hatte ihn angefleht, gedroht, mit ihm gefeilscht. Aber nichts war rückgängig zu machen gewesen. Gott hatte sich ihrer nicht erbarmt, war ein Ölgemälde mit langem Bart, gütigen Augen und segnenden Händen in einer dunklen Nische der Kirche geblieben.

Deshalb hatte Paola noch eine Rechnung offen.

Eine Rechnung mit dem Tod.

Mich kriegst du nicht so leicht, hatte sie geschworen. Nicht so leicht wie Primo. Gegen mich musst du kämpfen, mich musst du überwältigen und bezwingen. Ich gehe nicht einfach k.o.

Es war ein gutes Gefühl, die Entscheidungen, die vielleicht auf einer höheren Ebene getroffen wurden, in Frage zu stellen. Ein Gefühl, das ihr ein wenig Kraft gab, nach Primos Tod weiterzuleben.

Die Ränder der Kapuze kratzten über die feine Haut ihres Gesichts. Immer wieder trieb der Wind die metallenen Enden des Verschlusses gegen ihr Kinn. Der Weg zurück zum blaugrünen Wassertümpel schien ihr nun länger zu sein als vorhin. Ihre Sneakers verfingen sich immer wieder im dichten Gras, und die dürren Äste der Sträucher schienen nach ihr zu greifen.

Donnerte es? Die alten Griechen wären ob dieser Wetterkapriolen erblasst, sie hätten geglaubt, Zeus leibhaftig zu sehen.

Paola verkniff sich ein Grinsen. Sie konnte sich die Mienen der Alten gut vorstellen, sah sie zum Himmel blicken und eigentümliche Zeichen in Richtung des Flusses machen.

Sie zitterte, als sie die ersten kühlen Tropfen des einsetzenden Regens auf ihrer Haut spürte.

Wäre doch nur Primo an ihrer Seite.

Genug, dachte sie. Genug der sehnsüchtigen Gedanken. Sie wollte nur noch das schützende Innere ihres Autos erreichen. Der kleine Lancia wartete auf sie und war ganz und gar weltlich, fernab jeglicher Mystik.

Eine bleiche Mondsichel segelte hinter Regenschleiern hervor. Zunehmend oder abnehmend? Nie hatte sie die Frage beantworten können. Sichel blieb Sichel. Vor ihr schälten sich die hellen Konturen der frühchristlichen Kirche aus der Landschaft. Paola atmete auf. Jetzt erst bemerkte sie, dass sie die Luft angehalten hatte.

Irgendetwas störte das Bild. Sie konnte es nicht benennen, es war mehr Ahnung als Gewissheit. Ein Schauer jagte ihr über den Rücken, und ein Fetzen Geschichtsunterricht stieg aus ihrem Unterbewusstsein auf. Dies hier sei der »sagenumwobene Ort« gewesen, hatte ihr Geschichtslehrer einst behauptet, an dem die Argonauten des Jason und die Gefährten des Aeneas nach ihrer Flucht von Troja gelandet wären.

Paola lachte schrill gegen den Regen und hörte den Wind ihren Namen säuseln.

Paola, Paola.

»Ihr verwitterten Gespenster«, forderte sie die unheimlichen Mächte heraus, »ihr kriegt mich nicht. Kein Argonaut, nicht einmal euer Hauptmann, kann so schnell laufen wie ich!« Ihr eigenes Schreien klang laut in Paolas Ohren.

Hörte sie darin Hysterie?

Sie erreichte den rutschigen, unbefestigten Pfad, der zum Parkplatz führte. Der Geruch der Wasserminze wurde stärker, der Sturm trieb den Duft des Flusses vor sich her. Aber jetzt bekam sie Angst, sie hatte die Situation nicht mehr unter Kontrolle, hörte Schritte, die sich von hinten näherten.

Der Kies knirschte unter fremden Füßen, und Paola begann, schneller zu laufen, hin zum rettenden Auto. Die Regentropfen hämmerten auf ihre Kapuze.

Da war einer hinter ihr her.

Kein Argonaut, kein verdammter Grieche aus dem Altertum.

Einer aus Fleisch und Blut.

Kaum zu Ende gedacht, schlang sich ein Arm um ihren Hals und riss sie zurück. Paola sog die verbleibende Luft in ihre Lungen und sackte in den sie umfangenden Armen zusammen.

Nein, dachte sie und bäumte sich auf, nein, nicht mit mir.

Der undefinierten Masse hinter sich trat sie kräftig ins Fleisch.

Ein Laut, vergleichbar dem Grunzen der Schweine, sagte ihr, dass sie getroffen hatte.

Kein Mitleid.

Noch ein Tritt, fester, ihr wurde die Kapuze vom Kopf gerissen, eine Hand war in ihrem Haar. Finger krallten sich in die kurzen Strähnen.

Ihr Kopf wurde zurückgezerrt, dann kauerte ein Tier über ihr, fetzte ihr den Anorak, den Pulli, das Shirt und den Sport-BH vom Leib.

Je mehr Paola sich wehrte, je heftiger sie kratzte, biss und strampelte, desto brutaler wurde ihr Gewalt angetan.

Als die kräftigen Hände ihres Angreifers mit einem brutalen Ruck den Sport-BH um ihren Hals legten, wusste Paola, dass sie bald bei Primo sein würde.

Alles drehte sich, sie sah silberne Sterne im Schwarz vor ihren Augen flimmern. Mit letzter Kraft stieß sie ihrem Angreifer die Finger ins Gesicht. Kurz ließ der Druck um ihren Hals nach. Sie zog ihre Beine an und schleuderte ihm die Füße entgegen. Er ließ ab von ihr, und Paola sprang hoch, stolperte in die Dunkelheit und fiel über sein Bein. Schon war er wieder über ihr.

Er war so viel stärker. Sie hatte gegen ihn keine Chance. Aus einer Eingebung heraus hörte sie auf, sich gegen das Unvermeidliche zu wehren, wurde schlaff. Und wirklich, er hielt kurz inne, schlug ihr seine Faust ins Gesicht. Sie schmeckte das Leder seiner Handschuhe und Blut.

Ein gewaltiger Blitz zerriss den Himmel, und Paola sah über sich ein Gesicht, verborgen von einem schwarzen wollenen Schal. Donner rollte heran und ließ die Erde erbeben.

Dann war es auf einmal ganz still.

Jetzt war es also so weit. Paola schloss mit dem Leben ab, dachte nur noch daran, gleich mit Primo vereint zu sein.

Stoff straffte sich um ihren Hals – und erschlaffte plötzlich wieder. Das Gewicht, das eben noch auf ihr lastete, war nun fort.

Sie lag bewegungslos, erstarrt vor Angst auf der schlammigen Erde und fühlte den Regen auf ihrem Gesicht, auf ihrem entblößten Oberkörper, auf ihren Beinen.

Von fern hörte sie einen Motor starten und einen Wagen den Parkplatz verlassen. Ohne Scheinwerfer.

Hatte jemand ihr Auto gestohlen?

Sie war ganz wirr im Kopf, zwang sich dazu, nicht wegzudriften.

Mühsam setzte sie sich auf. Fast wäre sie wieder gestürzt, als sie sich auf dem regennassen Weg schwankend aufrichtete, so schwach fühlten ihre Beine sich an.

»Giorgione, ich hätte Giorgione mitnehmen sollen. Dann wäre das nicht passiert.«

Hatte sie ihre Gedanken laut ausgesprochen? Sie wusste es nicht. Mit zitternden Fingern zog sie ihr Handy aus der Tasche ihrer durchnässten Jeans. Sie war so benommen, dass ihr die Nummer der Polizei nicht einfiel.

Der Notruf, eine Kurzwahl, aber welche?

Egal, sie tippte auf den letzten Namen in ihrer Anrufliste. Wer auch immer sich meldete, würde Hilfe bringen.

»Pronto? Was kann ich für Sie tun?«, klang es ein wenig atemlos in ihren Ohren.

Erleichtert erkannte sie die Stimme ihres Tierarztes. Roberto. Sie hatte ihn am Nachmittag wegen Giorgiones Abszess angerufen.

»Paola Faccinetti!«, schrie sie. »Ich brauche Ihre Hilfe. Rufen Sie die Polizei. Ich liege auf dem Weg zwischen der Kirche und dem Parkplatz unten am Timavo. Ich wurde überfallen, bin verletzt.«

Paola meinte, ein entsetztes »Sofort, ich rufe sofort an« zu hören, dann wurde es schwarz um sie.

15

Es war dunkel. Tiefdunkle Nacht.
Kein einziger Lichtschein drang durch das hoch an der Wand angebrachte, vergitterte Fenster.
Wie immer, wenn er nachdachte, saß er regungslos. In ihm kämpften unterschiedliche Gefühle um die Vorherrschaft, doch mit der Finsternis um ihn herum war er zufrieden. Er brauchte dieses schwarze Nichts, um seine Gedanken zu ordnen.
Vor wenigen Monaten erst, und doch kam es ihm wie eine halbe Ewigkeit vor, hatte er in den lokalen Blättern lesen dürfen, dass ein geistig beeinträchtigter Mann geständig war, Mord und Vergewaltigungen begangen zu haben. Für ihn hatte sich damit eine Chance auf einen Neubeginn ergeben. Denn, so viel war ihm längst klar geworden, in dieser Form weitermachen, das konnte er nicht mehr. Die Verhaftung war ein Signal gewesen, ein Signal aufzuhören, die einmalige Gelegenheit, seinen gefährlichen Trieb, den *Drang* in ihm zu bezwingen.
Leicht war es ihm nicht gefallen, zu weit hatte er sich in den Wochen zuvor, die er »die wilden Tage« nannte, auf die andere Seite begeben. Sich wieder in einen Alltag einzufügen, einen freudlosen Alltag, der bestimmt war von harter Arbeit, kostete Kraft, und je weiter sich seine wilden Tage entfernten, desto größer war der Druck geworden. Immer funktionieren zu müssen, keine Schwäche zuzulassen, immer das Erwartete, das Normale zu tun, bereitete ihm unerträgliche Schmerzen. Er hatte versucht, sie mit Alkohol und Tabletten zu bekämpfen, aber was nutzte eine kurzfristige Betäubung, die ihn nur träge und schwach für die beruflichen Anforderungen machte? Nein, da wollte er schon lieber klaren Geistes den Dämon in sich besiegen.
Lange war es ihm gelungen.

Doch dann der unerwartete Ausbruch des Triebes. Als er die junge Frau den Kanal entlangfahren sah, war es wie eine Naturgewalt über ihn gekommen.

Er wusste, dass es nichts mit der passenden Gelegenheit zu tun gehabt hatte, sondern einzig damit, sich selbst nicht mehr steuern zu können.

Danach war er einige Stunden verzweifelt gewesen. Er erkannte das Monster in sich so deutlich wie nie zuvor. Nein, so wollte er nicht mehr leben, er hatte sogar an Selbstmord gedacht. Doch dann hatte das Monster ihm zugeblinzelt, und er hatte erkannt, dass er sich arrangieren musste. Arrangieren mit dem Teufel in sich.

Tatsächlich war das Glück ja auf seiner Seite geblieben. Nichts, gar nichts stand über Ähnlichkeiten zu früheren Fällen in den Zeitungen, nichts wurde darüber in den Nachrichten gesagt. Wäre es so gewesen, ihm wäre es nicht entgangen. Penibel verfolgte er die Berichterstattung.

Er musste schließlich genau sein, das sicherte sein Davonkommen und gehörte zu seinem Beruf. Exaktes Agieren und ein guter Blick waren die Grundlage seines Erfolges. Schwer genug hatte er sein Handwerk erlernen müssen. Sein alter Herr, dem er vieles verdankte, war in Erziehungsfragen nicht zimperlich gewesen, ja, manchmal hatte er gar das Gefühl gehabt, als legte der Alte ihm extra Steine in den Weg. Doch es war nur dessen Art zu lehren, ihn auf das Leben vorzubereiten.

Den Raum hier, der ein Teil der alten Werkstätte mit Brennofen war und sich abgelegen in der Lagune befand, hatte der Vater ihm schon in der Jugendzeit überlassen.

Einst hatte er hier an Modellflugzeugen gebastelt, jetzt diente ihm der Raum als Rückzugsgebiet. Vielleicht später zu mehr, dachte er und starrte wieder einmal auf den in der Wand eingelassenen Eisenring.

Aber wollte er denn Gesellschaft?

Er zwang sich, an etwas anderes zu denken. Inzwischen war er der Einzige mit einem Schlüssel zu seinem Refugium, darauf hatte er peinlich genau geachtet, lange schon hatte der

Vater die alte Bude vergessen. War er an den Bastelarbeiten seines Sohnes jemals interessiert gewesen? Er wusste es nicht, es war ihm inzwischen auch gleichgültig. Wichtig war, dass er hier ungestört blieb.

Der Ofen der Werkstatt war sein Freund. Gierig hatte er die Tasche aus billigem Stoff und deren spärlichen Inhalt verschlungen.

Mit der jungen Frau im Kanal konnte ihn niemand mehr in Verbindung bringen. Dabei hatte er sie früher hin und wieder bei ihrer Arbeit gesehen, aber viele Männer und Frauen besuchten nun mal ein Pub.

Er hatte gehört, dass man den Freund der Toten vorläufig festgenommen hatte. Ein naheliegender Verdächtiger, der ihm zusätzlich Sicherheit versprach. Eine Sicherheit, die er nicht leichtfertig aufgeben durfte. Auch nicht für die Puppe aus der Autowerkstatt in Fossalon. Als er sie dort gesehen hatte, wäre es fast um seine Beherrschung geschehen gewesen. Sie stand mit ihren Eltern im Verkaufsraum, ihn würdigte sie keines Blickes. Eine Prüfung, sagte er sich, nur eine weitere Prüfung. Leicht war es ihm nicht gefallen, sie gehen zu lassen. Was für ein Vergnügen wäre es gewesen, sie ein zweites Mal in die Finger zu kriegen. Doch er war standhaft geblieben, zu seinem eigenen Schutz.

Und jetzt das. Auf einmal hatte sich wieder alles geändert.

Anfangs hatte er es nicht glauben wollen. Der Narr, sein Erlöser, sein Engel, der ihm schon einmal den Weg aus der Krise gewiesen hatte, war ausgebrochen, hatte es tatsächlich geschafft, die Polizei an der Nase herumzuführen und aus der Anstalt zu fliehen.

Diese Fügung hatte sein Verständnis und sein Vorstellungsvermögen beinahe überstiegen. Seit er heute Vormittag davon in den Nachrichten gehört hatte, war er außer Rand und Band. Wie er die viele berufliche Arbeit bewältigt hatte, blieb ihm ein Rätsel.

Der Narr gab ihm einmal mehr die Gelegenheit, sich neu zu erschaffen.

»Des Mörders Freibrief«, murmelte er mit trockener Kehle. Das Spiel hatte erneut begonnen. Und eines war dabei überaus klar gewesen: Wenn er den glücklichen Umstand, dass der Narr die Anstalt verlassen hatte, ausnutzen wollte, dann sofort. Keiner konnte schließlich vorhersehen, wie lange sie brauchen würden, um den Entflohenen wieder aufzuspüren. Soweit er es beurteilen konnte, arbeitete der Polizeiapparat zwar nicht wie ein silberner Schnellzug, aber Eile war dennoch geboten.

Also hatte er gehandelt. Mit dem, was sich ihm dann als Sahnehäppchen darbot, hätte er allerdings in seinen kühnsten Träumen nicht gerechnet.

Der Ort, an dem sie auf ihn gewartet hatte, war mystisch, er barg mehr Vergangenheit als Gegenwart in sich. Hier bei seinen Argonauten verweilte er, um Kraft zu schöpfen. Er wollte Jason ganz nahe sein. Und da war sie plötzlich aufgetaucht.

Bei dichtem Regen und stürmischer Bora war er überzeugt gewesen, dass ihn diesmal nichts und niemand von seinem Tun abhalten könnte.

Doch wieder war etwas schiefgegangen.

Diesmal war er es selbst gewesen, der aufgehört hatte, bevor er Erfüllung fand.

Der Reiz des Auflauerns, das heimliche Beobachten, das Sich-Anschleichen des Jägers, der auf den richtigen Moment wartet, um sein Wild zu erlegen, das alles war Teil der Lust. Jener Teil, der, wenn sich ihm bisher eine Gelegenheit bot, meist zu kurz gekommen war. Wie erregend es doch war, den Drang nicht nur in der Phantasie, sondern endlich wieder geplant in der Realität auszuleben. Die Vorfreude auf das kommende Vergnügen war schier überwältigend gewesen. Er hatte sich zurückhalten müssen, um die Ahnungslose nicht sofort zu überwältigen. Aber das hätte seine Lust nur geschmälert.

Unbeschreiblich, wie sie da auf der Holzbank kauerte, das Gesicht auf den Fluss gerichtet, der sich schäumend gegen die Ufer warf. Ihr Klagen, ihr Weinen, das der Wind zu ihm trug, hatte in seinen Ohren wie eine lange vermisste Melodie nachgeklungen. Fast wäre er zu ihr gegangen, fast hätte er sie dort auf der Bank erlöst.

Doch Zurückhaltung gehörte zum Spiel. Und so hatte er gewartet, bis sie beinahe wieder bei ihrem Wagen gewesen war.

Alles war wie geplant abgelaufen. Diesmal hatte er bewusst darauf verzichtet, sie zu betäuben, hatte ihre verzweifelte und doch vergebliche Gegenwehr genossen, die Macht, die er über sie hatte. Ihr Widerwille war betörend gewesen.

Wie nur hatte sie ihre Finger in sein Gesicht stoßen können, woher nahm sie die Kraft und den Mut, ihn zu treten?

Sie hatte ihn überrascht. Und das hatte ihn angenehm berührt.

Doch dann war etwas geschehen. Etwas, womit er nicht gerechnet hatte.

Sie hatte sich dem Spiel verweigert.

Eben noch verspürte er kraftvolle Erregung, das weiche, dehnbare Gummi ihres BHs spannte sich eng um ihre Kehle, da erschlaffte sie unter ihm.

Es war ihr Totstellreflex, der ihn gehindert hatte zu tun, wonach ihn verlangte. Ganz leblos war sie geworden und hatte ihm damit seine Kraft und seine Lust, alles hatte sie ihm damit genommen. Er selbst, *seine* Hände mussten sie bis zur Besinnungslosigkeit würgen, eine bereitwillige Vorwegnahme verschaffte ihm keine Befriedigung. Rücksichtslos hatte sie seinen Akt manipuliert. Sie hatte alles kaputtgemacht.

Von Blitzen und dröhnendem Donner verfolgt, war er zu seinem Auto gehetzt und davongefahren. Bestraft hatte er sie mit der einzigen Möglichkeit, die ihm noch geblieben war.

Er hatte sie leben lassen.

Weiterleben in Trauer und Schmerz.

Er wandte sich dem Ring an der Wand zu, den er in der Dunkelheit des Raumes nicht sehen konnte. Fühlte seine Anwesenheit, vernahm sein Locken.

Ja, doch, er brauchte Gesellschaft.

16

Maddalena stand auf der Terrasse der Villa und dachte an Franjo. Sie vermisste ihn.
Durch die Flucht von Toto Merluzzi war für sie zur üblichen Hektik ihres Berufsalltags noch einiges an Belastung hinzugekommen. Außerdem hatte sie noch heftiger als sonst mit den Launen ihres unberechenbaren Chefs zu kämpfen.
Es war früher Morgen und der Himmel noch dunkel. Vom Meer blies ein kühler Wind und brachte den typischen Grado-Geruch mit sich, ein Potpourri aus Salz, Seetang, Muscheln, Fisch, Algen, feuchtem Sand, Jod und einer Brise Frische. Sämtliche Duftpartikel wallten ihr entgegen, zusammengeflossen in eine einzigartige Mixtur. Kein noch so diffiziles Abwehrsystem konnte verhindern, dass der Geruch des Meeres alles durchdrang und seine eigene Duftkomposition stets neu erschuf.
Maddalena nickte den auf den Steinen der Diga kauernden Möwen zu, deren helles Gefieder sich von der Dämmerung absetzte. »Wartet, ihr kleinen Raubtiere, jetzt werde ich einen weiteren, einen persönlichen Akzent draufsetzen«, verkündete sie. Kurz stieg Schwefel in ihre Nase und gleich darauf der Rauch der glimmenden Spitze ihrer morgendlichen Zigarette.
Sie legte den Kopf in den Nacken und schloss die Augen.
Nach den ersten Zügen, die sie wie immer besonders genoss, fiel Maddalena auf, dass sie in den letzten Tagen weniger als sonst geraucht hatte. Ein Aspekt, der sie erstaunte, stand er doch diametral zu ihrem derzeitigen Stress.
Vielleicht sollte sie ganz mit dem Rauchen aufhören?
Achselzuckend entschloss sie sich vorerst dagegen und schnippte die Kippe, gemäß ihrer schlechten Gewohnheit, von der Terrasse auf die menschenleere Diga.
Der selbst gebraute, zu heiße Mokka brannte in ihrer Kehle. Kein Vergleich zu einem Schluck »Mutterglück« aus Zolis

Thermoskanne. Sie grinste. Arturo Fanetti hatte schon Einfälle. Manchmal konnte er richtig witzig sein.

Am Morgen war es für gewöhnlich noch ruhig auf der Polizeistation. Heute, so früh, wie sie dran war, würde sogar Zoli – und ganz sicher Fanetti – nach ihr eintreffen. Sie hoffte, einem neuerlichen Zusammenstoß mit Scaramuzza zu entgehen. Allerdings war ihr klar, dass sie sich der Konfrontation mit ihrem Chef irgendwann stellen musste. So jedenfalls konnte es auf Dauer nicht weitergehen, dieses verkorkste Arbeitsverhältnis raubte ihr die Energie. Sie könnte aufgeben und Lippi das Feld überlassen, hatte aber bisher noch keine Sekunde ernsthaft darüber nachgedacht. Franjo hatte diese Möglichkeit in ihrem gestrigen Telefonat ganz am Rande erwähnt, doch kampflos streckte sie ihre Waffen sicher nicht.

Wenn sie die Lage nüchtern betrachtete, gab es dafür auch keinen Grund. Ihr Chef, der Lippi unübersehbar bevorzugte, tat dies wohl eher aus dem Gefühl der Männerbündelei heraus und kaum deshalb, weil er ihre Qualifikation in Frage stellte. Das tat er mit Worten zwar nahezu täglich, doch dass Lippi sie in dieser Hinsicht nicht ausstechen konnte, wusste auch er. Franjo hatte ihr schließlich zugestimmt.

Ein weiteres Telefongespräch, jenes mit ihrer Mutter gestern Nacht, fiel ihr ein. Es wäre keine schlechte Idee, sich in absehbarer Zeit ein paar Tage Urlaub zu nehmen und ihr in Mailand einen Besuch abzustatten. Ihre Mutter drängte geradezu darauf. Im Haus ihrer Freunde sei auch ausreichend Platz, meinte sie. Sie hätte ein Zimmer für sich allein. Sollte Franjo es schaffen, sein Lokal einige Tage verwaisen zu lassen, wäre das Vergnügen umso größer.

Franjo.

Er machte sich rar. Maddalena wusste, was der Grund dafür war, wusste, warum er sich zurückgezogen hatte. Zwar führten sie lange Telefonate, aber Maddalena bemerkte eine gewisse Distanz. Die Sache nagte an ihr. Sie warf einen Blick auf den Ring an ihrem Finger und stellte fest, dass die Diamanten selbst im Dämmerlicht des frühen Morgens glitzerten.

Wieder hörte sie seine Worte, und auch jetzt, in der Erinnerung, spürte sie seine Unsicherheit.

»Ich weiß, dass ich nicht immer dieser Ansicht war, aber ich glaube, wir haben eine Chance, ganz von vorne zu beginnen.« Seine Stimme war leise und rau gewesen. »Ja oder nein?«

Er wollte sie heiraten, wider die Erfahrung schon zum zweiten Mal. Und sie hatte gezögert, war sogar froh gewesen, als Zoli in diesem Moment anrief. Als sie dann hörte, was er ihr zu melden hatte, eine tote Frau in einem Kanal, schämte sie sich für ihre Erleichterung.

Maddalena fühlte sich unrund, und das lag nicht nur an der allgemeinen Hektik, die sie und ihr Team erfasst hatte, und auch nicht an der ungeklärten Situation mit Franjo, dem sie, obwohl sie seinen Ring trug, bisher eine Antwort schuldig geblieben war.

Kopfschmerzen kündigten sich hinter ihren Schläfen an. Sie nahm zwei Tabletten und spülte sie mit einem Schluck Leitungswasser hinunter.

Mit langsamen Bewegungen massierte sie ihren Nacken und schaute in die stetig zunehmende Helligkeit des Morgens. Das Meer hatte einen eigenartigen Farbton angenommen, es schien fast grau, mit kleinen weißen Schaumkronen auf den Wellen. Wahrscheinlich kam ihr Kopfschmerz von der Bora, nicht immer vertrug sie den heftigen Wind.

Sie stellte sich vor, auf Franjos Bett zu liegen, spürte, wie seine Hände ihren Rücken massierten und sich die Wirbelsäule hinaufarbeiteten. Seine Finger konnten ihren Kopfschmerz wegstreichen. Ihm gelang das, was früher nur ihrer Mutter gelungen war.

Mit einem Mal wusste sie, was sie zu tun hatte. Vor dem ausstehenden Gespräch mit Franjo konnte sie sich nicht länger drücken. Ausnahmsweise würde sie heute mit dem Motorrad zur Arbeit fahren, um gleich nach Dienstschluss in den Karst aufzubrechen. Es sollte eine Überraschung werden. Der Gedanke daran erheiterte sie, obwohl sie nach wie vor unschlüssig war, was sie Franjo antworten sollte.

Wollte sie, dass alles so lose, so unverbindlich blieb wie bisher, oder sollten sie es noch mal versuchen, dieses Mal aber richtig?

Als sie die Moto Guzzi aus der kleinen Garage holte und zum Gartentor schob, beugte sich eine dunkle Gestalt über den Zaun. Sie zuckte zusammen.

»Ich wollte dich nicht erschrecken. Das Außenlicht über der Haustür war eingeschaltet, und da wollte ich nachsehen, ob du schon wach bist«, hörte sie eine vertraute Stimme sagen.

»Was treibt dich so früh hierher?«, erkundigte sich Maddalena erleichtert, als sie Fulvio Benedetti, den alten Freund und ehemaligen Studienkollegen ihres Vaters, erkannte.

Er lachte und zeigte auf den Boden neben sich. »Wir achten auf unsere Gesundheit«, sagte er.

Maddalena wusste, dass er einen Zwergpinscher besaß. Wie sehr hatte sie damals mit ihrem Vater über diese merkwürdige, so gar nicht zu Fulvio passende Wahl der Hunderasse gelacht. Spazieren gehen hatte sie ihn mit dem kleinen struppigen Ding, dessen Name ihr längst entfallen war, aber noch nie gesehen. Kritisch musterte sie den kräftigen, eher gedrungen als schlank wirkenden Hund. Er ähnelte seinem stets elegant gekleideten Herrchen in keiner Weise.

Sie musste schmunzeln, denn Fulvio wirkte fast ein wenig ertappt. »Du führst den kleinen Mann doch sonst nicht aus?«

»Er gehört meiner Frau. Keine große Sache. Manchmal muss ich in den sauren Apfel beißen.«

»Bewegung schadet dir nicht«, bemerkte Maddalena trocken und sah auf seinen beginnenden Bauchansatz. Fulvio winkte mit einer theatralischen Geste ab.

»Mädchen, was ich dich fragen wollte«, sagte er und öffnete das Gartentor, damit sie die Moto Guzzi durchschieben konnte, »wie stellt der Junge sich an?«

»Zoli?«, fragte sie spöttisch. »Der macht sich gut.«

»Du weißt, von wem ich spreche. Sei nicht zu streng mit ihm. Er meint es gut.«

Maddalena sah ihn wortlos an. Fulvio war ein schlauer Taktiker, der nichts ohne Hintergedanken machte. Obwohl er sich ihr gegenüber stets entgegenkommend verhielt, wusste sie, dass Vorsicht geboten und Aufmerksamkeit angebracht war. Dass er sich nun nach Legolas erkundigte, hatte sicher etwas zu bedeuten. Commandante Scaramuzza und Fulvio waren gute Freunde. Womöglich handelte Fulvio in seinem Auftrag.

»Der junge Fanetti liegt mir am Herzen, muss ich gestehen. Hat er dir schon erzählt, dass ich ihm ein Prunkstück von Wohnung auf der Colmata mit Blick auf den kleinen Park verschaffen konnte?« Er sah Maddalena an, als wartete er auf ihr Lob.

»Hat er nicht.«

Die Colmata, ein ruhiger Stadtteil, war in den vierziger Jahren des 20. Jahrhunderts aufgeschüttet worden. Viele der alten Fischer hatten dort in einfachen Häusern am Strand gewohnt. Jetzt waren etliche verkauft und zu Prunkvillen umgebaut worden. Typisch für Fulvio, der nicht nur Immobilienmakler war, sondern selbst diverse Objekte in Grado besaß, typisch auch für Fanetti, dachte Maddalena säuerlich.

»Gehst du demnächst mit mir auf ein Getränk zu Giorgia und Dante? Es würde mich freuen. Wir beide haben doch immer etwas zu reden, nicht wahr? Könnte diesmal nicht uninteressant für dich sein«, sagte Fulvio leichthin und tat, als würde er ihre Verärgerung nicht bemerken.

Vermutlich sollte sie es ihm nicht abschlagen, oft genug schon war ein Treffen mit ihm für sie von Vorteil gewesen. Fulvio war ihr gewogen, er kannte fast jeden in der Stadt und auch so manche Hintergrundgeschichte, an die sie nicht mal durch ihre Ermittlungsarbeit herankam. Sie durfte sich ihre Neugier nur nicht allzu deutlich anmerken lassen, sonst ließ er sie zappeln.

»Heute geht es nicht, aber bald.«

»Morgen?«, hakte er nach.

»Okay«, sagte sie zögernd, um das Gespräch zu beenden.

»Frühschoppen?« Er lachte, weil er sie ärgern wollte, kannte er doch ihre eiserne Regel, nicht während des Dienstes zu trinken.

»Aber klar doch«, konterte sie und lachte ebenfalls.

Sie legte die kleine Reisetasche mit dem Kulturbeutel und frischer Kleidung in den Stauraum ihrer Maschine, setzte den Helm auf, winkte ihm zu und gab Gas.

Irgendetwas an Fulvios Verhalten kam ihr merkwürdig vor.

Es steckte vielleicht mehr dahinter als eine bloße Gefälligkeit, die er seinem Freund Scaramuzza erweisen wollte. Morgen würde Maddalena mehr wissen.

Nachdem Samuele Onofrios Alibi bestätigt worden war und er nun nicht mehr verdächtigt wurde, wollten Beltrame und sie nochmals mit ihm und der Mutter der Toten aus dem Kanal sprechen. Ebenso mit dem Besitzer des Lagunen-Pubs. Gab es unter den Gästen jemanden, der an der jungen Serviererin interessiert gewesen war? Nachfragen war wichtig, es konnte ja sein, dass dem Wirt etwas aufgefallen, aber unwichtig erschienen war, um es ihnen mitzuteilen.

Seltsam, dachte Maddalena, als sie die Moto Guzzi auf dem Dienstparkplatz abstellte, Festbeleuchtung im Kommissariat? Damit hatte sie um diese frühe Stunde nicht gerechnet. Wer hatte heute Nachtdienst, überlegte sie noch, da hörte sie auch schon Lippis Stimme: »Guten Morgen, Commissaria. So früh heute? Sehr gut. Ich wollte Sie zu Hause nicht stören, aber jetzt habe ich etwas für Sie.«

»Was gibt es denn?«, fragte sie und registrierte erstaunt die hektischen Flecken auf seinen Wangen.

»Gestern Abend kam es zu einem weiteren Überfall. Diesmal in der Nähe von Monfalcone. Wieder eine junge Frau, allem Anschein nach eine versuchte Vergewaltigung.«

»Lippi!« Maddalena starrte ihn an. »Sind Sie noch bei Trost? Warum haben Sie mich nicht sofort verständigt?«

»Ich sah es als meine Aufgabe an, mir zuerst einen Überblick zu verschaffen, um Sie dann mit den Fakten zu versorgen. Das hatte Zeit bis heute Morgen, und Sie konnten gemütlich ausschlafen.«

Maddalena musste aufpassen, dass es nicht mit ihr durchging. »Kommen Sie in mein Büro, augenblicklich«, herrschte sie ihn an.

Lippi murmelte etwas, das sie nicht verstehen konnte und auch nicht wollte, aber er folgte ihr. Schwerfällig ließ er sich auf den Besucherstuhl fallen, der unter seinem Gewicht knarrte. Maddalena blieb stehen.

»Was haben Sie sich dabei gedacht?« Ihre Stimme klang gefährlich leise. »Haben Sie wenigstens den Commandante verständigt?«

»Nein, ich dachte, das wäre Ihre Aufgabe. Ich wollte Ihnen nicht zuvorkommen, Commissaria. Sie hätten es als Anmaßung auffassen können.«

Einen Augenblick lang war Maddalena sprachlos vor so viel Unverschämtheit. Sie stützte ihre Handflächen auf die Tischplatte und beugte sich vor. »Lippi, diesmal sind Sie zu weit gegangen.«

Bevor er etwas erwidern konnte, fuhr sie fort: »Und jetzt berichten Sie schon, oder muss ich Ihnen jedes Wort mit der Pinzette aus der Nase ziehen?«

Mit Genugtuung beobachtete sie, wie Zornesröte in Lippis teigiges Gesicht schoss.

»Die Kollegen aus Monfalcone meldeten den Überfall auf eine junge Frau unten beim Timavo in der Nähe des Parkplatzes. Ein Arzt hatte sie verständigt, dass dort eine Frau vergewaltigt wurde. Sie ist aber am Leben, und es ist wohl bei dem Versuch geblieben. Den Kollegen ist gleich unsere Vergewaltigungsserie und die Tote bei Boscat eingefallen. Und nachdem Toto Merluzzi noch immer nicht aufgegriffen wurde, dachte ich nicht an einen Zufall. Der Behinderte, das ist wohl klar, hat wieder zugeschlagen.«

»Stopp«, herrschte Maddalena ihn ungehalten an. »Der Reihe nach. War der Arzt am Fluss unterwegs, als er die Frau gefunden hat?«

»Nein, der Dottore war nicht vor Ort. Das Opfer hat ihn angerufen und ihn gebeten, die Polizei zu verständigen.«

»Wieso hat sie das nicht selbst gemacht?«

»Sie will im Schock die Notrufnummer vergessen haben, und der Arzt stand in ihrer Telefonliste.«

»Kluge Frau«, warf Maddalena ein. »Ist sie krank, weil sie ausgerechnet ihn kontaktierte?«

»Nein, aber ihr Hund. Der hat einen Abszess.«

»Verdammt«, Maddalena ließ sich auf den Stuhl fallen und streckte die Beine unter dem Tisch aus, »was hat ihr Hund damit zu tun?«

Bevor Lippi zur Antwort ansetzen konnte, dämmerte es ihr. »Tierarzt. Sie hat ihren Tierarzt verständigt.«

»Kluge Frau«, wiederholte Lippi leise ihre Worte von vorhin und verzog seine Lippen spöttisch.

So viel Doppeldeutigkeit hätte sie seinem schwerfälligen Geist gar nicht zugetraut.

»Weiter.« Sie trommelte ungeduldig mit den kurz geschnittenen Fingernägeln auf die Tischplatte. »Wo ist die Frau jetzt? Hat sie den Täter identifizieren können?«

Vielleicht kamen sie endlich einen Schritt weiter.

»Die Frau ist eine Landwirtin aus der Gegend um Fiumicello, vor Kurzem verwitwet, und befindet sich derzeit im Krankenhaus von Monfalcone. Über ihren Zustand kann ich nichts sagen, so weit bin ich noch nicht mit meinen Nachforschungen. Immerhin hatte ich einiges um die Ohren. Die Spurensicherung ist immer noch am Tatort zugange. Jetzt möchte ich mit Ihnen absprechen, wer von uns hinfährt. Wir wissen nur, dass der Täter sein Gesicht mit einem Schal verhüllt hatte und Lederhandschuhe trug. Das ist alles. Und ja, kräftig soll er sein. Sehr kräftig sogar.«

Maddalena stieß hörbar die Luft aus. Ihr war deutlich bewusst, dass sie gestern beim Commandante mit ihrer Vermutung, Toto Merluzzi käme als Täter nicht in Frage, vielleicht doch falschgelegen hatte. Zwar blieb die Gewissheit, dass er für den Mord an Camilla Benigni nicht verantwortlich gemacht werden konnte, weil er sich zum Tatzeitpunkt in der Anstalt befunden hatte, doch was den Mord und die Vergewaltigungsserie anging, die er bereits gestanden hatte, mochte sie sich geirrt haben. Dass nun während der Fahndung nach ihm eine weitere junge Frau Opfer einer Vergewaltigung geworden war, wies unübersehbar in seine Richtung. Dieser Umstand gab ihrem Chef bei seinen Bemühungen, ihr zuzusetzen, alle Trümpfe in die Hand. Lippi wusste das auch und genoss es sichtlich.

Als Beltrame klopfte und das Büro betrat, bemerkte Maddalena erst, wie spät es inzwischen geworden war.

»Lippi«, sagte sie schroff, »Sie haben für heute wahrlich genug getan. Gehen Sie mir aus den Augen.«

Sie würde sich später mit den Konsequenzen seines Handelns auseinandersetzen und vermutete, sich demnächst vor dem Commandante rechtfertigen zu müssen. Nun, dann sollte es eben so sein.

»Ihre Arroganz wird Ihnen noch leidtun, Degrassi«, stieß Lippi zwischen zusammengebissenen Zähnen hervor und verließ, die Tür hinter sich zuschlagend, das Büro.

»Was war das eben?« Beltrame zog ihre Augenbrauen in die Höhe.

Maddalena setzte ihre Kollegin kurz in Kenntnis, dann besprachen sie ihre nächsten Schritte.

»Als Erstes sprechen wir mit dem Opfer, dann schauen wir uns am Tatort um. Die Mutter und der Freund der Toten aus dem Kanal müssen warten.«

Als sie aufbrechen wollten, stand auf einmal Scaramuzza im Raum. Beltrame, die sich auf ihrem Weg nach draußen an ihm vorbeizwängte, warf Maddalena einen besorgten Blick zu.

Kaum hatte sich die Tür hinter ihr geschlossen, legte der Commandante los: »Lippi? Ausgerechnet an Lippi mussten Sie Ihre Launen auslassen? Er ist einer unserer fähigsten Männer. Ohne ihn würde hier Chaos herrschen, ist Ihnen das nicht bewusst?« Mit jedem Satz wurde er lauter, die letzten Worte brüllte er in den Raum und schnappte dann hechelnd nach Luft.

Jetzt hatte Maddalena genug.

Sie zuckte nicht mal mit der Wimper, als sie sich höflich,

aber bestimmt nach vorn beugte. »Commandante«, sagte sie leise, »mäßigen Sie Ihren Ton. Wenn Sie brüllen müssen, dann gehen Sie in die Berge. Ab sofort werde ich Ihr Verhalten nicht mehr akzeptieren und auch nicht länger dulden. Entweder benehmen Sie sich mir gegenüber wie ein Vorgesetzter, der meine Arbeit nach Möglichkeit unterstützt, statt ständig zu versuchen, mich vor meinen Mitarbeitern zu desavouieren und in meiner Abteilung Zwietracht zu säen, oder Sie haben eine Beschwerde am Hals, die sich gewaschen hat.«

Sie wartete kurz auf eine Antwort. Als diese ausblieb, ging sie um ihren schwer atmenden Chef herum und verließ den Raum.

Zum ersten Mal an diesem Tag fühlte sie sich gut.

»Beltrame«, rief sie, »lassen Sie uns fahren.«

Bis sie das Zimmer von Paola Faccinetti gefunden hatten, waren sie minutenlang durch das an ein Spiegelkabinett erinnernde Labyrinth an Fluren gelaufen.

Endlich standen sie auf der richtigen Station vor dem richtigen Krankenzimmer.

Paola Faccinetti saß auf einem Stuhl mit dem Rücken zur Tür und starrte aus dem Fenster. Als sie merkte, dass sie nicht mehr allein war, wandte sie langsam ihren Kopf, und Maddalena sah in ein blasses, schmales Gesicht mit traurigen Augen.

»Wissen Sie«, sagte Paola Faccinetti, nachdem sie sich vorgestellt hatten, »es ist nicht der Schock, der mir so zusetzt. Es ist der Kummer um meinen verstorbenen Mann. Kurz dachte ich, bald wieder bei ihm zu sein, und das Gefühl war beruhigend, es war irgendwie schön. Ich hatte schon mit dem Leben abgeschlossen, aber dann wollte mich der Tod doch nicht. Mit dem habe ich noch ein Hühnchen zu rupfen.« Sie lachte mit kratziger Stimme und erzählte der Commissaria und Beltrame den genauen Tathergang.

Merkwürdige junge Frau, dachte Maddalena und bewunderte ihre Tapferkeit. Sie hatte sich vehement zur Wehr gesetzt und war dadurch allem Anschein nach einer Vergewaltigung entgangen. Allerdings brachte Faccinettis Aussage sie keinen Schritt weiter.

»Ich saß auf der Bank, in der unsere Namen eingeschnitzt sind, und fühlte mich einsam. Trotzdem, ich hatte den Eindruck, dass mein verstorbener Mann bei mir wäre, doch wenn ich jetzt darüber nachdenke, war es wohl eher der Täter, der mich da schon beobachtet hatte.« Wieder lachte sie kratzend. »Die Bora wehte stark und brachte vom Fluss den intensiven Duft von Pfefferminze.«

Ein Arzt betrat das Krankenzimmer und unterbrach das Gespräch. Er holte Signora Faccinetti zu einer weiteren Untersuchung, damit war ihre Befragung fürs Erste beendet.

Es war schon Mittag, als sie den Tatort erreichten. Längere Zeit betrachteten sie den mit Trassierband eingezäunten Parkplatz. Die Kollegen von der Spurensicherung waren verschwunden, sie musste mit ihnen so bald als möglich über die Ergebnisse sprechen.

Beltrame und sie schlüpften vorsichtig durch die Sträucher, die den Weg zur Kirche begrenzten. Die Stimmung dort war fast mystisch, und Maddalena fühlte sich seltsam berührt. Der Fluss rauschte, und es roch leicht nach Kamille. Der Duft brachte ihr Paola Faccinettis Bemerkung, sie habe auf dem Parkplatz einen intensiven Pfefferminzgeruch wahrgenommen, in Erinnerung.

Beltrame war zum Ufer gegangen und suchte nach der Bank, auf der das Opfer gesessen hatte, Maddalena öffnete inzwischen die Kirchentür. Anders, als es sonst ihre Art war, bekreuzigte sie sich. Sie kniete sich hin und schloss kurz die Augen. Müdigkeit überfiel sie, und mit ihr kam eine Gewissheit: die Gewissheit, was sie Franjo sagen wollte.

Als sie die Kirche verließ, war ihre Müdigkeit Unbeschwertheit gewichen. »Kommen Sie, Beltrame, wir haben noch viel zu tun.«

Nun fuhren sie zu den Angehörigen der Toten aus dem Kanal. Maddalena fragte sich, ob es eine Verbindung der beiden Fälle gab oder ob tatsächlich der flüchtige Toto Merluzzi für die jüngste Attacke verantwortlich war. So recht wollte sie nach wie vor nicht daran glauben.

Allerdings ergaben die Gespräche mit der Mutter von Camilla Benigni und mit Samuele Onofrio nichts Neues, außer dass der Lebensgefährte bereits zu seiner Geliebten gezogen war.

»Auch eine Form von Trauerarbeit«, murmelte Beltrame im Hinausgehen, und Maddalena, deren gute Laune anhielt, musste schmunzeln.

Renzo Dalla vom Lagunen-Pub dachte über ihre Frage nach einem möglichen Verehrer unter den Stammkunden diesmal lange nach, schüttelte aber schließlich resigniert den Kopf. »Bei uns trifft sich halb Grado, und viele Leute aus den umliegenden Dörfern besuchen uns regelmäßig. Camilla war ein freundliches, hübsches Ding, das mit ihrem blonden Krauskopf und den großen veilchenblauen Augen gut ankam. Da hat schon immer mal wieder einer versucht, bei ihr zu landen, aber sie hat alle Angebote abgelehnt. Ich kann mich auch an keine die Grenzen des Anstands sprengende Anmache erinnern. Tut mir leid, ich hätte Ihnen wirklich gern geholfen. Glauben Sie mir, den Täter möchte ich schmoren sehen.«

Enttäuscht und erschöpft fuhren sie nach Grado zurück, und Maddalena machte sich auf dem Beifahrersitz des Dienstautos Gedanken darüber, wie sie dem Commandante zukünftig begegnen sollte. Sie stellte zufrieden fest, dass sie eine neuerliche Konfrontation nicht scheute, aber dazu kam es dann ohnehin nicht mehr. Wie Fanetti ihr berichtete, hatte Scaramuzza einige wichtige Außentermine, er blieb den ganzen Tag über verschwunden.

Auf ihrem Anrufbeantworter im Büro fand sie zwei Nachrichten von Lippi, der sich zu ihrer großen Verwunderung entschuldigte.

Dafür ist morgen noch Zeit, dachte sie. Jetzt ist Feierabend. Für heute ist es genug.

Sie war im Aufbruch begriffen, als es klopfte und Ginevra Missoni im Türrahmen stand.

»Commissaria«, sagte sie atemlos, »ich muss mit Ihnen sprechen.«

»Das ist jetzt kein guter Zeitpunkt.«

Missoni würde noch früh genug erfahren, dass eine weitere junge Frau vergewaltigt worden war, Maddalena wollte ihr eine schlaflose Nacht ersparen. Doch Ginevra Missoni sah sie mit einem so verzweifelten Ausdruck an, dass Maddalena sie nicht einfach gehen lassen konnte.

»Kommen Sie«, sagte sie daher und klopfte an die Tür zum hinter ihrem liegenden Büro. »Fanetti, bitte kümmern Sie sich um Signora Missoni. Ich habe noch einen dringenden Termin.«

»Nichts lieber als das.« Der Kollege lächelte, bat Ginevra Missoni herein und schloss die Tür hinter ihr.

Die kleine Notlüge belastete Maddalenas Gewissen nicht sehr. Sie freute sich auf Franjo und konnte es nicht erwarten, bei ihm zu sein.

Die Fahrt mit dem Motorrad genoss sie in vollen Zügen. Sie spürte den Fahrtwind, der um ihr Visier pfiff, und begann laut zu singen.

Übermütig gab sie Gas.

Ach, Franjo, dachte sie und bog schlitternd um eine Kurve.

Ein gewaltiger Stoß brachte sie ins Schleudern. Die Moto Guzzi brach unter ihr aus, und Maddalena stürzte kopfüber auf den Gehsteig.

Das Letzte, was sie wahrnahm, war das Krachen ihres berstenden Helms.

17

Ginevra fühlte sich überrumpelt.

Da wollte sie, nachdem sie lange mit sich gerungen hatte, mit der Commissaria sprechen und stand unvermutet vor einer Sagenfigur. Dieser Mann sah dazu auch noch so aus, als wäre er eben der Dusche entstiegen. Und mit seiner Kleidung gehörte er eher in ein Hochglanzmagazin als in ein Büro der Polizei. Die obersten Knöpfe seines eng anliegenden Hemds standen offen und gewährten Ginevra einen Blick auf seine unbehaarte Brust. Elbenprinzen sind wohl ganzkörperrasiert, dachte sie und wunderte sich im gleichen Moment über diesen absurden Gedanken.

Der Polizist schaute sie prüfend aus seinen meerblauen Augen an. Sie begann sich unbehaglich zu fühlen und sah sich um.

»Unsere Raumpflegerin ist krank«, sagte er leise, als er ihrem Blick auf die schmierige Fensterscheibe und zur verwelkten Topfpflanze folgte.

Wie er das Wort Putzfrau umging. Ginevra fand seine Art sich auszudrücken altmodisch. Und mehr noch, es irritierte sie, dass ihr das gefiel. »Die Blume könnten Sie selbst gießen«, entgegnete sie forscher, als ihr zumute war.

»Ich könnte auch selbst die Fenster putzen«, er lachte und zeigte dabei schneeweiße Zähne, »aber das Gießen und Putzen ist nicht so meine Sache. Einerseits leide ich unter Höhenangst, andererseits lassen bei mir alle Blumen innerhalb weniger Tage die Köpfe hängen. Dafür pflege ich andere Dinge umso lieber.«

»Ihr Mundwerk?« Ginevra wurde rot, sie hatte versucht, ihre offensichtliche Verlegenheit mit diesem schnoddrigen Einwurf zu überspielen. Doch der Schnösel wedelte ihren Kommentar mit einer eleganten Handbewegung zur Seite.

»Ich richte gern Wohnungen ein und bin ein leidenschaftlicher Koch. Das heißt, ich pflege meine Freundschaften, indem ich meine mir lieben Mitmenschen verköstige. Und ich reise gern in andere Länder.«

Ginevra fragte sich, ob sie eben zum Candle-Light-Dinner eingeladen worden war? Und wenn ja, dann in welchem Land?

Sie rief sich zur Ordnung und machte, sicher war sicher, eine abwehrende Geste. »Kochen ist nicht so das Meine, und Wohnungen betrete ich am liebsten, wenn alles fertig eingerichtet und ausgestattet ist. Mir ist es egal, wie es aussieht. Hauptsache, es ist funktional. Geschmack kann ich mir momentan ohnehin nicht leisten. Und Reisen? Neuland kann ausgesprochen unangenehm sein. Da bin ich lieber an einem vertrauten Ort.«

Was gab sie da für einen Blödsinn von sich? Sie konnte es selbst nicht fassen. Schließlich war sie hier nicht beim ersten Date mit einer Internetbekanntschaft aus einer der Partnerbörsen, sondern auf einem Kommissariat, um etwas Wichtiges zu besprechen. Der Polizist schien ihre Verwirrung jedoch nicht zu bemerken.

»Jedenfalls scheinen Sie Ihr Mundwerk auch zu pflegen, aber was Sie sagen, gefällt mir.«

Rums, da hatte sie es. Eine Retourkutsche der semi-subtilen Art. Doch seltsam, damit konnte sie leben. Und es war ein freundlicher Blick, den er ihr zuwarf. Himmel, hatte er sogar ein wenig gezwinkert? Sie war sich nicht sicher.

»Ich liebe es«, fuhr er fort, »wenn ich etwas zum Nachdenken, zum Rätseln habe. Allzu große Ähnlichkeiten und Übereinstimmungen, auch in Partnerschaften, langweilen mich. Da kann ich mich gleich mit mir selbst unterhalten.« Wieder lachte er, und Ginevra überlegte, ob er sich über sie lustig machte. »Abwechslung belebt meinen Alltag«, fuhr er ungerührt fort. »Im Übrigen, wir wurden einander noch nicht offiziell vorgestellt. Ich bin Arturo Fanetti.«

»Kaffee«, folgerte Ginevra, bevor sie einen klaren Gedanken fassen konnte.

Mein Gott, sie hatte es laut gesagt.

»Das geht den meisten so, wenn sie meinen Namen hören. Und ja, ich bin der Sohn. Sie aber sind gewiss nicht die Tochter des venezianischen Modehauses Missoni.«

Zumindest war ein Punkt geklärt, denn jetzt zwinkerte er ihr ganz offen zu. Weshalb aber zweifelte er daran? Empfand er sie gar als billig?

»Weshalb nicht?« Die Frage klang in ihren Ohren, als hätte sie sie gezischt.

»Ihre Klamotten zeugen von mehr Geschmack, sie gefallen mir viel besser als dieser bunte Strick.«

Ärgerte er sie, oder war das als Kompliment gemeint? Ginevra überlegte, was sie heute Morgen aus dem Schrank gezogen hatte, vergewisserte sich mit einem schnellen Blick und war zufrieden. Die schwarzen Jeans saßen eng, und der Schlitz über den Knien ließ ein bisschen Haut sehen. Sie wusste, dass das hellblaue Longshirt die Farbe ihrer Augen unterstrich. Und das Leder ihrer Jacke war weich.

In letzter Zeit legte sie wieder mehr Wert darauf, sich gut anzuziehen. Auch ihr Geschmack hatte sich ein wenig geändert. Gestern hatte sie eine große Plastiktasche zur Altkleidersammlung gebracht.

»Danke«, murmelte sie und beschloss, Arturo Fanettis Worte als Kompliment aufzufassen. Sie nahm sich außerdem vor, ihm in keiner Weise nachzutragen, dass er der Spross eines der reichsten Männer Italiens war. Aber musste er es unbedingt betonen?

Sie setzte sich aufrecht hin, schlug ihre Beine übereinander und strich unsichtbare Fussel von ihrer Jeans. Im Büro standen zwei Schreibtische, von denen einer unbesetzt war. Das Telefon schien stumm geschaltet zu sein, aber es blinkte unaufhörlich rot.

»Müssen Sie da nicht rangehen?«

Er folgte ihrer Handbewegung mit seinem Blick und verneinte. Dann wandte er sich ihr zu. »Warum hat Commissaria Degrassi Sie zu mir geführt?«

»Ich wollte mit ihr über die Sache reden, Sie wissen schon, über meine Sache.«

Sofort verschwand der fröhliche Ausdruck in seinen Augen, seine Züge wurden ernst. »Ich kenne Ihre Akte, bin also informiert.«

Ginevra rutschte auf dem Stuhl vor und zurück. Tapfer überwand sie ihr Unbehagen. Nach einem tiefen Atemzug begann sie mit gesenktem Blick zu sprechen. »Ich habe Zweifel, ob der Mann, der die Verbrechen gestand, sie tatsächlich begangen hat. Zumindest was mich betrifft.« Schon wieder spürte sie Röte in ihr Gesicht steigen. »Also, in meiner Angelegenheit«, bekräftigte sie zögernd.

Sie sah auf. Fanetti hörte ihr konzentriert zu.

»Erst habe ich mich dagegen gesträubt, über den Täter nachzudenken, aber in den letzten Tagen kann ich gar nicht mehr aufhören damit. Ich glaube, es war ein anderer.« Sie stieß die Luft aus wie nach einem Dauerlauf und spürte, wie Schweißtropfen sich auf ihrer Stirn und über der Oberlippe zu sammeln begannen. »Ich weiß aus den Nachrichten, dass er geflohen ist und noch immer gesucht wird. Zuerst dachte ich, es würde mir Angst machen, aber dann habe ich erkannt, dass mir von ihm keine Gefahr droht.«

Er sah sie aufmerksam an. Sie hatte den Eindruck, er sähe direkt in ihre Gedanken.

»Kannst du mir das bitte genauer erklären?«

Ginevra zuckte zusammen. Übergangslos war dieser Polizist zum persönlichen Du übergegangen. Gut, sie schienen ungefähr gleichaltrig zu sein, dennoch spürte sie, wie ihr Herz schneller schlug. Sie beschloss, sich ihre Verwirrung nicht anmerken zu lassen.

Fast unbeteiligt sagte sie: »Der Entflohene, dieser angebliche Täter, ist eindeutig zu korpulent. Er wird in den Medien doch als beeinträchtigt dargestellt, kannst du mir dazu etwas sagen?«

Sie war neugierig, wie er auf die umstandslose Annahme des Dus reagierte, aber er zeigte keine Reaktion.

Aus dem soll mal einer schlau werden, dachte sie und fuhr fort: »Ich hatte nämlich nicht den Eindruck, dass der Kerl, der mich überfiel, beeinträchtigt war, er wirkte eher tough, aber es waren nur wenige Sekunden, verstehen Sie, ich meine verstehst du, und doch ...«

Arturo Fanetti beugte sich vor. Ein Schwall holziges Aftershave erreichte Ginevras Nase. Mochte sie diesen Geruch? Ja, sie mochte ihn. Seine Augen sahen sie eindringlich an.

»Hör zu, was ich dir jetzt sage, ist vertraulich, also behalte es bitte für dich. Eine weitere junge Frau wurde gestern Nacht überfallen, und selbstverständlich geht der Commandante nach der Flucht des Mannes aus der Psychiatrie von einem Zusammenhang aus. Ist ja auch naheliegend.«

Ginevra hielt erschrocken die Luft an.

»Andererseits spielt vielleicht jemandem der Zufall in die Hände. Schließlich hatten wir selbst auch schon den Verdacht, dass möglicherweise der Falsche für die Taten verantwortlich gemacht wird. Und zumindest die Tote im Kanal kann er nicht umgebracht haben, das geschah, als Merluzzi noch in der Anstalt war. Was hältst du davon, alles noch mal gründlich und in Ruhe bei einem Caffè macchiato zu besprechen, abseits dieses düsteren, staubigen Büros?«

Ginevras Antwort überraschte sie selbst. »Ich habe nichts gegen einen Ortswechsel einzuwenden, allerdings muss ich am späteren Abend noch arbeiten. Wir sollten uns also etwas beeilen.«

»Gut.« Er nahm seine graue Lederjacke von der Lehne und telefonierte kurz von ihr abgewandt. Dann öffnete er die Tür und ließ sie unter seinem Arm durchschlüpfen.

Sie musste grinsen. So ein Idiot. Aber was half es, sie mochte seine Art.

»Arturo«, sie drehte sich zu ihm, genoss es, seinen Vornamen auszusprechen, »wollen wir zu Stefano in die Bar am Alten Hafen gehen? Ich arbeite dort.«

»Warum nicht? Wenn wir dort ein ruhiges Plätzchen für eine Besprechung finden? Wir können auch zu Dante und Giorgia, aber deren Bar liegt weiter entfernt. Also los.«

Auf dem Weg durch den Parco delle Rose waren sie schweigsam. Es begann zu dämmern, und vom nahen Meer wehte ein feiner Wind, der salzige Gischt mit sich trug. Die Luft roch trotz des beginnenden Novembers nach Ferien, und die üblichen Möwen zankten sich auf der Wiese um ein paar liegen gelassene Brotkrumen.

Für Ginevra fühlte es sich an, als wäre sie mit jemand Neuem, Interessantem auf ein Getränk verabredet. Da war diese vertraute Scheu, diese leichte Aufregung, die sich stets bei ihr einstellte, wenn sie jemanden noch nicht kannte. Und ihr dummes Herz klopfte immer noch viel zu schnell.

Jetzt im Herbst war zu dieser Stunde kaum jemand unterwegs. Grado wirkte menschenleer und verwaist.

»Warum hast du gerade diesen Ort für deine Arbeit gewählt?«, fragte sie, um das Schweigen zwischen ihnen zu brechen. »Im Sommer ist die Stadt voller Touristen und im Winter einsam und verlassen.«

Anders als erwartet, sagte er nichts Kokettierendes wie »Um hübsche Frauen wie dich kennenzulernen«, sondern blieb stehen und sah sie ernst an. »Mein Vater und der Commandante sind alte Freunde und gehen gemeinsam auf die Jagd. Ich wollte schon als kleiner Junge Polizist werden, die Kaffeegeschichte interessiert mich nicht. Als mein alter Herr schließlich einsah, dass er mit seinen Überredungsversuchen auf Granit biss, und ich die Polizeischule abgeschlossen hatte, bat er den Commandante um Unterstützung. Deshalb bin ich hier. Nicht gerade berauschend, oder?«

»Vitamin B ist nie der Knaller, schon gar nicht aus Sicht der Kollegen. Dürfte schwierig sein, deinen Platz im Team zu behaupten.« Ginevra lächelte ihn an, weil ihr seine Ehrlichkeit und Unverblümtheit gefiel.

»Ja, meine Chefin war nicht gerade begeistert, als ich vom Commandante als ihr persönlicher Assistent eingestellt wurde. Ich glaube, sie sieht mich als einen, der sie kontrollieren soll, und das bedauere ich, denn sie ist eine fähige Ermittlerin, und ich schätze sie sehr.«

Ginevra war beeindruckt von Arturos Loyalität seiner Vorgesetzten gegenüber. Was immer er sagte, es gefiel ihr.

Vor ihnen breitete sich der kleine Hafen aus. Kaum ein Boot schaukelte auf den sich leicht kräuselnden Wellen. Die meisten Fischer waren, das unerwartet gute Wetter nutzend, noch draußen auf dem Meer. Auch die Bar war, bis auf zwei ältere Männer, die am Tresen standen und Weißwein tranken, leer.

Sie bestellten Marocchino, und Ginevra hob vorsichtig die Kakaoschicht vom Schaum.

»Es ging mir lange Zeit nicht gut, ich konnte von dem, was mir passiert ist, keinen Abstand gewinnen, sosehr ich mich auch bemühte, es zu verdrängen. Deshalb versuchte ich wegzulaufen. Äußerlich, indem ich mein Studium für ein Jahr aussetzte, in die Wohnung meines Onkels hierher nach Grado zog und ständig vor meinem eigenen Schatten davonlief.«

»Und innerlich?« Fanettis Stimme klang weich.

»Innerlich flüchtete ich mich in Tagträume. Die Polizei hatte den Schuldigen ja gefunden. Ich dachte, damit wäre die Sache weitgehend überstanden, und tat alles, nur um nicht an das Verbrechen zu denken. Aber alles zu verdrängen war keine Lösung. Die Therapeutin und meine Freundin Mia beharrten darauf, dass ich mein Leben wieder in den Griff bekommen muss. Das anzugehen fiel mir allerdings nicht leicht. An diesem Punkt bin ich jetzt aber angelangt. Wahrscheinlich stellen sich mir deshalb immer häufiger Fragen zur Person des Täters.«

Sie trank das süße Kakaokaffeegemisch mit einem Zug aus und stellte die Tasse heftig zurück.

Arturo hatte ihr schweigend zugehört. Jetzt legte er eine Hand auf ihren Unterarm. Ginevra spürte die Wärme, die seine Finger ausstrahlten. Sie zog ihren Arm nicht weg.

»Was hältst du davon, wenn wir morgen gemeinsam ein paar Verbrecherkarteien durchsehen?«, schlug er vor, als sein Handy zu läuten begann. »Entschuldige bitte, es ist die Dienststelle.«

Er nahm das Gespräch an, und Ginevra sah, wie das Lächeln auf seinem Gesicht verschwand. Mit einem Mal wirkte er angespannt. Seine Finger zitterten leicht, als er das Telefon zurück in die Tasche seiner Lederjacke schob. »Die Commissaria …« Er stockte, und seine Stimme klang belegt wie bei

einer schweren Mandelentzündung. »Sie hatte einen schweren Motorradunfall. Die Ärzte wissen nicht, ob sie durchkommt.«
Er stand auf, und auch Ginevra erhob sich.
»Ich muss gleich morgen zu ihr ins Krankenhaus.«
Ohne nachzudenken, umarmte sie ihn. »Darf ich dich begleiten?«
Tränen waren in ihre Augen getreten.

Teil 2

1

Das Wasser so grün, der Himmel so blau.
 Dicke, moosige Schlingpflanzen wickeln sich um ihre Beine und ziehen sie hinab zum schlammigen Grund.
 Sie riecht nasse Erde. Dort, tief unten im Fluss.
 Ihre Finger gleiten über schorfige Muscheln, über Steine, scharfkantig und rund, wühlen sich in den breiigen Schlick. Es tut wohl, wie der feine Sand ihre Arme umspielt.
 Ist sie ein Fisch? Eine Nymphe? Eine Melusine? Eine Meerjungfrau?
 Nein, Meerjungfrauen sterben jung.
 Und sie lebt.
 Tausende Jahre schon.
 Ein Seeungeheuer, ja, das ist sie. Eines, das vierzig Kilometer unter dem Karst den Fluss durchtauchen kann, ohne ein einziges Mal Luft zu holen. Ein unterirdisches Wesen, eines mit besonderen Fähigkeiten.
 Der Name des Gewässers ist ihr seltsam vertraut: Timavo. Er fließt so träge und dickflüssig wie ihre Gedanken.
 Zeit spielt keine Rolle, und einer Eile bedarf es nicht.
 Wie ein samtenes Tuch liegt es in ihr, alles, was jemals geschah.
 Sie weiß von der Sintflut und vom Engel, der den Überlebenden des großen Wassers mit der Trompete das Jüngste Gericht verkündete.
 Sie weiß vom römischen Dichter Vergil, und sie weiß, dass Jasons Argonauten nach dem Raub des Goldenen Vlieses und Aeneas' Gefährten auf ihrer Flucht von Troja hier gelandet waren.
 Sie weiß vom Eingang in Dantes berühmte Unterwelt und von der Kultstätte des Mithras.

Sie weiß um die mystischen Riten der Kelten, um die der Römer und Frühchristen.

Grob wurde sie an den Haaren gepackt und aus dem warmen Wasser gezogen. Eine Stimme ließ ihr Trommelfell vibrieren.
Laut, alles wurde laut. Viel zu laut.
Der Druck auf ihren Augenlidern wurde zentnerschwer und nahm immer noch zu.
Hier oben war die Luft dünn. Viel zu dünn.
Ihre Kiemen versagten, verwandelten sich zurück in Lungen.
Und ihr Atem stand still.
Schlagartig verstummten alle Geräusche. Als hätte man in ihrem Kopf einen Schalter umgelegt. Stille senkte sich auf sie herab. Dunkelheit hüllte sie ein.
Sie schwebte über sich, und was sie sah, gefiel ihr nicht.

Sanft gleitet sie zurück in die Fluten.
Erneut versorgen sie Kiemen, pumpen Luft durch ihren weichen, formlos gewordenen Körper. Ihre Seeungeheuerarme teilen das kühler gewordene Nass. Sie schlängelt sich durch die grellbunte Flora der Unterwasserwelt. Staunend hält sie inne, kann sich nicht genug an der Vielfalt unzähliger untergegangener Regenbogen sattsehen. Mehr als zweihundert Farbtöne in mehreren Helligkeitsabstufungen blühen vor ihr.
Sie taucht hindurch. Immer und immer wieder, und jedes Mal glüht ihre Haut auf.

Der pfeifende Ruf einer Alarmanlage. So laut. Wieder so laut. Erneut stockte ihr der Atem, sie würgte, in ihrem Leib zerbarsten Lunge und Herz.
Ihr Körper war eine seelenlose Hülle, wie er da unter ihr lag. Was sie sah, machte ihr Angst.
Krampfhaft schloss sie die Augen.

Das Wasser ist kalt geworden und dunkel.
Über ihr die Lagune, durchzogen von endlos vielen Ka-

nälen. Es ist so eng hier, so klamm. Die Kiemen versorgen sie schwächer, in ihrem Kopf tobt Schwindel. Etwas Weiches, Schwammiges berührt ihre Haut, und langsam öffnet sie ihre Augen.

Ein Mädchen mit einem Lockengewölk um das schöne Gesicht, den Mund zu einem letzten Schrei aufgerissen, starrt aus toten Augen zurück.

Bald wird auch sie sterben.

»Maddalena«, vernimmt sie eine vertraute Stimme aus grauer Vorzeit, »Maddalena, bitte wach auf!«

Wieder wird sie tauchen. Nur weg von hier, zurück in die Tiefe des Ozeans. Keine toten Augen möchte sie sehen, kein vorbeischwebendes Lockenmädchen. Keinen Lärm will sie hören. Nur nicht zurück.

»Commissaria!« Eine fremde Stimme. Das Wort ein Befehl. Wen rufen sie da?

Sie versteht nicht. In ihren Ohren summt das Wasser des Flusses. Fische erobern ihre Gehirngänge, streicheln zart ihre Adern.

»Tu mir das nicht an.«

Da weint jemand.

Er hat einen Ring verloren, einen mit glitzernden Diamanten.

Den muss sie suchen, muss nach ihm tauchen.

Erst wenn sie ihn findet, wird das Klagen ein Ende haben.

Wieder verschlingt sie die See. Auf ihren Lippen perlt das Salz. Seegras und Algen bilden Unterwasserstraßen, denen sie folgen muss.

Ein Sonnenstrahl durchbricht das tiefe Grün und lässt den Grund funkeln.

Strömungen treiben sie immer weiter hinaus.

Hinaus ins offene, endlose Meer.

2

Toto bekam schwer Luft.

Jedes Mal im Herbst war das so. Kaum hüllte der Nebel das Städtchen, den Hafen, die umliegenden Felder und die Kanäle ein, begann Toto zu husten.

Der Hausarzt hatte sich ihn angesehen, mit einem richtigen Lungenspezialisten gesprochen und dann gemeint, dass der Nebel sich auf Totos Lunge legen würde. Wie eine zweite Haut. Gegen diesen Pelz verschrieb Dottor Beltrame Medikamente, die er Totos Schwester mitgab. Olivia verabreichte ihm regelmäßig diese Hustenmedizin, dagegen hatte er nichts, aber wenn es trotzdem schlimmer wurde, musste er ein Asthmaspray benutzen. Das mochte er nicht, es prickelte unangenehm die Kehle hinunter, und sein Herz schlug dann immer so schnell.

Zuletzt hatte er die Medizin im Krankenhaus bekommen, aber seit er von dort weggegangen war, musste er ohne sie auskommen. Deshalb wurde seine Kehle nun manchmal so eng, dass er schnaufte wie eine alte Dampflokomotive.

Und von Lokomotiven war er enttäuscht.

Schon als er die steile Straße nach Triest hinuntergewandert war, waren ihm Zweifel gekommen, ob er einfach so in einen Zug steigen konnte, aber der Wunsch, seinen Priester um Rat zu fragen, hatte sie bald wieder zerstreut.

Und gleich darauf hatte er Glück gehabt.

Seine Tante sprach gern davon, dass das Glück auf der Straße läge, und Toto dachte bisher, dass sie damit den Gehsteig meinte, denn er hatte dort schon Münzen gefunden, aber sie hatte schon recht gehabt, es war wohl wirklich die Straße gewesen.

Eine freundliche Bäuerin hatte ihn nämlich ein Stückchen mitgenommen. Allerdings nicht mit irgendeinem Auto, sondern mit dem wohl kleinsten Lieferwagen der Welt, einem dreirädrigen Rollermobil, das kaum größer war als eine Biene und daher auch schlicht »Ape« hieß. Toto füllte den Innenraum des Kleinsttransporters fast gänzlich aus, und die Bäuerin, die auch nicht dünn war, hatte geschwitzt und gelacht. »Zwei so dicke Leute wie wir, und trotzdem hält die Karre. Die sollte der Papst heiligsprechen«, behauptete sie.

Toto hatte bisher gedacht, dass nur so barmherzige Menschen wie Franz von Assisi oder sehr dünne Nonnen vom Heiligen Vater diese Auszeichnung bekämen. Dass der Stellvertreter Gottes auf Erden auch besonderen Autos den Segen gab, war ihm neu. Als er mit der Frau darüber sprach, hatte sie so dröhnend und feucht gelacht, dass die Scheiben von innen beschlugen. Und obwohl die Bäuerin ihm noch eine Flasche mit Wasser und Brot und Käse in einer Plastiktasche als Wegzehrung mitgegeben hatte – sogar einen gefalteten Zehn-Euro-Schein steckte sie ihm zu –, war Toto gern ausgestiegen.

Zu eng war einfach zu eng.

Dabei hatte die dicke Frau ihn sogar ein bisschen an seine Tante Antonella erinnert. Nicht vom Aussehen, versteht sich, sondern vom Lachen. Aber den Gedanken schob er beiseite, denn als er sich das überlegt hatte, war er traurig geworden, und das wollte er nicht.

Unten am Meer hatte er gerastet und den Leuten eine Zeit lang beim Spazierengehen zugeschaut, dann war er aufgestanden und hatte den Bahnhof gesucht. Aber anscheinend war er in die falsche Richtung gelaufen, denn er sah nur einen einzelnen Waggon, der mitten in der Stadt stand. Zwar fuhr er auf Schienen, aber er sah trotzdem nicht richtig aus, irgendwie verlassen, und auf ein unsicheres Abenteuer hatte er keine Lust gehabt, weil er inzwischen müde geworden war.

Und noch etwas beschäftigte ihn.

Toto war noch nie so lange allein gewesen. Im Baumarkt, in dem er arbeitete, ging es immer laut zu, da waren viele Leute um ihn herum. In der Früh fuhr er mit seinem kleinen Auto immer die gleiche Strecke hin und am Abend natürlich auch wieder zurück. Gelegentlich machte er in seiner Freizeit kleinere Ausfahrten, nur so aus Spaß, oder unternahm einen Abendspaziergang, entfernte sich dabei aber nie weit von zu Hause. Dabei kannte er seine Stadt gut. Hier hingegen war er fremd.

Wie so oft, wenn er müde war, wurde er wehmütig. Er dachte an die schöne Violetta und an die wunderschöne Nicola. Zu diesen beiden Mädchen hatte sein Weg ihn oft geführt, er hatte vor ihren Häusern Wache gestanden. Das war seine Pflicht gewesen, aber beschützen konnte er trotzdem keine von ihnen.

Als es ganz dunkel geworden war, an jenem ersten Tag seiner langen Wanderung, hatte er sich auf einer der Bänke unten am Meer zusammengerollt, und als ihm kalt wurde, weil der Wind blies, hatte er sich in einen Hauseingang in der Nähe der Promenade gelegt.

In seinen Gedanken aber war er im Urlaub auf einem Kreuzfahrtschiff gewesen. Er stellte sich vor, dort, am Oberdeck, in einem Liegestuhl zu lümmeln, zum Himmel hinaufzuschauen und die Sterne zu zählen.

Gleich war er eingeschlafen.

Er hatte nicht mal Schäfchenwolken zählen müssen.

Am nächsten Morgen war er unsanft geweckt worden und verwirrt aus seinen schönen Träumen hochgeschreckt. Er wurde gerüttelt, und ein Mann in einer blauen Arbeitsmontur schrie ihn an. Zuerst hatte Toto geglaubt, einen ehemaligen Arbeitskollegen aus dem Baumarkt vor sich zu sehen, aber der Mann war ihm fremd.

»Das hier ist kein Asyl. Schau, dass du weiterkommst, bevor ich die Polizei rufe, du Penner!«

Aufgeregt hatte der Mann mit den Händen gerudert, ihn dann grob an der Jacke gepackt und auf die Beine gezogen.

Toto war, so schnell er nur konnte, davongegangen, denn mit der Polizei wollte er nichts zu tun haben. Die würde ihn nur wieder ins Krankenhaus auf dem Berg über der Stadt bringen, und dort wollten die Ärzte in seinen Kopf ein Loch bohren und hineinschauen. Das konnte Toto nicht zulassen, außerdem hatte er Angst vor dem schreienden Mann bekommen.

Irgendwie war auch dieser Tag vergangen.

Auf dem Gemüsemarkt gab es für ihn Äpfel, ein paar Pflaumen und eine Avocado. Toto war nicht wenig stolz auf sich, denn von den Bauern unbemerkt waren sie in seine Plastiktasche gerollt. Einfach so, er hatte schließlich Hunger. Der Zehner der Bäuerin ging für ein Stück Pizza und Wurstbrote mit Mayonnaise drauf. Und natürlich für Coca-Cola. Aber seltsam, danach hatte er mehr Durst als zuvor.

Toto hatte sich auf einer Bank noch ein wenig ausgeruht, doch gegen Abend, als es noch kühler wurde, war er weitergegangen. Diesmal lief er in die andere Richtung, aber sicherheitshalber stur an der Küste entlang.

Die Wanderung war beschwerlich gewesen, und der Husten war auch nicht besser geworden. Eher heftiger, immer wieder rang er nach Luft. Hätte er die Telefonnummern von Tante Antonella, Emilia oder seiner Schwester Olivia auswendig gewusst, er hätte sie schon längst aus einer der altmodischen Telefonzellen auf der Straße angerufen. Sicher hätten sie ihn geholt. Als er wieder einmal seine Blase entleerte, entdeckte er hinter einem hohen Zaun von Gras überwucherte Schienen, die zu einem alten, verfallenen Bahnhofsgebäude führten. Zuerst freute sich Toto, aber dann sah er, dass hier schon lange kein Zug mehr durchgekommen war.

War Eisenbahnfahren aus der Mode gekommen?

Enttäuscht trottete er weiter.

Irgendwann, inzwischen wieder sehr müde, war er gestolpert, vom befestigten Gehweg abgekommen und in einem Gestrüpp gelandet. Für heute hatte er mehr als genug. Der Wind wehte stark und heulte ihm um die Ohren, und das Meer unter ihm rauschte bedrohlich. Toto hatte seine Tränen zurückgehalten und versucht, es sich so bequem wie möglich zu machen.

Er musste eingeschlafen sein, aber vielleicht war er auch ohnmächtig geworden vom vielen Husten, jedenfalls hatte sich seine Haut zerkratzt angefühlt, als er aufwachte, und ein paar vom Sommer übrig gebliebene Moskitos hatten sein Gesicht blutig gestochen.

Wirklich schlimm aber war etwas anderes.

Der Nebel um ihn herum hing so dicht, dass er nichts erkennen konnte. Also musste er warten und dabei seinen letzten Apfel gegen das Magenknurren essen.

Erst spät am Vormittag hatte er weitergehen können. Er fand eine Straße, auf der ein bisschen Verkehr herrschte, und sah darin die Bestätigung, auf dem richtigen Weg zu seinem Priester zu sein, aber seine Füße hatten inzwischen dicke Blasen vom vielen Laufen bekommen und taten bei jedem Schritt fürchterlich weh.

Einmal fuhr ein Polizeiauto mit Blaulicht an ihm vorbei, und er nahm sich vor, sich das nächste Mal zu verstecken, aber es blieb das einzige, dem er begegnete.

Am Nachmittag war es, obwohl Anfang November, wieder stechend heiß geworden, und er wurde bald nur noch vom Gedanken an Trinken und Essen beherrscht. Sein Magen hatte blechern geknurrt, und er war hungrig wie ein Löwe, aber schlimmer noch war der Durst.

Dann hatte er aus der Ferne das Dorf gesehen.

Toto hatte die Hauptstraße verlassen und war einen Weg entlanggewandert, der ihn schnurstracks hinauf zu einer kleinen Kirche mitten im Ort führte. Die Tür stand offen, ein Schwall Weihrauch empfing ihn. Den Duft mochte er. Außerdem war es angenehm kühl, nur die Blumen in den Plastikvasen rochen modrig und sahen fast so durstig aus, wie er selbst es war. Vorne am Altar brannten Kerzen, und Toto bekreuzigte sich mit dem Weihwasser aus dem Steinbecken. Dann verbeugte er sich vor Gott und der Heiligen Jungfrau Maria mit dem Jesuskind im Arm und setzte sich schließlich schwer auf eine knarrende Holzbank.

Irgendjemand rüttelte schon wieder an seiner Schulter.

War er eingeschlafen? Erschrocken blickte er hoch.

Diesmal stand eine Frau vor ihm und schaute ihn an. Sie

war so alt, dass sie zitterte, aber ihre Augen wirkten freundlich. »Ich schließe jetzt ab«, meinte sie und machte eine kleine Kopfbewegung in Richtung der Tür.

Toto verstand, dass er wieder weitermusste, und seine Tränen begannen zu strömen. Er wusste nicht mehr, wohin, und schon gar nicht, wie er zu Essen und Trinken kommen könnte.

»Ich bin auf einer Wanderung, die mich zu meinem Priester führt«, sagte er. »Aber bis dorthin ist es weit, und ich habe mich verirrt, weil ich hier noch nie war. Außerdem bin ich hungrig und durstig.« Toto schniefte und wischte sich mit der Hand die Tränen und den Rotz vom Gesicht. Gleich darauf entschuldigte er sich dafür. Seine Schwester, das wusste er, hasste diese Angewohnheit, weil sie Rotz und Schleim schmutzig fand. Was aber sollte er ohne Taschentuch machen?

Die alte Frau sah ihn nachdenklich an. Jetzt erst bemerkte er, dass eines ihrer Augenlider herabhing. »Kein Grund zu weinen«, sagte sie mit ihrer warm klingenden Stimme. »Meine Schwester und ich wohnen ein bisschen außerhalb vom Dorf. Wenn Sie für ein oder zwei Nächte bei uns bleiben wollen, bekommen Sie etwas zu essen und helfen uns dafür, den Garten winterfest zu machen. Geld können wir Ihnen allerdings keines geben.«

Toto dachte angestrengt nach. Eigentlich war es egal, ob er morgen oder erst in ein paar Tagen zu seinem Priester kam. Wichtig war jetzt, dass er sich ausruhte und sich richtig satt essen konnte. Vielleicht wussten die Schwestern später sogar eine Abkürzung, und er konnte die Zeit wieder aufholen.

Mit einem Mal war er fröhlich.

»Danke«, sagte er stockend und reichte der Frau seine Hand, die sie aber nicht nahm.

3

Ginevra blieb ruckartig stehen. Um ein Haar hätte sie das Tablett fallen gelassen, auf dem nun die Gläser beunruhigend laut klirrend gegeneinanderstießen.

Es war kurz vor Mittag, gegen Ende ihrer Morgenschicht. Sie war draußen, räumte die wenigen noch verbliebenen Tische ab – und mit einem Mal stand Arturo direkt vor ihr.

Obwohl sie verabredet waren, hatte sein plötzliches Erscheinen sie überrascht. Ihr Blut, das heftig in ihren Adern pulsierte, verursachte sicher wieder die unvermeidliche Röte in ihrem Gesicht und am Hals. Aber was sollte sie tun, Adrenalin trieb ihr Herz auf Höchsttouren, und dadurch geriet der rote Saft automatisch in Wallung. In ihrem Bauch begann es zu rumoren wie bei einer Zehnjährigen vor der entscheidenden Schularbeit.

Schön, dachte sie, wenn ich jetzt noch die Flitze bekomme, steht einer Romanze nichts mehr im Wege.

Ohne sich seiner Wirkung bewusst zu sein, lehnte Arturo an der Tür eines in die Jahre gekommenen 2CV, die langen Beine in den Stonewashed-Jeans lässig übereinandergeschlagen. Sein Lächeln strahlte Gelassenheit aus, es schien, als würde ihm ihre unangemessene Reaktion völlig entgehen.

»Schon fertig?«, fragte er sanft. »Oder habe ich noch Zeit für einen Caffè doppio?«

»Sofort. Ich muss nur noch ...« Ginevra fluchte innerlich über ihr Gestammel, trug das Tablett zurück in die Bar und hoffte, dass Arturos Blicke ihr folgten.

Für ihre heutige Unternehmung hatte sie sich am Morgen drei Outfits aufs Bett gelegt. Die neuen Jeans mit den kecken Schlitzen kannte er schon, also kamen sie nicht mehr in Frage. Nach gründlichem Abwägen hatte sie sich für die kornblumenblaue lange Tunika entschieden, die sie über schwarzen Leggings trug. Ihre Füße steckten in knöchelhohen grauen

Boots. So fühlte sie sich sicher, die Farbe stand ihr, und sie sah nicht so aus, als hätte sie sich für das Treffen mit dem Polizisten extra herausgeputzt.

Als sie kurz darauf zum Dienst erschienen war, hatte Stefano sie jedoch von oben bis unten anerkennend gemustert und mit einem leichten Zwinkern gemeint: »Für welches Date hast du dich so schön gemacht?«

»Es ist kein Date. Ich treffe mich mit einem Polizisten wegen einiger Unklarheiten in meinem Fall.« Sie hatte ihre Worte dabei betont gleichgültig klingen lassen.

Jetzt beugte sie sich etwas zu hektisch über den Tresen und bat ihren Chef: »Machst du mir schnell einen Doppio für den jungen Mann da draußen?« Sie deutete vage in Richtung des Hafenbeckens.

Stefanos Blick folgte ihrer Handbewegung. Zufrieden stellte er fest: »Also doch ein Date. Ich wusste es.«

Ginevra nahm ihre safarifarbene Armyjacke vom Garderobenständer. »Wann soll ich morgen zur Arbeit kommen?« Sie hatte nicht vor, auf Stefanos Andeutung einzugehen.

Er zuckte die Achseln und grinste breit. »Wann immer du aufwachst.«

In Arturos Auto, eigentlich seiner Kult-Kutsche, roch es wunderbar.

»Lavendel? Limette?« Sie schnupperte und sah ihn fragend von der Seite her an.

»Ich verabscheue einzelne Kleinkinderschuhe und Rosenkränze, vor allem aber Duftsäckchen, die am Innenspiegel baumeln. Nein, weder Lavendelblüten noch Rosenblätter, ich fürchte, so riecht mein Aftershave.«

Verlegen wandte Ginevra sich ab. Jedes Mal, wenn sie ihm begegnete, fühlte sie sich wie ein denkreduziertes Wesen, das Unsinnigkeiten am laufenden Band von sich gab. Von einem Klischee zur nächsten Plattitüde stolperte sie und ließ dabei kein einziges Fettnäpfchen aus.

»Gibt es etwas Neues aus dem Krankenhaus?«, erkundigte sie sich, um das Thema zu wechseln.

»Leider kommen bisher nur widersprüchliche Äußerungen zu Commissaria Degrassis Gesundheitszustand. Deswegen bin ich froh, dass wir kurz bei ihr vorbeischauen. Mir macht ihr Unfall zu schaffen, diese Ungewissheit quält mich sehr. Man sagte mir, sie sei eine sehr vorsichtige Motorradfahrerin. Wie auch immer, Ginevra, jedenfalls herzlichen Dank, dass du mit zu ihr kommst.«

»Ist doch selbstverständlich. Aber willst du wirklich, dass ich dich danach bei deinen Ermittlungen begleite?«

Er sah sie an, ehe er den Motor startete. Sein Gesicht war ernst, aber das kleine Lächeln in seinen Augen war nicht zu übersehen. »Ja, ich dachte mir, vielleicht fällt dir noch etwas ein oder auch auf. Oft sind scheinbar unbedeutende Kleinigkeiten wegweisende Elemente einer Ermittlung. Wenn man Glück hat, bahnen sie sich, ausgelöst durch etwas Unvorhergesehenes, den Weg aus dem Unterbewussten zurück ins Bewusstsein.«

»Wohl im Psychologiekurs gewesen?« Ginevra verschränkte ihre Arme vor der Brust und grinste.

»Gar nicht mal so falsch.«

Die Fahrt nach Triest zog sich in die Länge. Verwundert schaute Ginevra aus dem kleinen altmodischen Klappfenster und entdeckte weit unter sich das tiefblaue Meer, auf dem helle Schaumkronen tanzten. Die Wipfel der Pinien und Zypressen wogten im Wind.

»Hey, du hast ja die Strada Costiera genommen.«

»Allerdings. Was hat dich so beschäftigt, dass du das erst jetzt bemerkst?«

»Hmm, nichts Bestimmtes.« Ginevra dehnte die Worte, weil ihr wieder einmal keine passende Antwort einfiel.

»Ich wollte dir die beste Aussicht weit und breit bieten.« Sein Lächeln vertiefte sich.

»Das ist dir hervorragend gelungen.«

In den nächsten Minuten genoss Ginevra die satten Farben des Herbstes, der, beherrscht von Grau, Grün, Braun und Blau, eine ganz eigene Szenerie bot. Sie konnte das Harz der

Bäume riechen, und auch die salzige Meeresluft drang durch das geöffnete Seitenfenster. Den Rest der Fahrt verbrachten sie schweigend, jeder in seine Gedanken versunken.

Beim Aussteigen auf dem Krankenhausparkplatz hielt Arturo ihr elegant die Tür auf, und Ginevra stolperte augenblicklich über ihre eigenen Füße. Unsanft landete sie auf dem Boden. Die kleinen Steine auf dem rauen Straßenpflaster bohrten sich in ihre Handflächen und verursachten ein leichtes Brennen.

Arturo beugte sich zu ihr und zog sie hoch. »Sorry, ich wollte dich nicht erschrecken.«

»Ich bin ein Tollpatsch, dich trifft keine Schuld.« Ginevra lächelte schief.

Energisch nahm er ihre Hände in seine, die sich angenehm kühl anfühlten. Ginevra überrieselte ein Schauer, sie spürte wieder, wie Hitze in ihre Wangen stieg. »Da stecken noch ein paar Steinchen«, sagte er ruhig und zog sie aus ihrer Haut. »Es blutet ein wenig.« Er reichte ihr ein zusammengefaltetes Stofftaschentuch.

Dankbar nahm sie es, fragte sich aber im Stillen, wer heute denn noch so etwas Altmodisches bei sich trug. Verlegen säuberte sie ihre aufgeschürften Handflächen und steckte das Tuch wie selbstverständlich in ihre Tasche. Daheim wollte sie es waschen und – sie grinste innerlich – bügeln. Im Krankenhaus würde sie ihre Hände desinfizieren.

Unauffällig kontrollierte sie den Stoff ihrer Armyjacke und hoffte, dass sie keinen Riss abbekommen hatte.

»Unbeschädigt. Deine Kleidung ist zum Glück heil geblieben.«

Verdammt, offensichtlich entging ihm nichts. Ginevra, in Arturos Anwesenheit ohnehin verunsichert, wäre am liebsten im Erdboden versunken.

Er hakte sich lässig bei ihr unter, und so betraten sie das Gebäude. Gemeinsam fragten sie nach der Station, auf der die Commissaria lag.

Intensivmedizin.

Das klang erschreckend. Arturo ließ Ginevras Arm erst los, als sie am Eingang läuteten.

»Wir wollen zu Commissaria Maddalena Degrassi. Man hat uns gesagt, sie liegt hier auf Zimmer 4.« Seine Stimme klang selbstbewusst.

Die Schwester, die ihnen geöffnet hatte, zog ihre schlecht gezupften Augenbrauen missbilligend in die Höhe. »Sind Sie verwandt mit der Patientin? Wenn nicht, haben Sie hier keinen Zutritt.«

Sie wurde von einer gebieterischen Stimme am Weiterreden gehindert. »Er gehört zu mir, und er hat deshalb selbstverständlich jederzeit Zutritt. Junge Frau, Sie müssen lernen, zwischen Eifer und Übereifer zu unterscheiden.«

Ein korpulenter Mann mit einem beachtlichen Schnurrbart baute sich vor ihnen auf und schob die verunsicherte Krankenschwester unsanft beiseite. Ginevra hörte Arturo enerviert ausatmen.

»Onkel Muzzi, ich hätte das auch allein geschafft. Wie geht es der Commissaria?«

»Du und deine kleine Freundin, kommt erst mal herein.«

Scaramuzza hielt ihnen die Tür auf, als wäre er der amtierende Chefarzt der Intensivstation. Ginevra fühlte sich unbehaglich, schlüpfte aber gehorsam unter Arturos Arm auf den Flur. Das leise Klacken der zufallenden Tür verursachte ihr Gänsehaut.

»Setzt euch.«

Sie sah, dass Arturo nur zögernd dem offensichtlichen Befehl des Commandante nachkam, der außerdem sein Onkel zu sein schien. Ginevra, auf die der Mann den Eindruck eines Oberbefehlshabers kämpfender Truppen machte, tat es ihm gleich. War dieser unheimliche Onkel Muzzi nicht nur mit Arturo, sondern auch mit der Commissaria verwandt, weil er hier Zutritt hatte und das Kommando führte? Das hieße dann doch wohl, dass Arturo mit beiden verschwägert war? Vetternwirtschaft, dachte sie abfällig, als eine helle Stimme erklang.

»Achille.« Eine hochgewachsene, arrogant blickende Frau kam auf sie zu. Ihr Gesicht, umrahmt von glänzend brünettem

Haar, wäre von klassischer Schönheit, wäre da nicht dieser geringschätzige Ausdruck.

Der Commandante machte eine eigenartig anmutende Bewegung mit seinem linken Bein. Dunkle Farbe schoss in sein ohnehin rotes Gesicht, seine Augen, die tief in den Höhlen lagen, begannen zu funkeln. »Sibilla.« Er lächelte, und Ginevra sah die Speckfältchen um seinen Mund zucken. »Bitte geselle dich zu uns, meine Schöne, natürlich nur, sofern es deine Zeit erlaubt. Das ist Arturo Fanetti, der überaus fähige Sohn eines meiner ältesten Freunde. Ich habe dir bereits von ihm erzählt. Und das«, sein anerkennender Blick unterzog Ginevras Äußeres einer gründlichen Musterung, »ist augenscheinlich seine neueste Eroberung.«

Ginevra hörte Arturo schon wieder scharf die Luft einziehen, so als wollte er zu einer Erwiderung ansetzen, dann sah sie aus den Augenwinkeln, dass er resigniert mit den Achseln zuckte. Sie selbst fühlte sich zu schwach, um zu protestieren. Die angespannte Atmosphäre auf der Intensivstation war beklemmend genug. Zusätzlich machte ihr der scharfe medizinische Geruch zu schaffen. All das hier erinnerte sie stark an ihren eigenen Krankenhausaufenthalt nach dem Überfall, der noch nicht allzu lange zurücklag.

»Das ist Maddalenas Mutter, Sibilla«, erklärte der Commandante jovial.

»Signora Degrassi.« Arturo war aufgestanden. »Wir waren alle betroffen, als wir von dem Unfall erfuhren. Ich bin der persönliche Assistent Ihrer Tochter. Sie ist ein wunderbarer Mensch und eine großartige Chefin.«

Ungeduldig winkte Sibilla Degrassi ab. Eine braune Locke fiel ihr dabei in die Stirn. »Maddalena hat am Telefon von Ihnen gesprochen. Und von den anderen auch.« Mit einem Mal wirkte sie müde. »Wo bleibt denn dieser Zoli? Wenn einer meinem Kind Zuspruch geben kann, dann er.« Sie setzte sich an den kleinen Besuchertisch und stützte ihr Gesicht in die zarten Hände, auf deren Rücken sich bläulich schimmernde Äderchen abzeichneten.

Kein Wunder, dachte Ginevra, dass die Commissaria so schön ist, das kommt alles von der Seite ihrer Mutter. Sibilla Degrassi wirkte zerbrechlich, fast durchscheinend und erinnerte Ginevra an eine fein gezeichnete Gemme. Frauen mit diesem Aussehen riefen bei Männern stets den Beschützerinstinkt hervor. Das allerdings unterschied Sibilla Degrassi eindeutig von ihrer Tochter Maddalena.

»Zoli?«, brummte der Commandante wie ein gutmütiger Karawankenbär. »Der versieht seinen Dienst. In unserem Geschäft«, er lächelte leicht in Signora Degrassis Richtung, »bleibt nicht allzu viel Spielraum für Privates. Aber er war ohnehin am Vormittag hier. Der Kollege Lippi hat unter meiner Führung das Kommando übernommen, bis Maddalena«, erneut lächelte er Sibilla Degrassi gewinnend zu, »endgültig wiederhergestellt ist.«

Ginevra spürte, wie Arturo sich neben ihr versteifte. »Onkel Muzzi«, sagte er ernst, »hältst du das für eine gute Idee?«

Bevor der Commandante etwas erwidern konnte, ergriff Sibilla Degrassi das Wort. Mit halb gesenkten Wimpern wandte sie sich an Scaramuzza, Ginevra sah den Puls an ihrem Hals heftig pochen.

»Achille.« Sie seufzte und schloss ihre Augen endgültig, bevor sie weitersprach. »Ich glaube, um die diversen Animositäten zwischen meiner Tochter und diesem Lippi zu wissen. Zwar sprach Maddalena am Telefon kaum darüber, aber eine Mutter hat für so etwas ein Gespür. Daher wäre es eine Lüge zu behaupten, dass ich eine Anhängerin dieses speziellen Kollegen bin. Zu sehr hat er meiner Tochter in den letzten Jahren zugesetzt. Aber Sie haben sicher Ihre Gründe, wenn Sie ihn zu Maddalenas Stellvertreter machen. Ist es nicht so?«

Sie öffnete ihre Augen, und Ginevra stellte erstaunt fest, dass deren Farbe nicht die geringste Ähnlichkeit mit dem bestechenden Smaragdgrün der Augen der Commissaria hatte.

»Sibilla«, trompetete der Commandante aufgeräumt, »es geht darum, die Aufgaben Ihrer schönen Tochter auf begrenzte Zeit einem kompetenten Mitarbeiter zu übertragen. Zoli ist noch zu unsicher, um eine Führungsrolle zu übernehmen. Ihm fehlt die Eigenständigkeit im Denken und Handeln. Aber«, jetzt lachte Scaramuzza dröhnend, »er ist ein recht passabler Chauffeur.«

Ginevra berührte es unangenehm, wie herablassend der Polizeichef über einen seiner Mitarbeiter sprach. Warum nahm Arturo das einfach so hin?

»Darf ich jetzt endlich erfahren«, hörte sie ihn wie aufs Stichwort neben sich sagen, »wie es der Commissaria geht? Ich möchte zu ihr, deshalb sind wir schließlich hier.«

»Arturo, mein Junge, das ist ausgeschlossen. Commissaria Degrassi ist immer noch nicht bei Bewusstsein.«

»Das stimmt so nicht«, wandte Sibilla Degrassi ernst ein und zog einen flauschigen rosa Schal enger um ihre Schultern. »Die Ärzte haben meine Tochter in künstlichen Tiefschlaf versetzt, damit ihr Gehirn sich erholen kann. So hat man es mir jedenfalls erklärt.«

Die beschwichtigenden Worte, die der Commandante daraufhin ausstieß, hörte Ginevra nicht mehr. Sie hatte sich auf die Suche nach einer Toilette gemacht. Was Sibilla Degrassi sagte, klang nicht gut. Die Commissaria war offensichtlich schwer verletzt.

Ginevra schüttelte sich.

Im Spiegel über dem Waschbecken starrte ihr ein Gesicht entgegen, aus dem alle Farbe gewichen war. Längere Zeit ließ sie lauwarmes Wasser über ihre zerkratzten Handflächen laufen. Als das Brennen nachließ, wusch sie ihre Hände mit Seife, danach trocknete sie sie unter Heißluft und besprühte sie mit Desinfektionsmittel. Verarztet werden musste sie nicht, es waren nur oberflächliche Abschürfungen. Wie unbedeutend so kleine Blessuren doch sind, dachte sie und erinnerte sich daran, wie Arturo ihre Hände in seine genommen hatte, und an das Kribbeln, das sie dabei empfunden hatte. Innerlich musste sie lachen, weil der Commandante annahm, sie wäre Arturos Freundin. Aber eigentlich war ihr egal, was dieser furchterregende Mann über sie dachte. Er hatte sie jedenfalls nicht als eines der Opfer der Verbrechensserie wiedererkannt. Und das, obwohl er damals persönlich mit ihr gesprochen hatte. Was für ein überheblicher Kerl. Die Commissaria konnte einem leidtun. Und dieser Zoli auch.

Bevor sie den Waschraum verließ, kniff sie sich lächelnd in die Wangen, um einen Hauch Rot zurückzubringen. Dann ging sie langsam den Gang entlang, um sich wieder der Gruppe auf dem Flur anzuschließen.

Inzwischen war eine weitere Person dazugestoßen. Ein großer, kräftiger Mann mit dunklen Augen sprach aufgeregt mit Sibilla Degrassi.

»Maddalenas Freund«, flüsterte Arturo ihr zu.

»Franjo, es bringt nichts, wenn wir alle die ganze Zeit bei Maddy sind. Wir wechseln uns ab, wie bisher.«

»Nein. Ich bleibe bei ihr, wann immer es möglich ist. Das weißt du sehr gut. Daran wird sich auch nichts ändern.«

Die Standhaftigkeit von Maddalenas Freund beeindruckte Ginevra. Sie wusste, dass die Degrassi auf dem Weg zu ihm in den Karst verunglückt war. Wahrscheinlich hatte er, so absurd es klang, deswegen ein schlechtes Gewissen.

Der Commandante überging den Disput und wandte sich an Arturo. »Du wirst dich ständig mit Lippi absprechen, mein Junge. Er trägt jetzt die Verantwortung.«

»Selbstverständlich. Wie könnte ich nicht? Er ist doch mein direkter Vorgesetzter.« War da Ironie herauszuhören? »Ich melde mich später bei dir.«

Nachdem sie eine Kleinigkeit gegessen hatten und wieder im Wagen saßen, holte Ginevra tief Luft und strich eine Locke zurück, die ihre Stirn kitzelte. »Arturo, dein Onkel Muzzi ist schon ein heftiges Kaliber. Warum nimmst du seine Unverschämtheiten so ohne Weiteres hin?«

»Er ist nicht mein Onkel, jedenfalls kein leiblicher, aber das ist eine lange Geschichte, die ich dir einmal bei einem Abendessen genauer erzähle. Und du hast recht, er ist unmöglich in seinen Äußerungen und auch in seinem Handeln, besonders einigen von uns gegenüber. Mir begegnen die Kollegen mit

Misstrauen wegen meiner Sonderstellung, das habe ich dir gegenüber bereits einmal angedeutet.«

Abendessen, frohlockte Ginevra, die sich aufs Wesentliche seiner Ausführungen konzentriert hatte. Statt jedoch ihrer Freude Ausdruck zu verleihen, drehte sie sich zum Fenster und sagte mit teilnahmslos klingender Stimme: »Von Essen war nicht die Rede. Bekochst du außer Freundinnen auch Zeuginnen? Ist das denn überhaupt erlaubt?«

Ein kleines Lächeln umspielte seine Mundwinkel, als er antwortete: »Bei dir mache ich eine Ausnahme. Verrate mich nur nicht bei Onkel Muzzi.«

Immer wieder brachte er sie zum Lachen. Arturo hatte eine verschmitzte, lausbubenhafte Art und erweckte dennoch den Eindruck von Verlässlichkeit und Ernsthaftigkeit. Dabei mochte sie raubeinige Jungs eigentlich lieber, aber bei ihm könnte sie dennoch schwach werden.

Kurz fielen ihr die letzten beiden Freunde ein, die sie zeitgleich gehabt hatte. Auch von denen konnte keiner als raubeinig bezeichnet werden. So viel zu Phantasie und Wirklichkeit. Ginevra lachte schon wieder.

»Das gefällt dir, was? Geheimnisse mit einem Polizisten zu teilen. Verdunkelung. Konspirative Treffen.«

Wenn sie jetzt weiter auf seine Neckereien einging, saß sie schon heute Abend an seiner gedeckten Tafel und bald darauf wer weiß wo in seiner Wohnung. Aber nein, das ginge ihr dann doch zu schnell, sie wollte nichts überstürzen.

Ganz ehrlich, sie fühlte sich noch nicht bereit für ein richtiges Date, und das wäre es dann ja wohl.

Das Thema daher abrupt wechselnd, fragte sie: »Warum fahren wir eigentlich zu der betroffenen Frau nach Hause? Finden solche Gespräche nicht auf der Polizeistation statt?« Sie sah Arturo unschlüssig an.

»Weißt du, es macht einen Unterschied, ob eine Befragung bei uns in einem der Büros oder in den eigenen vertrauten vier Wänden stattfindet. Zu Hause sind sowohl die Zeugen als auch die Opfer mitteilsamer, geben mehr von sich preis, weil sie sich sicher fühlen. Und dieser Umstand ist für uns von Vorteil. Außerdem könntest du im Büro schwerlich dabei sein.«

»Also doch ein Hobbypsychologe, allerdings einer mit einer ganzen Menge Hintergedanken«, warf Ginevra ein, die schon wieder schmunzeln musste.

Zwanzig Minuten später bog Arturo, der einige Zeit einem Kanal gefolgt war, auf einen unbefestigten Weg ab. Ein gepflegter, alter Bauernhof mit Schieferdach kam in Sicht, Tontöpfe mit weißen, roten und gelben Chrysanthemen flankierten den Eingang. Hinter einem Holzzaun grasten zwei Pferde auf einer Weide, vor der Haustür gackerten Hühner. Eine dicke rote Katze sonnte sich auf der Fensterbank und musterte sie aus trägen Augen.

»Die reinste Idylle, fast schon kitschig.« Ginevra sah sich entzückt um.

»Außer man ist erst dreiundzwanzig und bereits Witwe.«

»Was?« Arturos kalter Kommentar hatte sie erschreckt.

»Der Mann wurde von einem Pferd erdrückt, und seine Witwe entging gerade einer Vergewaltigung. Mehr an Schicksalsschlägen braucht es nicht.«

Ginevra schwieg und fühlte sich mit einem Mal unbehaglich. Umso überraschter war sie, als ihnen eine schmale junge Frau mit frechem Kurzhaarschnitt und einem freundlichen Lächeln die Haustür öffnete. Man sah ihr den Kummer über den Verlust des Ehemannes nicht sofort an, und wie ein Opfer wirkte sie auch nicht. In gewisser Weise erinnerte sie Ginevra an sich selbst.

»Ich habe Sie schon erwartet. Wir können uns in die Küche setzen, da sind wir um diese Zeit ungestört.«

Nachdem Arturo Ginevra vorgestellt und erklärt hatte, warum sie bei der Befragung dabei war, öffnete Paola Faccinetti eine Glastür, und ein zotteliger Hund sprang ihnen entgegen.

»Platz, Giorgione, du ungezogener Kerl!«, rief sie.

Erstaunlicherweise folgte der Irish Setter sofort, legte aber eine seine Pfoten besitzergreifend auf den Fuß seines Frauchens. Damit waren für ihn die Besitzverhältnisse geklärt.

»Das macht der Bengel immer so. Deshalb kann ich ihm keinen Wunsch abschlagen. Der Tierarzt, derjenige, der nach dem Überfall die Polizei gerufen hat, ist so was wie Giorgiones Patenonkel. Ich war gestern bei ihm und habe als Dankeschön eine große Packung Bacios und eine Kiste Apfelcider vorbeigebracht. Ohne seine Hilfe läge ich vielleicht immer noch dort.« Sie räusperte sich.

»Weshalb haben Sie nicht direkt bei uns angerufen?« Arturos Stimme klang mitfühlend.

»Es ist unglaublich, aber mir ist der Notruf entfallen, ich konnte mich an nichts erinnern, und die Nummer des Arztes war die letzte in meiner Anrufliste. Giorgione hat einen Abszess, deshalb rief ich ihn kurz vor meinem Spaziergang an, um für den nächsten Tag einen Termin in der Ordination zu vereinbaren.« Mit ihrer Erklärung hatte sie sich an Ginevra gewandt, gerade so, als erwartete sie von einer Frau mehr Verständnis für ihr Blackout.

Paola Faccinetti wischte gedankenverloren über ihre Stirn. Ginevra folgte ihrem Blick und sah, wie sie schnell zu einem gerahmten Bild schaute, das auf der Kommode stand und einen jungen Mann mit fröhlichem Lächeln zeigte. Mir rauer Stimme bot sie ihnen einen selbst gebrauten Apfelcider an.

»Mit oder ohne Alkohol?«

»Mit«, entgegnete Ginevra, und Arturo sagte gleichzeitig: »Ohne.«

»Nur in Filmen und Romanen betrinken Polizisten sich im Dienst. Wir tun das im wahren Leben eigentlich nicht«, ergänzte er entschuldigend, als er bemerkte, wie ihn die Frauen ansahen.

Ginevra, die auch nicht vorhatte, sich zu betrinken, war sein Zwinkern nicht entgangen.

»Im Grunde möchte ich Sie, Signora Faccinetti, bitten, mir nochmals zu erzählen, was geschah. Und du, Ginevra«, er drehte sich zu ihr, »hörst bitte genau zu. Vielleicht klingt etwas in dir an?«

Was war das schon wieder für eine verschrobene Wortwahl?

Ginevra stellte sich einen Violinschlüssel vor und Noten, die auf einem Papier tanzten.

Während Paola erzählte, schweiften ihre Gedanken ab. Ihr Verstand weigerte sich beharrlich, sich auf das Gesagte zu konzentrieren. Nein, irgendetwas in ihr sträubte sich sogar ganz entschieden dagegen. An alles Mögliche dachte sie, zum Beispiel daran, dass sie ins Outlet wollte und ihren Vater überreden musste, sie mit dem Auto zu fahren. Auf diese Weise erträglich, plätscherte Signora Faccinettis Beschreibung vom Timavo, der Kirche, der Stimmung, der Bora und all den Gerüchen an ihr vorbei. Ginevra erinnerte sich an einen Besuch bei ihrer deutschen Großmutter in Berlin. Es war Juni, und sie nahm intensiv den süßen Duft der Lindenblüten wahr, der alles andere übertünchte. Die ganze Stadt hatte damals danach gerochen.

»… und vom Fluss her kam immer stärker der Geruch der Wasserminze«, sagte Paola.

Lindenblüten, Wasserminze …

Pfefferminze.

Dieser Duft weckte eine Erinnerung, bei der sich ihr der Magen zusammenzog.

»Arturo, hör zu.« Ihr Herz klopfte plötzlich schnell und hart in der Brust, und sie bekam schwer Luft. »Pfefferminzkaugummi. Daran erinnere ich mich jetzt auf einmal. Ich glaube, er hat das Zeug gekaut.«

4

Marijke de Jong stand am offenen Fenster des Hotelzimmers und dehnte ihren Körper. Sie holte tief Luft und streckte die Arme in die Höhe, beim Ausatmen beugte sie sich vor, bis sie mit den Fingerspitzen ihre blauen Sneakers berührte. Ausgeruht fühlte sie sich und putzmunter. Bereit für ein erstes Laufabenteuer, in einer ihr noch unbekannten Herbstlandschaft.

Eben hatte die Morgendämmerung eingesetzt, die rechte Zeit für einen erfrischenden Sprint. Wenn noch alles schlief, hatte sie die Landstraßen und Wege für sich allein.

Im heller werdenden Licht erkannte sie, dass vom nahen Kanal Nebel aufstieg. Es roch nach Meer. Marijke drehte sich leise um und band ihre langen hellblonden Haare zu einem hohen Pferdeschwanz. Schnarchlaute drangen zu ihr und ließen sie lächeln. Ihr Mann Luuk schlief noch tief.

Seit drei Jahren waren sie nun verheiratet, und so lange hatte sie auch gebraucht, um ihn zu überreden, sie zum alljährlichen Venedig-Marathon zu begleiten. Luuk brachte für den Laufsport, den sie so liebte, kaum Verständnis auf, für ihn kamen Unternehmungen dieser Art sinnlosen Hetzjagden gleich. Als »überflüssig, dafür aber kräftezehrend« bezeichnete er ihr Hobby. Er selbst liebte es eher gemütlich und tuckerte in seiner Freizeit bevorzugt mit dem Boot die Amsterdamer Kanäle entlang oder machte Ausflüge hinaus auf die Flüsse.

Marijke wunderte sich, dass er noch nicht vorgeschlagen hatte, ihre Mansardenwohnung gegen ein Hausboot einzutauschen. Leben auf dem Wasser, das wäre sicherlich sein Traum. Sie aber konnte auf die klamme Feuchtigkeit, die in den Ecken Schimmel entstehen ließ und rheumatische Beschwerden schon in jungen Jahren verursachte, gut verzichten.

Als Kompromiss hatten sie sich schließlich, nach endlosen Diskussionen, gegen einen Aufenthalt direkt in Venedig und für ein kleines Ferienhotel am Kanal, irgendwo mitten in der

Lagune um Grado entschieden. Er hatte sein geliebtes Wasser um sich, und sie fand ausreichend Laufstrecken zum Trainieren.

»Ich bin dann mal weg«, flüsterte sie und strich leicht über seine Wange mit dem sexy dunklen Bartschatten.

Luuk murmelte schlaftrunken Unverständliches und drehte sich, ohne die Augen zu öffnen, auf die andere Seite.

»Wir sehen uns beim Frühstück«, hauchte sie beim Hinausgehen.

Der Besitzer des Hotels, der so früh am Morgen auch die Rezeption überwachte, begrüßte sie gut gelaunt und betrachtete wohlwollend ihren Laufdress. Sie hatte ihm erzählt, dass sie für den Marathon trainierte, und er hatte sich beeindruckt gezeigt. »Gutes Gelingen!«, rief er ihr nach.

Draußen stand Nebel, nur weit vorne im Osten schien ein heller Streif durch den Dunst.

»Soll mir recht sein«, murmelte sie und knipste die Stirnlampe an.

Sie begann, durch die salzig schmeckenden Schwaden zu traben, und bog vom Kanal weg auf die Landstraße. Hier würde es weniger feucht sein.

Trotzdem, der Nebel blieb, er schien sogar dichter zu werden. Die Erde der abgeernteten Äcker schimmerte dunkel unter dem milchigen Weiß.

Kein Auto, kein Radfahrer, kein Lastwagen, kein Mensch, niemand begegnete ihr. Kontinuierlich steigerte sie das Tempo und fand bald in ihren gewohnten Laufrhythmus.

Nach einer Weile konnte sie spüren, wie die Endorphine ihr Blut überschwemmten und sich das vertraute Glücksgefühl einstellte.

Herrlich, so in den Tag hineinzulaufen, den Kopf frei von lästigen Gedanken, nur darauf konzentriert, gleichmäßig zu atmen. Marijke konnte nicht verstehen, warum Luuk diesem Reiz nicht ebenso verfallen war. Nun, dachte sie, Menschen sind eben unterschiedlich, auch wenn sie sich noch so gut verstehen. Ein Rätsel.

Sie hatten beschlossen, bald eine Familie zu gründen. Ihre Schwester lag ihr damit schon lange in den Ohren, aber in letzter Zeit hatte es immer weniger Überredungskunst bedurft. Marijke spürte selbst, dass die Zeit für ein Kind langsam gekommen war. Immerhin war sie bereits achtunddreißig, auch wenn sie gut und gern als Ende zwanzig durchging.

Sie hatte Kondition, Ausdauer, einen schlanken Körper und Unmengen an Energie. Da würde sie es allemal mit einem schreienden Kleinkind aufnehmen können.

Dann aber sah sie ihre Nichten vor sich und wusste, warum ihr bisher der Mut zu einem eigenen Kind gefehlt hatte. Plärrende, ewig rotzige, verwöhnte Gören, die ihre Eltern terrorisierten, sollten ihr Leben bereichern?

Ein wenig verlor sie sich in ihren Gedanken.

Mit knirschenden Reifen rollte ein Wagen neben ihr her. Sie hatte ihn nicht kommen gehört und wich an den Straßenrand aus. Da wollte wohl einer nach dem Weg fragen, weil er annahm, sie käme von hier.

Sie hörte, wie die Wagentür geöffnet wurde, und rief auf Englisch: »I don't know the right way. I am not from this area.«

Als sie keine Antwort erhielt, drehte sie sich zum Auto, kniff die Augen zusammen und versuchte, den Nebel zu durchdringen. Eine Gestalt näherte sich schnell, und erst in diesem Moment bekam Marijke es mit der Angst zu tun.

Sie schlug einen Haken und lief um das Heck des Autos herum, zurück auf die Landstraße. Hinter sich hörte sie stoßweisen Atem und wusste auf einmal, dass sie in großer Gefahr schwebte.

Schneller, sie lief immer schneller, aber Angst und Nebel behinderten ihre Sicht.

Dann spürte sie schwer eine Hand auf ihrer Schulter. Hörte hechelnden Atem.

Sie riss sich los. Und schrie.

Wieder wurde sie zurückgerissen. Sie stürzte nach vorn und zerrte dieses Etwas mit sich. Im strauchelnden Laufen versuchte sie, es abzuschütteln, dagegenzuboxen. Es gelang ihr nicht.

Sie schrie und schrie – und wurde dann schlagartig still.

Hier konnte sie ohnehin niemand hören, sie vergeudete nur ihren Atem. Und wertvolle Energie. Sie musste rennen, so schnell sie konnte. Tempo! Nur das zählte.

Doch sie konnte die Hand nicht abschütteln, die sie fest gepackt hielt. Die Finger krallten sich durch den Stoff ihres Dresses in ihre Schulter.

In diesem Moment durchbrach die aufgehende Morgensonne die Nebeldecke. Die Straße, die Landschaft, alles wurde mit einem Mal in flirrend helles Licht getaucht.

Die Klaue, die ihre Schulter umklammert hatte, ließ abrupt von ihr ab. Marijke hechtete nach vorn und drehte im Sprung den Kopf zur Seite. Eine dunkle Gestalt mit Kapuze und Schal über dem Gesicht war knapp, viel zu knapp hinter ihr und starrte sie an. Dann sprang der Mann auf sie zu.

Wieder schlug sie einen Haken und lief.

Rannte um ihr Leben, schneller als je zuvor. Alle Kraft gebündelt im Wunsch zu leben.

Wo war sie?

Wo das Hotel?

Sie war noch nicht allzu lang unterwegs gewesen. Es musste ganz in der Nähe sein.

Schneller, schneller. Noch schneller.

Sie wagte es nicht, noch einmal nach hinten zu blicken.

Lauf, Marijke, lauf, spornte sie sich an. Einem Mantra gleich wiederholte sie den Satz.

Immer und immer wieder.

Irgendwann hatte das Keuchen aufgehört und ebenso das Trampeln der sie verfolgenden Schritte.

Der Morgenverkehr setzte ein, Fahrzeuge kamen ihr entgegen. Erfolglos versuchte sie, eines aufzuhalten. Keiner blieb stehen.

Schwer atmend lief Marijke weiter.

Dann sah sie die Abzweigung, die, am Ufer des Kanals entlang, direkt zu ihrem Hotel führte.

Da, da war das Haus.

Mit letzter Kraft stieß sie die Eingangstür auf und fiel hart auf den Boden der kleinen Empfangshalle.

Dem herbeieilenden Besitzer rief sie nach Luft schnappend zu: »Verständigen Sie die Polizei. Und lassen Sie niemanden herein!«

Erst nach einer Weile gelang es Marijke, sich aufzusetzen. Sie rappelte sich hoch und sank zitternd auf einen der Fauteuils in der Halle. Sie sah den Mann hinter der Rezeption telefonieren, sein alarmierter Blick verriet ihr, dass er den Ernst der Lage erkannt hatte. Marijkes Herzschlag beruhigte sich langsam.

Dann war Luuk da, mit bleichem Gesicht, der ihr stumm ein Glas Wasser reichte. Wie viel Zeit seit ihrem Eintreffen im Hotel vergangen war, konnte sie nicht mehr sagen. Es kam ihr wie eine Ewigkeit vor und gleichzeitig nur wie Sekunden.

»Komm mit in den Frühstücksraum«, Luuks Stimme klang unsicher, »iss eine Kleinigkeit und trink eine Tasse Kaffee. Wir werden verständigt, sobald die Polizei da ist.«

Was denn, dachte Marijke, will der Idiot zur Tagesordnung übergehen? Sie wusste, dass sie ungerecht urteilte, und ließ sich vielleicht deshalb widerstandslos zu einem der Tische am Fenster führen. Gehorsam nahm sie das Brötchen, auf das ihr Mann fürsorglich Butter und Marmelade geschmiert hatte, und biss ein Stück davon ab. Nur schlucken konnte sie kaum. Ihre Kehle fühlte sich trocken und eng an, ein Würgereiz lauerte. Schnell spülte sie mit Milchkaffee nach.

Stockend erzählte sie Luuk, was vorgefallen war, versuchte, sich an jedes Detail zu erinnern. Kaum dass sie zu Ende erzählt hatte, führte der Rezeptionist zwei Männer zu ihnen.

»Zoli«, stellte der eine sich vor, »Fanetti«, ergänzte der andere.

Der dürre Polizist mit der Hakennase, der aussah wie ein verhungerter Raubvogel, konnte kaum Englisch, aber der andere, ein blonder Schönling, der sich gewählt ausdrückte, sprach es besser als sie. Trotz ihres immer noch anhaltenden Schockzustandes registrierte Marijke sein auffälliges Äußeres. Himmel, hatte der seine Haare weißblond gefärbt? Fragend sah sie zu ihrem Mann, zog die Brauen hoch, und Luuk erwiderte ihren Blick mit einem Lächeln. Ein Hauch von Normalität stellte sich zwischen ihnen ein.

Sorgfältig schrieb der hagere Polizist in ein Buch, er wirkte auf sie wie eine Marotte, die sich verzweifelt dem digitalen Zeitalter entgegenstemmte.

Irgendwann bekam sie ein merkwürdiges Gefühl. Obwohl keiner der beiden eine Andeutung machte, kam es ihr vor, als wäre sie nicht die Einzige, die mit einem schockierenden Erlebnis dieser Art aufwarten konnte. Vielleicht lag es ja an den Blicken, die zwischen den Polizisten gewechselt wurden. Die fordernden Fragen nach den Details klangen jedenfalls nicht nach Routine, eher schon so, als sollte ein bereits bestehender Verdacht bestätigt werden.

»Ist Ihnen außer dem, was Sie eben geschildert haben, noch etwas in Erinnerung geblieben?«

»Ich glaube, ich habe alles gesagt. Es war ein älterer Wagen. Und ja, als der Mann ganz nah war, habe ich etwas gerochen.«

»Pfefferminze?«, fragte der Schöne und beugte sich vor.

Marijke starrte ihn erstaunt an. »Nein, ganz im Gegenteil. Es roch wie im Tierpark von Amsterdam.«

5

Irgendetwas gibt beharrlichen Auftrieb.
Zerrt, stößt, schiebt nach oben.
Dagegen sind selbst Seeungeheuer machtlos.
Schlingpflanzen umwölken die Arme, die Beine.
Steinblau. Algengrün. Muschelgrau.
Die Sonnenstrahlen glitzern unerträglich hell auf der Wasseroberfläche, verwandeln das satte Meeresblau in funkelnde Saphire. Kiemen verbinden sich zu einer undurchdringlichen Membran, die Atmung versagt. Schwindel im Kopf. Durchtauchen, mit geschlossenen Augen. Wassertropfen perlen auf Haut, stechen durch feines Gewebe.
 Alles ist grell, keine Luft. Umsichschlagen, zurückwollen. Ersticken.

Wie in Zeitlupe öffnete Maddalena die Augen.
 Die Wimpern klebten zusammen, der erste Blick verschwamm.
 Alles zerfloss in ein mattes Grau.
 Auf ihren Lippen lag immer noch der Geschmack von Salz.
 »Maddy.«
 Eine Stimme aus weiter Ferne.
 Mutter? War das ihre Mutter?
 »Sie ist wach. Maddalena hat die Augen geöffnet, sie ist bei Bewusstsein. Schnell, rufe den Arzt!«
 Die Stimme, jetzt laut, biss in ihr Ohr, schnitt in den Gehörgang. Sie wollte den Kopf wenden, weg von dem Lärm, den Worten, und konnte es nicht. Ausgeliefert auf dem Rücken liegend, starrte sie in weit aufgerissene Augen und rote Münder, geformt zu unendlichen Os.
 Wo war sie?
 Ein fester Druck. Ihre Finger wurden gequetscht.
 Nur Franjo konnte so zupacken.

Franjo.
Da war er. Sein liebes Gesicht schwebte über ihr. Tränen ließen das Dunkle seiner Augen verschwimmen.

War sie erneut weggedämmert, verwoben in Kindheitsträumen?

Ein dem Märchen entsprungener Prinz stand vor ihr und neben ihm seine schöne Prinzessin. Er hielt eine Orchidee in der Hand, eine Cattleyablüte in einer durchsichtigen Box, und verbeugte sich tief. Teufel auch, das hatte Stil.

»Commissaria, ich bin glücklich, Sie wach zu sehen.«

Sein Lächeln reichte bis tief hinein in die meerblauen Augen, und Maddalenas Herz schmolz.

»Sie ist noch sehr schwach«, hörte sie Franjo mürrisch sagen.

Oder war auch das ein Traum?

»Aber es wird von Stunde zu Stunde besser.«

Mama?

»Ich wollte Sie nur kurz sehen, Commissaria. Wir kommen wieder, wenn Sie sich wohler fühlen.«

Maddalena sah den Prinzen und seine Prinzessin fortgehen.

He, die kannte sie doch.

War das nicht die Kleine aus der venezianischen Modedynastie? Nein, *sie* hieß nur so, *er* kam von den prominenten Kaffeebrauern. Klar, jetzt wusste sie es wieder, das Mädchen war im Sommer eines der Opfer gewesen. Warum aber hing sie jetzt ausgerechnet am Arm ihres persönlichen Assistenten?

Fragen, nichts als Fragen.

Schweißgebadet schreckte Maddalena hoch.

Langsam sammelte sich Zusammenhängendes in ihrem Kopf. Sätze wollten gebildet werden, doch noch konnte sie sich nicht artikulieren. Wörter schlängelten sich wie Girlanden durch ihr Gehirn, entzogen sich ihrer Kontrolle.

Sie öffnete die trockenen, spröden Lippen.

Ein Krächzen schlüpfte aus ihrem Mund.

»Ruhig, Maddy, ruhig.«

Und Maddalena schlief ein.

6

Toto saß in der Küche des kleinen Bauernhauses. Ihm brummte der Schädel fast so stark wie damals, als er Schande über seine Familie gebracht hatte.

Vor Jahren, er war allein bei Tante Antonella zu Hause gewesen, hatte er heimlich in deren Giftschrank im Wohnzimmer gegriffen. Zumindest hatte seine Schwester so das Regal mit den Flaschen bezeichnet, aus dem er eine besonders bauchige genommen hatte, um heimlich davon im Garten zu kosten. Im Gras liegend habe sie ihn gefunden, erzählte Tante Antonella ihm später empört, und vorher soll er am Gartenzaun versucht haben, mit dem Nachbarn zu singen, aber Toto glaubte ihr das nicht so recht. Manchmal übertrieb seine Tante, das wusste er.

Doch der Kopfschmerz, der jetzt in seinem Schädel pochte, war so wie damals. Dabei war er diesmal nur von der Leiter gefallen. Wenn er daran dachte, wurde ihm immer noch schwindlig, dabei war es gestern passiert.

Heute ist ein neuer Tag, tröstete er sich, der Schmerz geht sicher bald vorbei. Sobald der Nebel sich verzogen hatte, würde er für den Winter Holz in gleich große Scheite hacken und im kleinen Schuppen ordentlich an die Wand schichten. Dort konnte er nirgendwo runterfallen.

Filomena und Teresa hießen die beiden alten Schwestern, die ihm Unterschlupf gewährt und Arbeit gegeben hatten. Wahrscheinlich war er undankbar, denn richtig anfreunden konnte er sich mit ihnen nicht. Sie waren ihm einfach zu streng. Die beiden konnten sogar fuchsteufelswild werden, wenn er nicht spurte. »Spuren«, das war das neueste Wort in seinem Sprachschatz. Mindestens dreimal am Tag sagten sie zu ihm: »Toto, du musst spuren, sonst hast du bald keine Bleibe mehr.«

Man lernt eben nie aus, hätte Tante Antonella jetzt gesagt, und dabei hätte sie sicher geschmunzelt.

Etwas zog sich schmerzhaft in Totos Brust zusammen. Er vermisste Tante Antonella, und seine Schwester Olivia vermisste er fast ebenso sehr. Trotzdem wollte er noch ein bisschen hierbleiben, auch wenn die beiden alten Damen manchmal sehr seltsam waren, denn Toto, so ehrlich war er zu sich, fürchtete sich ordentlich davor weiterzuwandern. Wenn er an den Hunger, den Durst, die Kälte und an den Nebel dachte, wurde ihm ganz schummrig im Kopf. Was, wenn er sich wieder verirrte, diesmal vielleicht für immer? Er hatte sich in seinem ganzen Leben noch nie so unsicher gefühlt.

Seit er im Krankenhaus gewesen war, stimmte etwas ganz und gar nicht mit ihm. Vielleicht hatten die Ärzte schon, ohne dass er es bemerkt hatte, in seinen Kopf geschaut und dort eine Unordnung hinterlassen?

»Toto«, unterbrach Teresa seine Gedanken, »du bist ein kräftiger Kerl. Der Herrgott selbst hat dich in die Kirche geschickt, damit Filomena dich findet.« Die alte Frau sah ihn nachdenklich an. »Außer im Garten und mit dem Holz gibt es auch noch einiges im Haus zu tun. Wir sind alt, deine Hilfe kommt gerade zur rechten Zeit.«

Fast übergangslos waren die Schwestern nach seiner Ankunft hier zum vertrauten Du übergegangen, er hingegen blieb beim respektvollen Sie. Manchmal dachte er, dass er sich von den warm klingenden Stimmen der beiden alten Frauen hatte täuschen lassen, und er befürchtete, dass sie nur nett aussahen und schöne Sätze sagten, wenn sie etwas von ihm wollten. Und sie wollten ständig etwas von ihm. War er aber zu langsam oder verstand nicht gleich, was sie meinten, konnten sie richtig giftig werden.

Andererseits hatte er hier ein eigenes kleines Zimmer unter der Treppe. Zuletzt war es nur eine Abstellkammer, aber als noch mehr Geld vorhanden war, wohnte hier ein richtiger Dienstbote, hatte ihm Teresa erzählt. Das machte Toto sehr stolz. Außerdem war das Bett zwar zu kurz, aber nicht unbequem, nur die dünne Matratze war eindeutig zu hart. Und ein Fenster hätte er gerne gehabt. Dass er nicht rausschauen konnte, bedauerte Toto sehr, da er gern den Bäumen beim Wachsen zusah, wie Olivia immer sagte. Wieder dachte Toto an seine Schwester. An Emilia und Tante Antonella und an seine Cousine, die so weit weg wohnte mit ihrem Mann und dem kleinen Kind, mochte er gar nicht denken, weil er sonst nasse Augen bekam.

Augen. Jetzt musste er grinsen. Irgendwann war ihm nämlich aufgefallen, dass bei jeder der Schwestern ein Augenlid herabhing, aber seitenverkehrt. Er fragte sich, ob sie vielleicht Zwillinge wären, war aber nicht mutig genug, sie darauf anzusprechen. Es könnte ja sein, dass eine meinte, schöner und jünger als die andere auszusehen. Und Toto war empfindsam genug, um sie mit seiner Frage nicht vom Gegenteil zu überzeugen.

»Was sitzt du rum und glotzt Löcher in die Wand?«

Da war er wieder, dieser scharfe Ton.

»Löcher in die Wand?«, fragte er schnell. »Soll ich sie zukleistern? Und wenn alles dann trocken ist, darüber Farbe malen?«

»Stell dich nicht dümmer, als du bist.« Teresa war jetzt dazugekommen, ihre Stimme klang wackelig, und ihr nicht herabhängendes Augenlid zuckte. Es war kein schöner Anblick, aber Toto konnte seinen Blick nicht davon abwenden. »Wir gehen zur Heiligen Messe, und wenn wir wiederkommen, ist das Holz im Schuppen, wo es hingehört. Danach gibt's warme Gemüsesuppe und frisches Brot.«

Und bloßes Wasser gegen den Durst, ergänzte Toto bei sich. Keine Cola, keinen Saft, dachte er grimmig.

»Ich will warten, bis sich der Nebel verzogen hat, damit ich sehe, wohin die Axt fällt«, sagte er besonders laut, damit die schwerhörigen Damen ihn auch richtig verstanden.

»Schrei nicht mit uns, sondern mach deine Arbeit. Der Nebel hat sich längst aufgelöst.«

Toto antwortete nicht, er war froh, dass die Schwestern zur Betstunde gingen.

Im Haus roch es immer ein wenig nach Schimmel, das lag daran, dass die Wände feucht waren. Dagegen konnte er nichts unternehmen, dazu hätte er ein paar Sachen aus seinem Baumarkt gebraucht. Schlecht war, dass Feuchtigkeit auch Kälte bedeutete.

Toto hatte nie sehr gefroren, weil er, wie alle meinten, viel zu viel Körperfett angesammelt hatte, aber jetzt, hier im Karst, setzte ihm die Kälte drinnen und draußen ordentlich zu. Wahrscheinlich hatte er Gewicht durch die anstrengende Wanderung und die schwere körperliche Arbeit verloren. Nur der Bart wuchs ihm immer noch nicht. Insgeheim hatte er gehofft, als schlankerer Mann auch einen ordentlichen Bartwuchs zu bekommen, aber vielleicht bunkerte er immer noch zu viele Kilos auf seinen Rippen.

Als er vor das Haus trat, sah er, dass der Nebel wirklich verschwunden war. Der hatte sicher genauso viel Respekt vor den Schwestern wie er.

Toto ging nach hinten zu der kleinen eingezäunten Wiese, die Filomena und Teresa »den Garten« nannten. Um daraus etwas zu machen, hätte einer der Landschaftsgärtner aus dem Baumarkt Hand anlegen müssen, er aber würde sich hüten, auch nur ein Wort in diese Richtung zu sagen.

Immerhin stand der Holzschuppen dort, und davor lagen die Baumstämme, die er klein hacken musste. Es waren nicht wenige.

Wie stellten sich die Zwillinge das bloß vor? Er war schließlich kein Supermann mit ungeheuren, nie schwindenden Kräften, er war einfach nur Toto.

Der Schweiß rann ihm beim Arbeiten so stark über das Gesicht, dass er zusehen konnte, wie er zu Boden tropfte.

Bei jedem Hieb mit der Axt machte Toto: »Arghh.« Das entsprach am besten seiner momentanen Stimmung. Klar, er war kräftig gebaut und hatte auch den Willen, die Baumstämme in den Griff zu bekommen, aber die Arbeit hörte ja gar nicht mehr auf.

Wo hatten die Schwestern überhaupt das ganze Holz her?

Dass sie es allein bis zum Schuppen getragen hatten, glaubte er nicht. Dazu wären die beiden zittrigen Frauen gar nicht imstande gewesen. Sogar Tante Antonella war kräftiger und fitter, also hatten sie Hilfe gehabt. Aber woher?

Es war schon später Nachmittag, als sie ihn endlich zum Essen riefen. Toto trottete verschwitzt in die gute Stube und ließ seinen erschöpften Körper auf einen Stuhl fallen.

»Junger Mann«, mahnte Teresa mit ihrer in Tausende Falten geworfenen Stirn, »ein ordentlicher und gewissenhafter Gast wäscht sich selbstverständlich vor dem Essen die Hände und das Gesicht.«

Wie recht sie hatte. Toto stob hoch und beugte sich mit schamroten Wangen über die Spüle.

»Dafür, mein Lieber, gibt es ein Badezimmer«, erklang Filomenas Stimme in seinem Rücken.

Später, als sie ihr unter anhaltendem Schweigen eingenommenes Mahl beendet hatten, setzten die Schwestern sich vor ihren Fernsehapparat, der nur schwarz-weiße Bilder erlaubte, aber heute, das erste Mal, seitdem er da war, wenigstens funktionierte.

Zu Totos Pflichten gehörte es unterdessen, den Abwasch in der kleinen Küche zu erledigen. Sorgsam spülte er Teller um Teller, darauf bedacht, nichts durch seine dicken Finger gleiten und zu Bruch gehen zu lassen. Im Hintergrund hörte er die fröhliche Musik einer Show und danach die wohlklingende Stimme einer Nachrichtensprecherin.

Plötzlich zuckte Toto zusammen, denn im angrenzenden Raum hatte jemand geschrien. Er glaubte nicht, dass es die Frau im Fernseher gewesen war, aber nach Teresa oder Filomena hatte es sich auch nicht unbedingt angehört. Neugierig, wie er nun mal war, wischte er sich rasch die Hände am Geschirrtuch ab und betrat, halb auf eine Abfuhr gefasst, das Wohnzimmer.

Er staunte nicht schlecht, denn über den Bildschirm flackerte sein Gesicht.

Erschrocken ballte er die Hände zu Fäusten und rammte die Fingernägel in die Haut, bis es schmerzte. »Aber«, stammelte er, »aber das bin doch ich.«

Filomena drehte sich zu ihm, Teresa war aufgestanden.

»Ja. Das sehen wir auch.«

»Toto«, fragte Teresa mit diesem ihm schon bestens vertrauten schneidenden Unterton, »warum hast du uns verschwiegen, dass du gesucht wirst? Wir haben dir vertraut, dich in unser Haus eingeladen und mit dir unser Essen geteilt. Da kann man doch bedingungslose Offenheit erwarten.«

Beschämt schlug Toto die Hände vor sein heiß gewordenes Gesicht. »Ich ... ich wollte doch nichts anderes als zu meinem Beichtvater.«

»Sei still!« Filomenas Stimme war scharf und ließ ihn augenblicklich verstummen.

Sie stand direkt vor ihm. Teresa trat zu ihr, nahm die Hand ihrer Schwester, und beide sahen ihn lange an, ohne ein Wort zu sagen.

Filomena räusperte sich schließlich. »Nun gut«, sagte sie, »wenn du die dir aufgetragenen Arbeiten erledigt hast, sehen wir weiter. Und jetzt geh in dein Zimmer und schließe die Tür.«

Toto tat, wie ihm geheißen, und hörte, wie der Schlüssel, der außen steckte, im Schloss zweimal umgedreht wurde.

7

Der Horizont zog eine helle scharfe Linie.

Von weit draußen im Mittelmeer rollten unermüdlich kleinere und größere Wellenkämme mit sprühenden Schaumkronen auf das Ufer zu, um sich in endloser Folge an den Felsen zu brechen. Schwere Wolken verkündeten schlechtes Wetter.

Es war Nachmittag, und Ginevra stand auf dem überdachten Flur vor ihrer Wohnung. Gedankenverloren starrte sie auf das wild bewegte Wasser. Erste dicke Tropfen klatschten auf die Diga, dann, mit einem Mal, entlud sich der Himmel sturzbachartig.

War das etwa Starkregen?

Erst neulich hatte sie von diesem Phänomen, das viele Experten auf den Klimawandel zurückführten, gelesen: große Mengen Niederschlag, die in sehr kurzer Zeit zu Überflutungen führen konnten.

Gebannt vom Anblick der Regenwand gelang es Ginevra nicht, sich zu lösen. Sie war fasziniert von der Art und Weise, wie sich das Wasser aus den Wolken mit dem Wasser des Meeres zu einer einzigen silbernen Front vermischte.

Dann hörte der Regen so abrupt auf, wie er begonnen hatte.

Staunend stand sie noch eine Weile da und genoss die kühler gewordene Luft, bevor sie zurück in ihr Apartment ging. Sie musste sich umziehen.

Eigentlich hatte Ginevra für ihr heutiges Treffen extra ein kurzes Kleid herausgesucht. Eines, das mit seinen fröhlichen Farben ihrer sommerlichen Stimmung entsprach, aber mit schwarzen Strumpfhosen und Stiefeletten herbsttauglich war und dennoch seinen eigentlichen Zweck erfüllte.

Richtig, sie wollte sexy und interessant aussehen.

Für Arturo.

Ursprünglich hatte er sie zum Abendessen eingeladen, ein Umstand, der sie an nichts anderes mehr denken ließ, doch dann war er am späten Vormittag überraschend in Stefanos Bar aufgetaucht und hatte sie gebeten, sich schon am Nachmittag Zeit für ihn zu nehmen. Eine kleine Wanderung wollte er mit ihr unternehmen.

Schon am Nachmittag? Nichts lieber als das, hatte Ginevra erfreut gedacht, aber mussten sie unbedingt wandern?

Jetzt stand sie in eng anliegenden schwarz-weiß gestreiften Hosen, einem dunkelgrauen, die Formen ihres Oberkörpers betonenden langärmeligen Poloshirt und der schwarzen Lederjacke vor dem Spiegel. Ihre Augen glänzten erwartungsvoll, und sie spürte ein angenehmes Vibrieren in ihrem Bauch, so, als würde sich gerade eine Brausetablette darin auflösen. Vorfreude. Ein Gefühl, das sie schon lange nicht mehr in dieser Intensität gespürt hatte. Kurz überlegte sie, was für Schuhe sie wählen sollte, und entschied sich zögernd für die schwarzen Sneakers mit den Plateausohlen. Die würden als strapazierfähiges Schuhwerk für diesen ominösen Spaziergang gerade noch durchgehen.

Sie ertappte sich dabei, ihre Gedanken laut in den leeren Raum zu sagen, und versuchte erst gar nicht, sich zur Ordnung zu rufen. Ein wenig Backfisch zu sein schadet mir nicht, dachte sie und bewunderte das verwegene Grinsen, das auf ihrem Gesicht lag.

Und dann war es so weit.

Den letzten Klingelton ihrer Sprechanlage noch in den Ohren, nahm sie bereits den Lift.

Er wartete auf sie in schmalen graubraunen Chinos und einem bis oben geschlossenen schwarzen Hemd, das seinem schlanken, muskulösen Körper schmeichelte. Die Stoffjacke lässig über die Schultern geworfen, sah er sie an und lächelte schief. »Hallo, meine Schöne. Wusstest du, dass die Commissaria hier ganz in der Nähe wohnt?«

»Wo?« Ginevra sah sich verwirrt um. »Welches Haus meinst du?« Er hatte sie »meine Schöne« genannt, und sie fragte sich, ob dies eine Standardformulierung seines Flirt-Repertoires war oder wirklich ihr galt.

»Kein Begrüßungskuss?« Er sah sie herausfordernd an und hielt ihr die frisch rasierte Wange entgegen.

Ginevra strich mit den Lippen oberflächlich über seine Haut und nahm einen angenehm zitronigen Geruch in sich auf. Verführerisch war der Kerl allemal.

»Schau dort«, er wies auf das kleine, etwas verfallen wirkende terrakottafarbene Gebäude direkt neben dem Zipser-Haus. »Die Commissaria hat die Villa von einer alten Dame geerbt, und wenn man dem Schlitzohr Fulvio Benedetti, der grauen Eminenz unserer Stadt, Glauben schenken darf, war besagte Dame niemand anderes als Degrassis Mutter.«

Er sah sie an, neugierig, wie sie auf seine Ausführungen reagierte.

»Aber wenn die Commissaria das Haus, oder besser gesagt die Villa von ihrer Mutter geerbt hat«, Ginevra zog ihre Augenbrauen verständnislos in die Höhe, »heißt das doch, dass ihre Mutter bereits tot ist. Dabei haben wir sie vorgestern überaus lebendig im Krankenhaus gesehen. Noch dazu in sehr vertrautem Umgang mit deinem Onkel Muzzi«, fügte sie schnell hinzu.

»Fulvio behauptet, dass Maddalena Degrassi adoptiert wurde. Eine lange, tragische, aber wohl auch sehr romantische Geschichte ...«

Grinsend schloss Ginevra: »... die du mir bei Gelegenheit ausführlich erzählen wirst.«

Arturo lächelte auf seine unnachahmliche Art. »Aber gewiss doch, soweit ich sie überhaupt kenne. Jetzt aber komm.« Er bot ihr galant seinen Arm an.

Die Lebensgeschichte der Commissaria schien aufregend und beeindruckend zu sein. Neugierig, wie Ginevra nun mal war, würde sie sich spätestens beim Abendessen von Arturo jedes Detail darüber berichten lassen. So viel stand fest.

Sie gingen nebeneinander, vorsichtig die Regenpfützen meidend, zur Straße, wo er das Auto geparkt hatte. Zu Ginevras Erstaunen stand dort ein Dienstfahrzeug. Unwillig befreite sie sich von seinem Arm und sah ihn empört an. Wurde sie zu einer Gegenüberstellung gebracht? War er im Dienst und zu feige, es ihr zu sagen?

»Nein«, er lachte laut auf, als könnte er ihre Gedanken lesen, »keine Bange, mein Herz. Ich habe mir ein paar Tage freigenommen. Mein 2CV ist in der Werkstatt in Fossalon.«

»He, die kenne ich.« Ginevra zeigte ihre Erleichterung mit einem fröhlichen Lachen.

»Kein Wunder, so viele Werkstätten gibt es nicht in der näheren Umgebung.« Auch Arturo lachte. »Meine Ente macht Probleme, irgendetwas mit dem Vergaser, sie klingt dadurch wie ein nervöser Erpel. Lippi hat mir einen Dienstwagen überlassen, eine wahrlich großzügige Geste, wenn man ihn kennt, die allerdings mit Sicherheit meinem Duzverhältnis zu Onkel Muzzi geschuldet ist.«

Mein Herz, er hatte »mein Herz« gesagt. Was scherte sie da der Rest, es reichte, dass sie herausgehört hatte, ihr Treffen war privater Natur. Wohlige Schauer jagten über Ginevras Rücken, jetzt fand sie es sogar amüsant, in einem offiziellen Fahrzeug herumkutschiert zu werden. Es war wie ein kleiner, alberner Kindheitstraum.

»Wohin fahren wir?«

Das erste Mal überhaupt machte sie sich über das Ziel ihrer Reise Gedanken. Bisher war sie viel zu sehr mit anderen Überlegungen beschäftigt gewesen.

»Ich habe mich schon gewundert, wann du mich danach fragst. Du bist doch sonst so wissbegierig.« Arturo warf ihr einen Blick von der Seite zu. »Aber nein, ich verrate nichts. Lass dich überraschen.«

Und das tat Ginevra dann auch.

Arturo hatte so eine ganz bestimmte Art, eine, bei der sie sich geborgen und sicher fühlte. Sie machte es sich gemütlich und schloss die Augen.

»Angekommen«, hörte sie ihn nach einiger Zeit mit leiser Stimme sagen.

Ein wenig irritiert, aber sorgsam darauf bedacht, die Wimperntusche nicht zu verschmieren, rieb sie sich ihre Augen.

Hatte sie eben ein Nickerchen gehalten? Vielleicht eines mit Schnarchgeräuschen? Sie sah vorsichtig zu Arturo, aber seine Miene verriet nichts.

Zögernd setzte sie ihren Fuß auf die vom Regen durchtränkte Erde.

»Komm.« Arturo war um den Wagen herumgegangen und hatte ihr die Tür geöffnet. Jetzt legte er ihr den Arm um die Schulter. »Wenn du erlaubst, möchte ich etwas testen. Das ist einer der Gründe, weshalb ich dir noch nicht viel erzählt habe.«

»Ich bin also nur dein Versuchskaninchen?« Ginevra verzog schmollend den Mund.

Arturo ließ sie augenblicklich los und drehte sie zu sich. »Nein, Ginevra. Ich denke, wir beide können unbeschadet Klartext reden.« Der Blick, mit dem er sie musterte, hatte nichts von seiner Wärme verloren. »Bella mia, mein Herz. Das ist doch so? Glaube mir, du bist mir viel zu wichtig, um Missverständnisse zwischen uns zuzulassen. Du bist gewiss kein Versuchskaninchen, ich vertraue auf dein Urteil.«

Und dann zog er sie auf diesem verlassenen Parkplatz im Nirgendwo einfach an sich und küsste sie.

Ginevras Herz machte einen Sprung und schlug ihr laut bis zum Hals. Sie hatte so weiche Knie, dass sie befürchtete, im nächsten Moment umzufallen.

Mit dem letzten Rest verbliebener Kraft und dem gleichzeitigen Aufwallen ihres Humors machte sie sich von ihm los und sagte schroff: »J'accuse. Ich klage an.«

Er lächelte breit. Lakonisch stellte er fest: »Aha, bella mia, hast du den Zola auch studiert?«

Dann küsste er sie wieder, und danach fehlten Ginevra endgültig die Worte.

Nachdenklich marschierte sie wenig später neben Arturo über einen mit Kies bestreuten Weg. Sie schlenderten an Bäumen und Sträuchern entlang und hielten schließlich auf einer Wiese. Irgendwo in der Nähe rauschte ein Fluss.

»Sag mir jetzt bitte, wo du mich hingeführt hast. Lüfte endlich das Geheimnis. Ich kenne diesen Ort nicht.«

»Da bist du nicht allein. Auch die Argonauten wussten nicht, wo sie damals gestrandet waren.«

Sie sah ihn verständnislos an, und Arturo begann zu erzählen. Er referierte über unsäglich langweiligen historischen Kram, doch Ginevra hing an seinen Lippen und strahlte.

Was bin ich doch für eine verdammt gute Schauspielerin, dachte sie, eine, der man nicht ansieht, dass sie am Gähnen ist. Insgeheim klopfte sie sich selbst auf die Schulter. Arturo dagegen war offensichtlich ein Kenner des Altertums – ein Umstand, der eine klare Null auf diesem Gebiet, wie sie es nun einmal war, nur beeindrucken konnte.

»Das musste jetzt sein«, stellte Arturo fest, als er geendet hatte, »es war notwendig, dich mit diesen Details zu versorgen. Nun bist du so weit, dass du über meine Frage nachdenken kannst.«

Er hatte eine Frage gestellt? Da hatte sie wohl etwas verpasst.

»Arturo.« Verlegen wandte sie ihm ihr Gesicht zu, das er prompt in seine Hände nahm und erneut küsste. »Bist du katholisch?« Sie zeigte auf die kleine Kirche, die sie zuvor nicht bemerkt hatte.

Sein Lachen überzeugte sie rasch vom Gegenteil. »Katholischer Atheist. Meine Familie ist strenggläubig, ich hingegen glaube nur an das, was ich sehe.« Er hielt kurz inne. »Jetzt, neben dir, will ich Wunder allerdings nicht mehr ausschließen.«

Ginevra fühle sich, als wäre sie nach langer Reise zu Hause angekommen.

Er nahm ihre Hand und führte sie in den Innenraum der Kapelle. Ein für November unüblich grünes Gras wogte im Altarraum. Es roch nach Meer und Weihwasser.

»Bekreuzigen werde ich mich nicht.«

Abermals zog er sie an sich. »Es reicht, wenn du Ja sagst.«

Ginevra machte sich von ihm los und sah ihn an.

Vorsicht. In diesen magischen Augen, dachte sie, die viel mehr Blau in sich haben als meine eigenen, kann man glatt ertrinken.

Sie hasste sich ein wenig für ihren nächsten Satz. »Lassen wir es doch ruhig angehen.«

Arturo antwortete nicht, er zog sie einfach weiter, mit sich aus der Kirche hinaus.

Gemeinsam spazierten sie einen schmalen Weg entlang, sprangen über Pfützen und umrundeten kleine Felsstücke. Das Rauschen des Flusses war die ganze Zeit über bei ihnen.

Er führte sie zu einer verwitterten Holzbank.

Ginevra lächelte. »Ein romantischer Ort für ein vertrautes Stelldichein.«

Nanu, dachte sie. Habe ich seine altmodische Ausdrucksweise also schon übernommen?

»Nun, bevor es noch romantischer wird«, antwortete er leicht, »möchte ich dich bitten, die Augen zu schließen.«

Und wieder tat Ginevra, was Arturo wollte.

»Bitte beschreibe mir genau, was du an Gerüchen wahrnimmst. Konzentriere dich ganz darauf.« Seine Stimme war ernst geworden.

Das Erste, was Ginevra in sich aufnahm, war der unbeschreiblich gute Duft seines Rasierwassers. »Dein Aftershave«, sagte sie zögernd, »und nach Fluss riecht es.« Sie schnüffelte wie ein junger Hund. »Ein bisschen nach Algen vom Meer und vielleicht auch ein wenig nach dem modrigen Weihwasser in der Kirche.«

»Gut. Was nimmst du sonst wahr? Da ist doch noch mehr.«

»Es riecht noch immer nach Regen und natürlich nach feuchtem Gras. Ich möchte die Augen wieder öffnen.«

»Gut gemacht.« Arturo, der neben ihr saß, umfasste ihre Taille und zog sie noch näher zu sich.

»Was war das für ein eigentümlicher Test?«

»Mein Herz, wenn wir schon mit dem Dienstwagen unterwegs sind, wollen wir auch ermitteln. Das hier ist Paola Faccinettis Bank. Sie hat doch ausgesagt, es habe an dem Abend vom Fluss her nach Minze, genauer nach Wasserminze gerochen. Aber das kann nicht stimmen, denn hier wächst nichts in dieser Art, davon habe ich mich überzeugt. Es hätte dennoch sein können, dass irgendwo verborgen so ein Kräutlein sprießt, also habe ich mich für einen Versuch mit der schönsten Spürnase weit und breit entschlossen.«

Ginevra war ernst geworden. »Ich weiß, ich hatte mich furchtbar erschrocken, weil mich die Erinnerung in diesem Moment überfiel. Er roch nach Pfefferminz, und ich hatte das bis zum Treffen mit Paola Faccinetti erfolgreich verdrängt.« Aufgewühlt starrte sie zu Boden und zählte ergebnislos die Steine.

Seine Stimme bat um Verzeihung. »Genau das meine ich. Ich weiß, dass es dich belastet, aber ich musste mir sicher sein. Es geht schließlich darum, die Bestie, die dir das angetan hat, endlich zu schnappen.«

»Und du glaubst nicht, dass der Entflohene diese ›Bestie‹ ist?«

Arturo zuckte die Schultern. »Du etwa?«

Schweigend gingen sie zum Auto, schweigend fuhren sie nach Grado zurück. Vom siebenten Himmel, in dem Ginevra sich gerade noch befunden hatte, war es eben mindestens vier Stockwerke abwärtsgegangen.

Ginevra hatte sich ganz in sich zurückgezogen.

Auf einmal zuckte sie erschrocken zusammen. »Halt an!«, rief sie. »Siehst du denn nicht?«

Ein kleiner Hund lag am Straßenrand, eines seiner Hinterbeine stand in einem unnatürlichen Winkel ab.

Arturo bremste scharf. »Er wurde vermutlich angefahren. Im Kofferraum müsste eine Decke sein, bitte schau nach«, sagte er und stieg aus. Er beugte sich über das Tier. »Der arme Kerl lebt.«

»Keine Decke!«, rief Ginevra und ging zu ihm.

»Dann eben so.« Arturo zog seine Stoffjacke aus und wickelte den Hund, der wimmernde Laute von sich gab, vorsichtig darin ein.

»Ganz in der Nähe gibt es eine Tierarztpraxis. Die kenne ich, weil ich einmal mit der Schildkröte meiner Eltern dort war. Da vorne musst du abbiegen.« Ginevras Ton duldete keinen

Widerspruch, aber Arturo war ohnehin ihrer Meinung. Ihm schien ihr resolutes Auftreten sogar zu gefallen.

»Zu Befehl«, sagte er zackig und legte das kleine Bündel in Ginevras Schoss.

Wenig später hielt der Polizeiwagen in Fiumicello vor der tierärztlichen Praxis. Es waren nur wenige Minuten Fahrt durch die Lagunenlandschaft gewesen. Ein paar Leute drehten sich zu ihnen um, als sie aus dem Polizeiwagen stiegen. Vielleicht ein Einsatz? So etwas versprach Spannung. Auch der Tierarzt schaute überrascht aus einem der Fenster im Erdgeschoss. Als Ginevra ihm zuwinkte, zog er sich in den Schatten zurück.

»Komischer Kauz.« Ginevra runzelte die Stirn und beobachtete Arturo, der den Hund vorsichtig trug.

Der Doktor kam ihnen entgegengelaufen. »Offensichtlich geht es nicht um die arme Signora Faccinetti«, sagte er mit Blick auf das Tier. »Sie sind wohl deshalb hier.«

Ginevra sah ihn erstaunt an. Es dauerte einen Moment, bis sie begriff, dass dieser Tierarzt vor ein paar Tagen die Polizei verständigt haben musste, weil die Faccinetti sich in ihrer Panik nicht an die Notrufnummer erinnern konnte.

»Was ist dem Kleinen passiert? Kommen Sie bitte, Sie müssen nicht warten, hier ist es im Moment eher ruhig.«

»Wir haben ihn auf dem Weg vom Timavo nach Grado am Straßenrand gefunden«, erklärte Arturo. »Menschen können so grausam sein.«

»Da haben Sie vollkommen recht, mir sind Tiere entschieden lieber.« Der Arzt übernahm den Hund und legte ihn vorsichtig auf einen Untersuchungstisch. »Ich dachte zuerst, Sie wären wegen der Ermittlungen hier.«

Er sah gut aus, jedenfalls kompetent, fand Ginevra, ein wenig wie ein Landarzt aus einem englischen Film.

»Wir kennen uns doch?« Der Doktor sah sie aufmerksam an, während er eine Spritze aufzog.

Mit einem Mal fühlte Ginevra sich unbehaglich. Um dem stechenden Blick des Arztes auszuweichen, streichelte sie das Fell des Hundes.

»Ich war schon mal hier. Mit Filipino, unserer Schildkröte. Aber die ist jetzt tot.«

Was redete sie da schon wieder für einen Unsinn? Filipino lebte doch noch. Außerdem hätte das eine mit dem anderen kaum etwas zu tun. Arturo gab hinter ihr ein Geräusch von sich, das an das Japsen eines Fisches auf dem Trockenen erinnerte.

Lachte der Kerl etwa über sie? Es war diesmal doch gar nicht seine Gegenwart, sondern die des Arztes, die sie dazu verleitete, Blödsinn zu stammeln.

Der warf ihr prompt einen schrägen Blick zu, gerade so, als hätte sie ihn eben zum Mörder gestempelt.

Gott sei Dank nahm Arturo jetzt ihre Hand, die schweißnass war. Hatte er also seinen Lachkrampf doch noch unter Kontrolle bekommen.

Der Doktor, sein Name war Caravaggio, untersuchte den kleinen Hund gründlich. Er machte Röntgenaufnahmen und schiente, nachdem das gespritzte Mittel wirkte, das gebrochene Bein. Danach bettete er den Hund auf eine Decke und sah kurz in das immer noch leere Wartezimmer.

Als er zurückkam, bat er sie, in seinem Büro Platz zu nehmen, setzte sich selbst hinter seinen mächtigen Schreibtisch und verschränkte die Hände vor seiner Brust. »Nun, so viel dazu. Der junge Patient wird seine Verletzung überleben. Abgesehen von dem Bruch ist mit ihm alles in Ordnung.«

»Zum Glück«, sagte Ginevra und fühlte sich so erleichtert, als wäre der Hund ihr eigener.

»Möchten Sie?« Der Arzt schob einen silbernen Behälter zu ihnen und bediente sich selbst. »Meine Lieblingssorte, ohne sie überlebe ich den Tag nicht.«

Im Raum breitete sich der scharfe Geruch nach Minze aus, und Ginevra wurde augenblicklich kotzübel. Zum Glück wusste Arturo ihren hilfesuchenden Blick richtig zu deuten.

»Nein danke, wir sind in Eile. Was schulden wir Ihnen, Dottor Caravaggio?«

»Für die Polizei ist hier alles gratis.« Ein schmieriger Unterton schwang in seiner Antwort mit.

Nanu, jetzt zwinkerte er ihnen auch noch zu? Wie hatte sie den Mann auch nur eine Spur attraktiv finden können?

Ginevra bemühte sich krampfhaft, den aufsteigenden Magensaft hinunterzuwürgen.

»Danke. Ich weiß Ihre Freundlichkeit zu schätzen«, sagte Arturo und hob den betäubten Hund vorsichtig hoch, »aber ich bestehe darauf, zu bezahlen. Bitte schicken Sie mir die Rechnung.«

Als sie wieder im Auto saßen, sah Ginevra ihn von der Seite her an. Der Hund lag auf ihrem Schoß und atmete ruhig.

»Ich werde ihn behalten«, sagte sie leise. »Er heißt Fridolin und gehört jetzt mir. Seit ich ein Kind war, wollte ich einen Hund haben.«

Arturo lächelte. »Ginevra, der Kleine passt gut zu dir. Er ist ein Kämpfer und lässt sich nicht unterkriegen.« Leicht legte er die Hand auf ihr Knie, und ein angenehmer Schauer durchfuhr sie.

Nachdenklich lehnte sie sich zurück. »Seltsam. Da reden wir die ganze Zeit über Minze, und dann wird sie uns löffelweise serviert, sodass die ganze Praxis danach stinkt.«

»Gestunken hat es eher nach Zoo«, antwortete Arturo, »aber das ist in einer Tierarztpraxis auch nicht anders zu erwarten.«

Später, als sie nach einem fulminanten Abendessen auf seiner Dachterrasse saßen und Campari Soda tranken, kam Arturo noch einmal auf die nachmittägliche Begegnung zu sprechen.

»Der Kerl heißt Caravaggio und macht darüber keinen Witz. Komischer Vogel, findest du nicht? Also wenn ich den Namen eines Renaissancekünstlers und Mörders tragen würde …«

»Frühbarock«, verbesserte Ginevra ihn und wurde mit einem erstaunten Blick belohnt. In Kunstgeschichte kannte sie sich eben besser aus als bei den Argonauten.

Sie fühlte sich wohl. Wohler als in den letzten Monaten, das sowieso, aber auch besser als je zuvor. Schöne Augenblicke dürften nie enden, dachte sie.

Dann lehnte sie sich zurück, stellte ihr Campariglas neben sich auf den Boden und begann zu weinen. Sie konnte nicht mehr aufhören, auch nicht, als Arturo sie in seine Arme nahm. Sie weinte und weinte, bis sein schwarzes Hemd von ihren Tränen nass und noch dunkler war als zuvor.

8

Diesmal glich ihr Erwachen keinem mühsamen Auftauchen aus unergründlicher Tiefe, sondern eher einem Hinübertasten aus einem traumlosem Schlaf in die Wirklichkeit. Immerhin, sie hatte das Seeungeheuer abgestreift. Geblieben war ein desorientierter, geschundener Mensch.

»Mama?« Ihre Stimme war nicht mehr als ein heiseres Flüstern. In ihrem ganzen Leben hatte Maddalena sich noch nie so sehr nach den beruhigenden Worten ihrer Mutter gesehnt wie in diesem Augenblick.

»Ich bin da, mein Schatz.«

»Mama, was ist passiert?«

Neben ihr atmete jemand vernehmlich aus.

»Du hattest einen Unfall mit dem Motorrad. Die Moto Guzzi ist völlig hinüber.«

»Und ich? Was ist mit mir?«

»Bei dir besteht noch Hoffnung.«

Nicht einmal jetzt konnte Mama ihren trockenen Humor unterdrücken. Dieser Umstand hatte etwas derartig Beruhigendes, dass Maddalena Tränen in ihren Augenwinkeln spürte, die nur darauf warteten, ihr Gesicht zu benetzen.

»Schätzchen, nicht doch.« Sie spürte ein Kleenex auf ihrer Wange. »Um auf deine Frage zurückzukommen: Die Ärzte haben dich in künstlichen Tiefschlaf versetzt, damit dein armer Kopf sich erholt. Von den Verletzungen an Kopf und Stirn abgesehen, hast du dir noch den Unterarm und zwei Finger der linken Hand gebrochen. Außerdem wurde beim Sturz deine Wirbelsäule gestaucht, du wirst also eine Zeit lang eine Halskrause tragen müssen.«

Maddalena hörte ein erschrockenes Schnauben und erkannte es als ihr eigenes.

»Nein, keine Angst. Genick und Wirbelsäule sind ansonsten heil geblieben. Die Gefahr einer Lähmung hat nie bestanden.«

Konnte ihre Mutter Gedanken lesen?
Maddalena horchte in sich hinein. Erst jetzt spürte sie es. Alles tat weh, jeder Muskel, jeder einzelne Knochen schien malträtiert zu sein.
»Mama.«
Es musste sich um Telepathie handeln, denn ihre Mutter legte unaufgefordert ihre kühle Handfläche auf Maddalenas Stirn.
Wie gut das tat.
»Und Franjo?« Selbst ihre Kehle tat weh, gerade so, als hätte sie Nägel verschluckt.
»Er musste kurz ins Lokal, kommt aber, so schnell er kann, wieder. Bis vor einer Stunde war er ununterbrochen an deiner Seite, wollte sich nicht mit mir abwechseln. Das allerdings hatte den Vorteil, dass wir uns intensiv unterhalten konnten.«
Hörte sie in der Stimme ihrer Mutter ein Schmunzeln?
Die Gedanken drehten wilde Kreise in Maddalenas Kopf. Wie in einem Kaleidoskop spiegelten sie sich laufend als bunt glitzernde Kristalle in großartigen Mustern und Formen. Aber so schön sie auch waren, diese farbigen Objekte, so bedrohlich erlebte Maddalena ihre Geschwindigkeit und den Wechsel der sich vielfach brechenden Farben.

Bilder überlagerten sich. Eine Hochzeit und weiße Kleider, grüne Ranken über mit rosa Blumen geschmückten Tischen. Hatten Mutter und Franjo sich darüber ausgetauscht? Bestimmten nun andere über sie? Betäubt von üppig verabreichten Benzodiazepinen empfand Maddalena, die Bevormundung hasste, nur gedämpftes Grauen. Ein Lob der Pharmazie.

Immer wieder dämmerte sie weg, immer wieder verwoben sich Traumfetzen mit der Wirklichkeit. Sie spürte im Halbschlaf die Anwesenheit von Ärzten und Schwestern, aber auch jene von Opfern und Tätern aus ihrer Vergangenheit. Und jedes Mal beim Erwachen die beruhigend kühle Hand ihrer Mutter auf ihrer Stirn.

»Mama ... die Arbeit?«
»Darüber musst du dir keine Gedanken machen. Da scheint alles auf Schiene zu laufen.«

War es ein Alptraum, oder beugte sich jetzt wie auf ein Stichwort Scaramuzzas feistes Gesicht über sie?

»Degrassi«, dröhnte seine Stimme nah an ihrem gequälten Ohr, »wie schön, dass meine beste Mitarbeiterin wieder unter den Lebenden weilt.«

So erschreckend es war, der Commandante schien tatsächlich in ihrem Krankenzimmer zu stehen. Und zusätzlich ließ das glockenhelle Lachen ihrer Mutter einen Verdacht in Maddalena aufkommen.

Nein! Das wäre zu arg, eigentlich unvorstellbar. Aber wann hatte Mama zum letzten Mal wie ein Teenager gekichert?

Damals, bei der silbernen Hochzeit mit Papa? Kurz vor seinem tödlichen Unfall?

Wieder schloss sie für ein paar Sekunden die Augen. Sah sich tanzend mit Franjo im Gasthaus in Dol pri Vogljah. Aber im schwarzen Kleid, als wäre jemand gestorben. Zu Hochzeiten trug man doch Weiß. Sie sah ihre Mutter in einem eleganten schlichten Kostüm und halbhohen Schuhen mit Riemchen, das Haar hochgesteckt, gehalten von einem Kranz pastellfarbener Frühlingsblumen. Ein Lächeln, das nicht wegzuzaubern war, trug sie wie eine Trophäe in ihrem schmalen Gesicht.

Himmel, nicht ihre Hochzeit schien das zu sein, sondern die der Mutter, die sich mit Scaramuzza, ihrem persönlichen Dämon, verehelichte!

Sie schnappte nach Luft, ein Alarmsignal in ihrem Kopf donnerte, und Scaramuzzas Fratze zerstob.

Nur die kühle Hand ihrer Mutter blieb.

»Maddy, ganz ruhig, alles wird gut.«

Und dann schob sich ein anderes Gesicht über sie.

Franjo, ihr Franjo war da. Er roch nach Küche und wilden Herbstkräutern, und auf seiner Stirn stand der Schweiß.

»Ja«, krächzte Maddalena und fühlte sich wie damals als Kind in der Kirche oben im Karst in Santa Croce. »Ich habe meine Sünden gebeichtet und drei Vaterunser gesprochen. Der Priester darf mir nun die Kommunion geben. Ja, ich will.«

Ein zärtlicher Blick voller Verständnis. »Das ist gut. Sehr gut sogar.« Franjo nahm ihre gesunde Hand und ließ sie nicht mehr los. »Ich wusste, du würdest mit deiner Antwort auf einen ganz besonderen Augenblick warten. So bist du eben, mein geliebter Tesoro.«

Beruhigt schlief sie ein, diesmal mit berauschenden Bildern und süßen Gefühlen.

Franjos Hand lag fest auf der ihren.

»Tesoro.«

»Amore.«

Nach Minuten, oder vielleicht doch erst nach Stunden, erwachte sie wieder.

Die weiche Stimme ihrer Mutter flüsterte in ihr Ohr: »Maddy, wie ist dir?«

»Mama«, ihre Worte waren immer noch leise Seufzer, »mir geht es besser, ich bin viel klarer im Kopf.«

»Gut, Schatz, denn hier ist noch jemand, der darauf drängt, dir Hallo zu sagen.«

Sie hörte Franjos abwehrendes Räuspern und spürte gleichzeitig ihre Neugier.

Gab es wieder Geschenke?

Damals war sie fünf Jahre alt und wegen Scharlach das erste Mal in ihrem Leben im Krankenhaus gewesen. Oder waren es die Masern? Wieder sah sie die weiß getünchten Flure der Kinderstation vor sich und wartete sehnsüchtig auf Besucher. Denn mit jedem kamen Geschenke. Obst und Trockenfrüchte mochte sie nicht, aber Kassetten mit tollen Geschichten, Kuscheltiere und Bilderbücher mit Märchen zählten zu ihren Favoriten.

»Hier geht es zu wie in einem Taubenschlag.« Franjos Stimme grollte wie ein Vulkan, der kurz vor der Eruption stand.

»Ihre Kollegen sind eben besorgt.« Maddalena sah ihre Mutter lächeln. »Vor allem Achille Scaramuzza. Ein prächtiger Mann.«

Prächtiger Mann? Hatte sie sich das Kichern ihrer Mutter also doch nicht nur eingebildet?

»Wer?« Maddalena verspürte bleierne Müdigkeit. Wieder drehte sich das Kaleidoskop ihrer bunten Gedanken.

»Es ist Zoli, er sagt, es sei dringend.«

Ein Raubvogel beugte sich über sie, die Hakennase berührte beinahe ihr Ohr.

Maddalena konnte sich nicht bewegen.

Hilfesuchend irrte ihr Blick durch das Krankenzimmer.

»Mama.«

Aber ihre Mutter und Franjo hatten den Raum verlassen.

»Commissaria«, murmelte Zoli verlegen, »ich will Sie nicht stören, aber ich muss es Ihnen doch sagen. Lippi ist ein Tyrann, er schikaniert uns, aber das ist es nicht. Es ist Fanetti. Dieser Narr hat sich an die Missoni herangemacht, beide ermitteln auf eigene Faust, und niemand stoppt sie. Ganz im Gegenteil, der Commandante, glaube ich, unterstützt das auch noch. Fanetti hat ja bei allem seinen Segen, und ich bin machtlos. Was soll ich bloß tun?«

Die Frage war doch vielmehr: Was konnte *sie* tun?

Mit einem Mal kamen ihr wieder die Tränen.

9

Ginevra schreckte hoch.
Es war stockdunkel.
Wo war sie?
Schweißnass klebten die kurzen Locken an ihren Wangen.
Und sie war nackt.
Er hatte sie!
Sie war mit Äther ohnmächtig gemacht worden. Oder mit K.-o.-Tropfen.
Sie war wieder in seiner Gewalt.
Das Gift musste in den Pfefferminzpastillen gewesen sein.
Angsterfüllt schrie sie auf.
Ein Arm schlang sich um sie, zerrte an ihrem Körper.
Sie wehrte sich, kratzte, schlug und biss.
»Wildkatze.«
Dann war es mit einem Mal hell, und der Schein einer Nachttischlampe ergoss sich über Arturos bleiches Gesicht.
»Du?«
»Ginevra.«
»Du bist der Vergewaltiger, der Mörder?«
»Ginevra, beruhige dich. Wach auf. Alles ist gut. Nichts ist geschehen.«
Er hielt sie ganz fest, drohte sie mit seinem Gewicht zu erdrücken.
Sicher. Sie hatte sich so sicher gefühlt.
Das erste Mal wieder, seit Monaten, seit jener Nacht. Und jetzt die Erkenntnis.
Sie wagte nicht, sich zu bewegen. Nur das Zittern ihres Körpers blieb.
Leise redete er mit ihr. Sprach auf sie ein. Beruhigend. Fast einschläfernd. Streichelte sanft ihre Haut. Den Kopf. Strich ihr die feuchten Locken aus dem Gesicht.
Langsam, ganz langsam sickerten seine Worte in ihren Kopf.

Allmählich erst verstand sie das Gesagte. Und begann ruhiger zu werden.

»Du bist nicht in Gefahr, hattest bloß einen Alptraum. Du bist hier, hier bei mir. Ich beschütze dich.«

»Arturo?« Ihre Stimme war fragend und krächzte wie die einer schnatternden Möwe.

Sie versuchte, das Wirrwarr ihrer Gedanken zu lösen. Und wand sich schließlich verlegen aus seinem Arm. Sie beugte sich über den Bettrand, hob ihr Poloshirt vom Boden und hielt es verschämt vor ihre Brust. Spärlich nur bedeckte die Baumwolle ihren Körper.

»Warte.« Leichtfüßig erhob sich Arturo und holte ein übergroßes T-Shirt aus einer Kommodenschublade. »Nimm das.« Er reichte es ihr und verließ kurz das Schlafzimmer.

Dankbar zog sie es über den Kopf. Wie viel Sicherheit so ein Stück Stoff doch vermitteln konnte.

Erleichtert atmete Ginevra aus, eben erst war der letzte Schatten ihres Alptraums, der letzte Zweifel, gewichen.

»Hier mein Schatz, trink.« Fürsorglich hatte er kaltes Wasser gebracht.

Gehorsam nahm sie das Glas und trank Schluck um Schluck.

Langsam begann sie, sich an den gestrigen Abend und an die Nacht zu erinnern.

Wieder fühlte sie die Geborgenheit, die sie durch Arturo auf der Terrasse erleben durfte. Wieder spürte sie, wie er sie dort sanft an sich gezogen und ihr die Tränen vom Gesicht geküsst hatte.

Keine einzige Frage hatte er ihr gestellt.

Das Mondlicht warf eigentümliche Schatten auf den kleinen Park unter ihnen, und als es zu kühl geworden war, um im Freien zu sitzen, hatten sie es sich drinnen auf seiner großen Couch gemütlich gemacht, eingehüllt in eine einzige flauschige Decke. Sie hatten dicht nebeneinandergesessen, schließlich hatte er ihr sanft das Weinglas aus der Hand genommen und sie erst zärtlich, dann stürmisch geküsst.

Wenn nur mein Herz nicht so heftig pochen würde, hatte sie gedacht. So heftig, dass er es hören und an ihren vibrierenden Pulsen sehen musste.

»Arturo.« Verlegen trank sie jetzt einen weiteren Schluck.

»Ja, mein Schatz?«

»Verzeih mir, dass ich dich beschuldigt habe, ich war außer mir. Die reine Panik, ich konnte kaum atmen, ich befand mich mitten in meinem persönlichen Alptraum. Es ist das allererste Mal, musst du wissen, das allererste Mal seither, dass ich …«

Statt einer Antwort zog er sie wieder an sich und küsste sie. Er streichelte ihre Arme, und Ginevra spürte, wie sich ihre feinen Härchen aufstellten. Seine Finger wanderten ihr Rückgrat entlang und verweilten bei den Rundungen ihrer Pobacken.

Wieder liebten sie sich und nahmen sich diesmal Zeit, den Körper des anderen zu erforschen.

Viel später, sie lag entspannt neben ihm, strich er ihr die feuchten Locken aus der Stirn und murmelte: »Ich habe eine Idee.«

Ginevra atmete glücklich den Geruch der Nacht ein und beobachtete ihn, wie er aus dem Zimmer ging. Himmel, war sie verliebt, verliebt bis über beide Ohren.

Kurz schloss sie die Augen, dann stand Arturo wieder vor ihr, in der Hand ein Tablett mit frisch aufgebackenen Brioches, Butter, Marmelade, weich gekochten Eiern und würzig duftendem Kaffee.

»Aber«, sie wies träge auf das Display seines Radioweckers, »es ist noch nicht mal zwei Uhr.«

»Genau die richtige Zeit für ein ordentliches Frühstück. Auch in diesem Fall kannst du mir vertrauen. Ich weiß, was Körper und Seele jetzt dringend brauchen. Komm schon, zieh dir was über und nimm die beiden Wolldecken mit. Wir machen es uns draußen in der frischen Luft gemütlich.«

Das hatte schon etwas. Frühstück nach Mitternacht, mit einem Märchenprinzen auf einer Terrasse über einem verwunschenen Garten.

Am Himmel, wie könnte es in dieser Nacht auch anders sein, hing eine silberne Mondsichel, die ihnen mattes Licht spendete. Sterne waren keine zu sehen, nur rasch vorbeeilende Wolken.

Ginevra zog ihren Liegestuhl so nahe an seinen heran, wie es ging, und kuschelte sich in die Decke. Hungrig biss sie in das Croissant und genoss den süßen Geschmack der Aprikose, der sich in ihrem Mund ausbreitete.

»Na, meine Schöne, was meinst du?« Arturo sah sie zufrieden an.

»Sei bloß nicht zu selbstherrlich«, entgegnete sie kichernd und nahm einen Löffel mit Ei.

»Und du kleckere hier nicht alles voll.« Er lachte ebenfalls und deutete auf den dottergelben Tropfen, der sein Wollplaid verzierte.

Ginevra dachte an das herrliche Abendessen, das er für sie gezaubert hatte, kaum dass sie gestern seine Wohnung betreten hatten.

Die Vorspeise aus mariniertem Römersalat mit Paprikasenf, reifem Ziegenkäse und knusprigen Croutons hatte ihrem Gaumen geschmeichelt. Ginevra hatte geseufzt und war dann mit der Hauptspeise völlig seinem Charme und seiner Kochkunst erlegen: Pastinakenravioli mit Zitrone, Chili, Assampfeffer und Erdnüssen.

Andere schrieben Gedichte, Arturo kochte.

»Bist du wirklich nur Polizist oder doch ein getarnter Sternekoch? Wahrscheinlich sitze ich eben in der Sendung mit der versteckten Kamera, und ganz Italien lacht über mich.«

»Erst kommt noch der warme Schokoladenkuchen mit der reifen Williamsbirne, Grand Marnier und Birnensorbet.«

Ginevra hatte wieder geseufzt, sich den Bauch gehalten und gemurmelt: »Mehr. Ich will mehr davon. Nur nicht heute.«

Arturos Lächeln war hintergründig: »Mal sehen.«

Mitten in dieser Erinnerung sprang Ginevra wie vom Blitz getroffen auf. Das Tablett ging klirrend zu Boden, die Wolldecke rutschte von ihren Schultern. Sie schrie auf und presste die Hand auf den Mund, als könnte sie so weitere Schreie verhindern.

Auch Arturo war aufgesprungen. Er sah sie erschrocken an. »Du bist weiß wie ein Bettlaken. Um Himmels willen, was ist denn los?«

Wieder nahm er sie in die Arme, und langsam beruhigte sie sich.

Sie machte sich von ihm los und starrte ihn einen Augenblick an, bevor sie zu sprechen begann. »Wir sind beide ziemlich langsam, was das Kombinieren betrifft, meinst du nicht auch? Da reden wir über Pfefferminzkaugummi und Zoogeruch und zählen nicht eins und eins zusammen? Narren sind wir.«

»Verliebte Narren«, warf Arturo lächelnd ein.

»Arturo, hör mir doch zu. Bitte sei ernst. Weißt du immer noch nicht, wovon ich spreche?« Sie ließ ihm keine Zeit, um zu antworten, zu groß war der Druck, ihre Erkenntnis loszuwerden. »Caravaggio ist der Serienvergewaltiger und Mörder. Alles passt zusammen. Sein Faible für Minzpastillen – er hat sie uns sogar angeboten –, dazu der unerträgliche Zoogeruch. Du hast gesagt, die Niederländerin habe davon gesprochen, nachdem sie ihm entkommen war. Und du hast selbst bemerkt, dass ich in seiner Nähe völlig außer mir war. Ich habe sogar behauptet, die arme Familienschildkröte wäre tot, was absoluter Quatsch ist. Die ist quicklebendig.« Atemlos hielt sie inne, völlig überzeugt von der Logik ihrer Worte.

Der Ausdruck auf Arturos Gesicht war schwer zu deuten. Langsam ließ er sich auf den Liegestuhl sinken. Bevor er zu sprechen begann, räusperte er sich. »Möglicherweise hast du recht. Da muss einiges überprüft werden, wir müssen ein Zeitfenster erstellen.«

»Arturo«, ihre Stimme war kaum mehr als ein Flüstern, »ihr müsst vorsichtig sein. Der Typ darf nicht noch einmal ungeschoren davonkommen.«

Sie verstummte und dachte angestrengt nach. »Vielleicht sucht er sich die Frauen über die Praxis aus?«

»Die Niederländerin hatte kein Haustier. Sie war ja nicht mal von hier, und bei der Frau, die vom Kran sprang, der armen Capello, bin ich mir sicher.«

»Ich aber, ich habe die Schildkröte. Die Servierin aus dem Lagunen-Pub hatte eine Katze, das hast du mir selbst erzählt, und Paola Faccinetti hat einen Hund. Mein Gott, sie hat den Kerl sogar angerufen nach dem Verbrechen und ihn um Hilfe gebeten, weil er ihr Tierarzt ist.«

»Bitte beruhige dich. Ich werde der Sache nachgehen. Das verspreche ich dir.«

»Nein. Du wirst ihn nur aufschrecken und darauf aufmerksam machen, dass er enttarnt ist. Das wäre das Schlimmste, was im Moment passieren kann. *Ich muss ihn zur Strecke bringen.* Das bin ich mir und den anderen Frauen schuldig. Und ich weiß auch schon, wie.«

Arturo sah sie entgeistert an. Ginevra setzte sich neben ihn und umschlang seinen Körper mit ihren Armen. Sie war immer noch aufgewühlt, auch wenn das Zittern, das nach wie vor ihren Körper beherrschte, nachgelassen hatte. Zärtlich strich sie ihm über die Wange, küsste seine Lippen und sagte: »Ich werde den Lockvogel machen. Ganz klare Sache. Niemand kann mich davon abhalten. Und wenn du nicht mitmachst, ziehe ich es allein durch.«

»Tesoro, wir sind keine Schauspieler in einem Film. Das hier ist die Wirklichkeit. Du redest von ›enttarnen‹ und ›Lockvögeln‹. Tut mir leid, aber das hört sich verdammt nach Schauermärchen an.«

»Du versteht den Ernst der Lage nicht. Begreif doch endlich, dass das etwas ist, was ich machen *muss*. Ich werfe dir doch auch nicht vor, dass du wie eine Märchenfigur aussiehst.«

Ginevra ignorierte seinen erstaunten Blick, sie schwankte zwischen Empörung und Euphorie.

»Arturo.« Sie machte sich sanft von ihm los und stand auf. »Die Sache ist entschieden.«

»Ich verbiete dir diesen Unsinn. Gar nichts wirst du tun.

Und schon gar keinen Lockvogel spielen. So etwas Gefährliches kann nur schiefgehen.«

»Und doch mache ich es. Außer du legst mich in Ketten und wirfst mich in eine Gefängniszelle.«

Sie lachte kecker, als ihr zumute war, und marschierte hoch erhobenen Hauptes ins Badezimmer.

10

Er war schockiert.
Ein Zustand, der ihm zusetzte, ein Zustand, der ihm in diesem Ausmaß fremd war.
Als er gesehen hatte, wie sie aus dem Wagen stieg, aus einem gekennzeichneten Wagen der Polizei, begleitet von einem lächelnden blonden Kriminalbeamten, da hatte er intuitiv gewusst, dass es sich um keinen Zufall handeln konnte. Die Schlinge um seinen Hals begann sich gnadenlos zuzuziehen.
Er hatte gedacht, alles im Griff zu haben, nun schien es so, als hätte er die Initiative längst aus der Hand gegeben.
Sein Atem ging rasselnd, und er hatte das Gefühl zu ersticken. Nervös tasteten seine Finger in der Außentasche seines Blousons nach den lose hineingestopften Pfefferminzpastillen. Er schob sich gleich mehrere in den trockenen Mund.
Erst klebten die Dinger an seinem Gaumen, als wären sie entschlossen, ihm auch noch den letzten Hauch Luft zu nehmen. Nur mühsam gesammelter Speichel vermochte sie von dort oben zu lösen. Dann, auf der Zunge, entfaltete sich allmählich ihre Zauberkraft.
Auf seine Seelentröster war immer Verlass. Sogar gegen die Enge in seiner Brust kamen sie an. Nach und nach erweiterte das Menthol seine Atemwege, und er konnte wieder durchschnaufen.
Ein Hoch auf seine Wunderpillen.
Er wusste natürlich, dass die Pfefferminze sich von anderen Minzarten in erster Linie durch ihren hohen Mentholgehalt unterschied. Sie war genau deswegen, wegen ihres schärferen Geschmacks, immer schon seine bevorzugte Pflanze gewesen.
»Konzentriere dich auf das Wesentliche.«
Hatte er das eben laut gesagt? Kein Wunder. Seine Nerven waren zum Zerreißen gespannt.

Dieser hoch aufgeschossene Polizist mit der blonden Mähne, die in ihrer Auffälligkeit an die Haarpracht eines erfolglosen, sein Leben auf drittklassigen Kreuzfahrtschiffen fristenden Musicalstars erinnerte, ausgerechnet dieser Lackaffe, war mit einer seiner Schönen zugange.

Dabei hatte *er* sie damals erwählt.

Nun suchten die beiden nach ihm.

In jener Nacht, als sie hilflos den Naturgewalten und seinem Wohlwollen, seiner Macht ausgeliefert war, auf jenem Straßenstück hinter Aquileia in Blitz, Donner und strömendem Regen, da hatte er sie zu einer der Seinen gemacht. Er war ihr Erlkönig gewesen, sie hatte es ihm entgegengehaucht.

Und nun dieser Wandel. Sie stand nicht mehr unter seinem Bann, hatte sich auf die andere Seite geschlagen.

Eine absurde, eine erschreckende Entwicklung.

Aber wie konnte sie annehmen, dass sie seiner Aufmerksamkeit entging? Dachte sie, dass er die Augen nur auf seine blank polierten Schuhspitzen richtete?

Er jedenfalls hatte begonnen zu reagieren.

Er observierte sie.

Mit Abscheu hatte er gestern seine ehemalige Braut vor der Polizeistation in Grado in den alten, abgetakelten Citroën des Polizisten steigen sehen. Um dem Ganzen noch die Krone aufzusetzen, zierte ein Anti-AKW-Aufkleber die Heckscheibe des Vehikels. So einer war der Kerl also. Einer, der, um cool zu wirken, ein ehrliches Zeichen des Protestes zu einer Modeerscheinung verkommen ließ. Dass er ihnen in einem seiner Autos gefolgt war, hatten die beiden Turteltauben gar nicht bemerkt. So verliebt, wie die sich gaben, hätte er auch laut hupend neben ihnen herfahren können, ohne ihre Aufmerksamkeit zu erregen.

Er hatte beobachtet, wie sie schnurgerade den Damm überqueren, in einem mehr als beachtlichen Tempo, um dann durch die Lagune geradewegs nach Fiumicello zu rasen.

Sein unmittelbares Gebiet.

Die Polizei hatte wieder einmal geschlafen, sonst hätte sie

diese beiden Verkehrssünder von der Straße geholt. Auch wenn der Lackaffe einer ihrer Kollegen war.

Es war offensichtlich, sie suchten nach ihm.

Er hatte die Verfolgung aufgegeben und war zu seiner alten Werkstatt gefahren.

So saß er hier an seinem gewohnten Platz und überlegte, was zu tun war.

Dass seine Gegner zuerst im Dienstfahrzeug und danach im privaten Wagen durch die Gegend gefahren waren, war außergewöhnlich. Der Blonde sah auch nicht aus, als würde er sich groß um Vorschriften scheren. Fast wirkte es so, als ermittelten die beiden ohne Auftrag und Rückendeckung ihrer Kollegen. Ganz offensichtlich war er karrieregeil und sie bis über beide Ohren verliebt.

Umso besser.

Die karge Einrichtung erleichterte es ihm, die wild aufsteigenden Bilder in seinem Kopf unter Kontrolle zu bringen.

Er saß erstarrt auf dem harten Stuhl und ordnete seine Gedanken. Er wusste, was zu tun war, jetzt ging es nur noch darum, eine logische und praktikable Vorgehensweise zu finden.

Der Gejagte musste zum Jäger werden.

11

Maddalena wischte über ihre geschlossenen Augen.
»Tesoro?« Franjos Stimme war ganz nah an ihrem Ohr.
Sie schreckte hoch.
Es wurde besser, immer besser. Es ging voran. Alle beteuerten das, nicht nur ihre Familie, auch die Ärzte sahen es so. Sie selber spürte es, und das lag nicht allein am Umstand, dass man sie bereits aus der Intensivstation entlassen und in ein Einbettzimmer verlegt hatte.
Aber immer noch versagte ihr hin und wieder die Stimme.
»Franjo.«
Als sie noch klein gewesen war, hatte ihre Mutter bei jeder Erkältung, die sie aus dem Kindergarten heimgebracht hatte, lächelnd gemeint: »Maddy, du klingst wie übers Reibeisen geschreddert. Ein Bierkutscher, der sein Hobby zu seinem Beruf gemacht hat, ist nichts dagegen. Wie schafft ein so zartes Kind diese Töne? Vielleicht solltest du eine Karriere als Barsängerin anstreben?«
Ihr Vater hatte zu diesen Worten gelacht, Maddalena aber, die kleine, unsichere Maddy, meinte, sich schämen zu müssen. Mit hochrotem Kopf hatte sie sich dann in ihr Kinderzimmer verzogen, um ihre heißen Wangen in ihrem Kissen zu vergraben.
Jetzt schlug sie die Augen auf und sah in Franjos ernstes Gesicht. Dunkle Schatten lagen unter seinen Augen. Verlegen, der Grund für seine Erschöpfung zu sein, rieb sie sich mit Zeigefinger und Daumen die Nasenwurzel. »Alles ist gut, bitte schau mich nicht so sorgenvoll an, als stünde ich kurz vor dem Abkratzen.«
Ihre Ansage gefiel ihm offenbar nicht.
»Maddalena, mitunter wird mir dein merkwürdiger Sinn für Humor zu viel. Den scheinst du von deiner Mutter zu haben. Dir ist überhaupt nicht bewusst, wie knapp es war. Du hättest

einen Genickbruch erleiden oder vom Hals abwärts gelähmt sein können. Und Plätze auf dem Friedhof in Santa Croce, auf Wunsch auch direkt neben deinem Vater, die gibt es reichlich.«

»Danke für deine aufmunternden Worte.«

Manchmal war Franjo von einer kaum zu übertreffenden Gefühllosigkeit. Glaubte er, die Vorstellung, mit gebrochenem Rückgrat im Eichensarg zu liegen, baue sie auf? Was hatte der Mann bloß für einen niederschmetternden Eindruck von ihrer Psyche?

Sie verkniff sich eine weitere bissige Antwort, ein Konflikt mit ihm war das Letzte, was sie jetzt brauchte. Stattdessen setzte sie sich umständlich im Bett auf. »Was ist aus meiner Moto Guzzi geworden?«

»Die war bereit für den Schrottplatz.«

»Das ist nicht dein Ernst.«

Ihr Vater hatte ihr, neben einer Summe Geld, die Maschine vermacht. Obschon es dieselbe war, mit der er den tödlichen Unfall gehabt hatte, liebte Maddalena sie heiß und innig.

»Ernst? Ernster, als du glaubst, mein Schatz. Miroslav und ich haben das, was noch von ihr übrig war, weggebracht.«

»Meinst du nicht, das Motorrad verdient noch eine letzte Chance? Der Autohändler mit der Werkstatt in Fossalon könnte sie wieder hinkriegen. Der hat bekanntermaßen ein Händchen für hoffnungslose Fälle.«

Franjo sah sie belustigt an. »Der hoffnungslose Fall bist eindeutig du. Im Übrigen war er es, der sie verschrottet hat.«

»Ihr hättet mich fragen müssen.«

»Du lagst im Tiefschlaf, mein Engel.«

Sie kämpfte gegen das Gefühl des Ausgeliefertseins, der Ohnmacht, an. Jetzt war nicht der richtige Zeitpunkt, sich damit zu beschäftigen, dass gegen ihren Willen entschieden worden war. Sie machte sich in Gedanken eine Notiz, um später darauf zurückzukommen.

Nachdenklich fuhr sie sich mit den Fingerkuppen über die kahle Stelle ihres Dickschädels, die teilweise mit Pflaster überklebt war. Es fühlte sich an, als begännen die Haare bereits wieder zu sprießen. Die Beule an der Stirn war aber immer noch beachtlich und schimmerte inzwischen sicher in allen Farben.

»Sehe ich grauenvoll aus? Sag es mir ehrlich, ich vertrage die Wahrheit.«

Franjo warf ihr einen zärtlichen Blick zu. »Makellose Schönheit wird seit jeher überbewertet. Ich finde, dieser Look steht dir ausgezeichnet. Auf der einen Seite wunderschöne wallende Locken, die andere Seite modisch rasiert. ›Sidecut‹ nennt man das wohl.«

Maddalena wand sich, soweit es ihr geschienter linker Arm und die Halskrause erlaubten. »Ich verstehe nicht, warum die Ärzte mir das halbe Kopfhaar wegsäbeln mussten.«

»Sonst hätte man die Wunde nicht ordentlich nähen können. Du hattest Schnitte und Blessuren, zum Glück aber keine subdurale Blutung.«

Er meinte wohl eine Hirnblutung, aber sie wollte es gar nicht so genau wissen. Es machte ihr Angst, sich damit auseinanderzusetzen. Versonnen schlang sie die verbliebenen Locken um ihr rechtes Handgelenk, als es an der Tür klopfte.

»Mama.« Mühsam hob sie ihr das Gesicht entgegen.

Wie sehr sie die kühle Hand ihrer Mutter auf der Stirn genoss. Ihr kam es vor, als hätte sie die Berührung sogar im Tiefschlaf gespürt.

»Maddy, dir scheint es besser zu gehen. Du weißt nicht, wie sehr mich das freut. Es hat anfangs gar nicht gut ausgesehen. Franjo wird mir da zustimmen. Nicht wahr, mein Lieber?«

Jetzt fing sie also auch damit an.

Maddalena nickte abwehrend und hoffte, ihre Symptome lieferten keinen Grund für weitere Erörterungen.

Franjo und ihre Mutter schienen sich jedenfalls besser zu verstehen als je zuvor. Ein Gefühl der Freude breitete sich in Maddalena aus. Sie räusperte sich und bemerkte erst jetzt die massige Gestalt, die im Türrahmen stehen geblieben war.

»Degrassi, ich höre von den unterschiedlichsten Stellen, dass Ihre Genesung in Riesenschritten voraneilt, quasi in Windeseile. Mir scheint, Sie haben die Konstitution einer dieser begnadeten Kitesurferinnen, die das Meer vor der Pineta unsicher machen. Wir haben uns alle um Sie gesorgt. Vor allem aber Sibilla, Ihre wunderschöne Mutter.«

Ein glückseliges Kichern direkt über ihr fräste sich in Maddalenas gequältes Ohr und bestätigte einmal mehr ihre Befürchtung. Da war einer ihrer Alpträume wahr geworden. Entsetzt suchte sie Franjos Blick, der aber zuckte nur hilflos die Achseln.

»Achille hat mich zum Abendessen eingeladen, Maddy. Du weißt, wie gern ich in gepflegter Atmosphäre speise. Und dieser Mann hier kennt wohl besser als jeder andere die bezauberndsten Orte auf deiner kleinen Insel.«

Commandante Scaramuzza strahlte, seine Barthaare bebten, und Maddalena empfand es als beklemmend zu wissen, dass er dieselbe Luft atmete wie sie. War ihre sonst so zurückhaltende, ja fast schon abweisende Mutter von jedem guten Geschmack verlassen?

Offensichtlich, denn Sibilla kam jetzt erst richtig in Schwung. »Gestern waren wir mit Fulvio zum Aperitif in einer entzückenden Bar gleich neben der Kathedrale. Danach führte Achille mich in eine weitere Bar, zu einem weiteren Gläschen. Ich konnte mich am Ausblick, den wir dort hatten, kaum sattsehen. Links das Meer, rechts die Lagune, zwei unterschiedliche Blautöne. Unvorstellbar schön. Und als Höhepunkt dann noch die untergehende Sonne, die wie ein roter Ball von den Wellen verschluckt wurde.«

Immer heftiger geriet ihre Mutter ins Schwärmen, Himmel, die Frau begann beinahe zu gurren, und immer selbstzufriedener wurde dabei der Ausdruck auf Scaramuzzas Gesicht.

»Dann ging es zurück in die Innenstadt, in ein Restaurant.« Ausführlich beschrieb ihre Mutter die Speisenfolge: Scampi croccanti in savor, darauffolgend Baccalà al vapore e zucca, erläuterte detailliert, wie gut ihr jedes Gericht gemundet hatte, und seufzte schließlich wohlig auf.

Obwohl sich in Maddalenas Kopf ein immer heftiger werdender Schmerz einnistete, lief ihr beim Zuhören das Wasser im Mund zusammen.

»Aber wie es sich gehört, kam das Beste zum Schluss.« Ihre Mutter warf dem Commandante einen verliebten Blick zu, und der pochende Schmerz in Maddalenas Schädel schlug einen Salto. »Achille ließ mich in dem hübschen Restaurant keine Nachspeise wählen. Nicht dass sie dort nicht ausgezeichnet wären, meinte er, bestand aber trotzdem darauf, mich zu Gianni zu führen. Auch hier ließ mich dieser charmante Despot nicht selbstständig wählen, sondern bestellte kurzerhand eine sagenhafte Zuppa Inglese für uns. Ich glaube, schlussendlich haben der Marsala, die Aperitifs und der Wein mich ein wenig beschwipst gemacht.« Wieder lachte ihre Mutter. Sie rekelte sich wohlig.

Franjos Blick wanderte zwischen Maddalenas Mutter und Commandante Scaramuzza hin und her. Ein eigentümlicher Ausdruck hatte sich auf seinem Gesicht breitgemacht.

»Du, als Küchenchef, bist natürlich nicht sonderlich interessiert, wenn man dir vom Essen in anderen Lokalen erzählt. Das muss dich langweilen«, entschuldigte Sibilla sich halbherzig.

»Im Gegenteil, die Konkurrenz schläft nicht. Ich will durchaus wissen, was sich so tut im Gastronomiebereich. Es hat mich nur überrascht, dass du dich außerhalb des Krankenhauses mit Maddalenas Chef triffst. Aber das geht mich natürlich nichts an.«

»Richtig, junger Mann. Beschränken Sie sich auf Ihre Kochschürze und den Herd, und wir werden Freunde bleiben.«

Da war er wieder, der überhebliche Scaramuzza, wie er im Buche stand.

Maddalena sah Franjo zu einer Antwort ansetzen. Wieder spürte sie einen Konflikt herannahen, dem sie sich jetzt nicht gewachsen fühlte, doch ein lautes Klopfen an der Tür entschärfte die Situation. Erleichtert lehnte sie sich in ihrem Bett zurück. Sie erwartete Zoli, doch stattdessen betrat Fulvio, einen großen, stark duftenden Blumenstrauß vor sich hertragend, das Krankenzimmer.

»Wenn man vom Teufel spricht, erscheint er«, drosch der Commandante, sichtlich gut gelaunt, eine weitere seiner Plattitüden.

Die beiden Männer klopften sich kameradschaftlich auf den Rücken.

»Damit es Maddy nicht zu viel wird, werde ich mich zurückziehen.« Ihre Mutter beugte sich zu ihr und streifte mit den Lippen leicht ihre Wange. Maddalena roch einen Hauch eines neuen, ihr unbekannten Parfums.

»Das ist auch mein Stichwort.«

Mit Schaudern registrierte Maddalena den bärenstarken Arm Scaramuzzas, der sich um die Schulter ihrer Mutter gelegt hatte.

Er bedachte sie mit einem gönnerhaften Blick. »Wir werden uns morgen wieder von Ihren Genesungsfortschritten überzeugen. Lippi mag ja ein feiner Kerl sein, aber er sitzt mir doch etwas zu träge auf seinem breiten Hintern. Also werden Sie bald gesund.«

Wenigstens das ist dir nicht verborgen geblieben, *Onkel Muzzi*, frohlockte Maddalena innerlich.

Als sich Franjo kurz darauf, wenn auch widerwillig, auf den Heimweg gemacht hatte, wies Maddalena auf den Besucherstuhl neben ihrem Bett. Fulvio setzte sich.

»Wir wollten ja gemeinsam auf einen Espresso zu Dante und Giorgia gehen«, begann er, »aber dann kam dein Unfall dazwischen. Ich bin froh, dass es dir jetzt besser geht und wir uns unterhalten können. Ich kenne da nämlich jemanden, der die neue Flamme von Samuele Onofrio kennt. Sie ist eine zwielichtige Person und hat ihm möglicherweise ein falsches Alibi gegeben. Dann hörte ich, dass ihr die Ermittlungen ausgedehnt habt, weil ihr euch nicht mehr sicher seid, ob der entflohene Untersuchungshäftling der Schuldige ist.« Er strich sein dichtes graues Haar zurück.

»Woher weißt du das alles?« Maddalena war irritiert.

»Ach, Mädchen, ich habe meine verlässlichen Quellen.« Er grinste und erinnerte sie einmal mehr an einen schlauen, aber hinterlistigen Fuchs. »Verrätst du deinem alten Freund, wie der aktuelle Stand der Ermittlungen ist?« Er zwinkerte ihr verschwörerisch zu.

»Trink doch das frische Wasser aus deiner eigenen Quelle. Ich bin nicht mehr die Chefin der Abteilung, und das weißt du wohl auch«, antwortete sie verärgert.

Das war kein Krankenbesuch. Aushorchen wollte er sie. Für wie naiv hielt er sie eigentlich?

»Nun, du bist erschöpft. Ich komme ein anderes Mal wieder.«

»Erspare dir die Mühe, Fulvio, ich bin keine stille Post. Und bitte nimm die Blumen mit und stelle sie auf den Tisch am Gang. Ach ja, und öffne beim Hinausgehen das Fenster.«

Fulvio lächelte kein bisschen verlegen und tat, wie ihm geheißen.

Maddalena lehnte sich zurück und schloss erschöpft ihre Augen. Sie fühlte sich wie etwas, das die Katze hereingebracht hatte. Übergangslos schlief sie ein.

»Chefin.«

Niemand anderer als Piero Zoli konnte so angstvoll wispern. Sein blasses Raubtiervogelgesicht mit der blau angeschwollenen Ader auf der Stirn beugte sich über sie.

»Zoli. Ich hatte Sie früher erwartet, bin ein wenig eingenickt. Helfen Sie mir beim Aufstehen, wir setzen uns an den Tisch. Wenn ich die ganze Zeit über nur liege, macht mein Kreislauf noch schlapp.«

Ihr war schwindlig, als sie, von Zoli gestützt, zum Tischchen unter dem Fenster ging. Bisher hatte sie erst wenige Male das Bett verlassen. Die steife Halskrause erleichterte die Sache nicht unbedingt.

»Commissaria, ich will Sie nicht beunruhigen, aber es geschehen merkwürdige Dinge.«

Maddalena fühlte Nervosität in sich aufsteigen. Eine diffuse Erinnerung an einen früheren Besuch des Kollegen stellte sich ein. »Was ist los, Zoli, sprechen Sie offen.«

Und Zoli berichtete.

Er erzählte ihr, mit sichtbar schlechtem Gewissen, von einem neuerlichen Vergewaltigungsversuch an einer niederländischen Touristin. Und berichtete, dass Fanetti während seiner freien Tage weiterhin auf eigene Faust ermittelte, noch dazu zusammen mit dem Opfer Missoni und mit der inoffiziellen Einwilligung Lippis. Manchmal nähmen die beiden sogar einen Polizeiwagen, sagte er, dann wieder fuhren sie halbdienstlich mit Fanettis altem 2CV durch die Gegend. Einmal habe er Lippi darauf angesprochen, und der habe nur die Augenbrauen in die Höhe gezogen, aber mit einem Mal Schweißperlen auf der Stirn gehabt.»›Der Commandante ist damit einverstanden, also werde ich nichts dagegen tun. Fanetti ist schließlich so etwas wie sein Neffe‹, war sein einziger Kommentar.«

Maddalena stieg das Blut in den Kopf, und die Schmerzen steigerten sich ins Unerträgliche. Auch der gebrochene Unterarm machte sich unangenehm bemerkbar.

»Zoli«, sagte sie, »ich danke Ihnen für Ihren ehrlichen Bericht. Das kann so nicht weitergehen. Da bin ich ganz Ihrer Meinung.«

»Warten Sie, es kommt noch dicker. Vor drei Tagen bin ich den beiden gefolgt«, seine Stimme war ganz leise geworden, und Maddalena musste sich vorbeugen, um seine weiteren Worte zu verstehen, »sie treiben sich in der Lagune um Fiumicello herum und befragen wahllos die Menschen. Bei einem der Opfer waren sie und beim Tierarzt, der uns verständigt hat. Und keiner im Präsidium weiß, was der andere tut. Fanetti hat sich zwar freigenommen, verhält sich aber, als würde er trotzdem ermitteln. Was soll ich bloß unternehmen? Geben Sie mir eine Anweisung, Sie sind meine Chefin.«

In Maddalenas Ohren rauschte das Blut wie das Wasser des Timavos, kurz bevor es sich ins Meer ergoss. »Fanetti wird die Missoni doch nicht etwa als Lockvogel missbrauchen, nachdem jetzt noch eine Frau knapp einer Vergewaltigung entgangen ist?«

Sie spürte, wie bei dieser Idee bittere Galle ihre Speiseröhre eroberte. Sie wankte ins Badezimmer, wo sie ausspucken musste. Als sie sich mühsam mit einer Hand wusch und die Zähne putzte, schaute ihr ein Gespenst mit zweigeteiltem Kopf über einer Halskrause entgegen. Kaum gelang es ihr, sich von ihrem eigenen Anblick zu lösen.

Als sie zurückkam, stand Zoli am Fenster.

»Ich ... ich wollte Sie nicht ... es tut mir so leid ... bitte«, stammelte er und machte einen Schritt auf sie zu.

Sie ließ sich von ihm führen und sank erleichtert auf das Bett. Vor Anstrengung stand ihr der Schweiß auf der Stirn.

Einige Zeit schwiegen sie, dann richtete Maddalena sich auf.

»Piero, Sie müssen mir helfen.«

Als sie am nächsten Morgen nach einer unruhigen Nacht frühstückte, klopfte es. Mit einem schnellen Blick auf die Uhr stand sie auf.

»Herein!«

Zoli betrat das Zimmer. »Alles erledigt?«, fragte er ängstlich.

»Ja. Ich habe gegen den Willen der Ärzte den freiwilligen Revers, die Entlassungspapiere unterschrieben. Rezepte für alles, was ich weiterhin einnehmen soll, haben sie mir mitgegeben und sogar den Arm neu gegipst. Allerdings rangen sie mir das Versprechen ab, dass ich regelmäßig zur Kontrolle komme. Weder meine Mutter noch Franjo wissen davon.«

»Ich bin mir nicht mehr sicher, ob ich das verantworten kann.«

»Zoli, Sie haben nichts zu verantworten, also werden Sie bloß nicht wankelmütig. Zuerst bitten Sie mich um eine Dienstanweisung, und jetzt wollen Sie einen Rückzieher machen? Was sind Sie denn für einer?« Ihre Worte klangen streng, aber sie lächelte. Es machte keinen Sinn, einen Verbündeten gegen sich aufzubringen.

Schon der kurze Weg über den Parkplatz überforderte sie fast, und während der Fahrt wurde ihr schummrig.

»Halten Sie bitte mal an, da ist eine Apotheke. Könnten Sie mir die Medikamente besorgen?«

Er warf ihr einen besorgten Blick zu. »Klar, doch, klar, geht in Ordnung.«

Während Zoli die Rezepte eintauschte, öffnete Maddalena das Autofenster. Der kühle Wind tat ihr gut.

»So, alles bekommen.« Zoli reichte ihr eine erschreckend große Einkaufstasche mit den unterschiedlichen Pillenschachteln. »Komischer Kauz, der Apotheker, anscheinend dachte er, ich wäre amtlich hier, wohl wegen der Uniform.«

Maddalena war damit beschäftigt, Übelkeit und Schwindel in Schach zu halten. Sie wünschte sich, bereits zu Hause zu sein. »Wir sind ja auch angsteinflößend, ich im Moment sogar ohne Uniform.«

»Stimmt«, bestätigte er vorsichtig, weil er nie wusste, wann Maddalena einen Witz machte.

Sie verzog ihr Gesicht. »Bitte, fahren wir, Zoli.«

Sie hielten vor der alten Villa, und Zoli half ihr aus dem Wagen. Er stützte sie und trug ihre kleine Tasche. Als sie nach ihrem Gartentorschlüssel kramte, ging die Haustür auf, und sie sah in das verdutzte Gesicht ihrer Mutter.

»Du? Ich dachte, du liegst im Krankenhaus.«

Na, das war ja ein herzlicher Empfang. Sie selbst hatte ihrer Mutter angeboten, in der Villa zu wohnen, aber so, wie es jetzt klang, war nun eher sie der Gast im eigenen Haus.

»Es ist, wie es ist, lass mich bitte hinein, ich möchte mich hinlegen«, entgegnete sie daher ungeduldig.

Schon im Flur hörte sie Stimmengewirr. Es kam aus der Küche. Begleitet vom treulich folgenden Zoli ging sie darauf zu.

Ihre Mutter machte einen Schritt nach vorne. »Warte«, bat sie, aber da hatte Maddalena die Tür schon geöffnet.

Fröhlich vereint saßen Scaramuzza und Fulvio bei Kaffee, Brioches und frisch gepresstem Orangensaft. Sie starrten sie und Zoli ungläubig an.

Und Maddalena starrte so lange zurück, bis ihr endgültig schlecht wurde.

12

Toto fror, weil in seiner Abstellkammer unter der Treppe nicht geheizt wurde. Immer wieder musste er husten, auch der Hals tat ihm weh.

Jetzt hätte er gern Tante Antonellas Tinktur gehabt. Natürlich nicht die aus dem Giftschrank, wo all die vielen Flaschen mit den alkoholischen Getränken standen, sondern die Dose aus dem Arzneikästchen. Damit wurden ihm und seinen Cousinen, wenn es ihnen nicht gut ging, Brust und Rücken eingerieben. Zuerst brannte das Zeug wie Feuer auf der Haut, dann aber fühlte man sich gleich besser. Genau diese Salbe bräuchte er jetzt.

Für sich selbst hatten Olivia und seine Tante andere Rezepte auf Lager. Toto musste grinsen, weil die beiden zu deren Einnahme statt »trinken« immer »nippen« sagten. Bei jeder Schwüle, die der Scirocco vom Meer herbrachte, sogar bei der kühlen Bora, mussten sie ein oder zwei Gläschen zu sich nehmen, um ihren Kreislauf in Schwung zu bringen. Ihm hatten sie nie etwas davon abgegeben, auch wenn ihm oft schwindlig war, und selbst dann nicht, wenn die Gedanken in seinem Kopf wieder einmal Purzelbäume schlugen. Aber die beiden hatten ihren Blutdruck zu regeln, und seiner war wohl in Ordnung.

Toto verbrachte nun schon zwei oder drei Tage fast ausschließlich in der Kammer. Nein, so stimmte das nicht. Die meiste Zeit arbeitete er. Eigentlich schuftete er von früh bis spät, nur in seiner Freizeit befand er sich hier. Allerdings meistens schlafend.

Der Überblick über die vielen Stunden und Tage war ihm etwas abhandengekommen, aber das spielte keine Rolle, da Teresa und Filomena ihre eigenen Abläufe hatten und diese streng einhielten.

Am Morgen gab es einen Teller mit Zwieback und eine Tasse schwarzen Tee ohne Zucker. Es war ein karges Mahl, das er noch dazu allein in seinem Raum einnehmen musste, aber sie begründeten es mit seiner Körperfülle, dem »Übergewicht«, wie sie es nannten.

»Du musst deiner Gesundheit zuliebe abnehmen, aber trotzdem bei Kräften bleiben, daher gibt es dreimal am Tag etwas zu essen«, erklärte Filomena ihm immer wieder, und unter dem Auge mit dem hängenden Oberlid zuckte dabei ein Muskel. Vielleicht war es auch ein Nerv oder eine Ader, Toto kannte sich bei medizinischen Dingen nicht so gut aus.

Er klopfte auf seinen Bauch, um das Rumoren zu besänftigen, das sich einstellte, sobald er ans Essen dachte.

Mittags gab es meistens Eintopf. Auch der wurde ihm gebracht und danach die Tür wieder verschlossen. Er wunderte sich über die komische Bezeichnung, denn das Gericht wurde schließlich nicht im Topf, sondern auf einem Teller serviert. Als er Teresa danach fragte, hatte sie ihn eigentümlich angesehen und mit ihrer Schwester zu tuscheln begonnen. Natürlich über ihn, über wen den sonst? War ja keiner außer ihm da.

Zum Frühstück und Mittagessen gab es immer zu wenig, aber auf den Abend freute er sich. Da bekam er grobe Salami, frisches Brot, Hart- und Weichkäse, sogar Oliven, eingelegte Artischocken und Zwiebelchen. Und er durfte in der Küche essen. Die Schwestern saßen ihm gegenüber und knabberten wie die Mäuse an ihrem Stück Brot. Sie staunten immer, wie viel er verdrücken konnte, und beobachteten ihn beim Kauen. Gelobt wurde er selten, aber beim Abendessen kritisierten sie ihn auch nicht.

Jetzt schob Toto das Frühstückstablett zur Seite und zog seine Wolljacke über. Heute trug er das erste Mal wieder seinen Trainingsanzug, den die Schwestern gewaschen hatten. Die zu enge Latzhose, die er in der Zwischenzeit angehabt hatte, mochte er ohnehin nicht.

Wieder musste er husten. Er würde sich noch eine Rippenfellentzündung holen oder Schlimmeres, wenn er nicht aufpasste.

Tante Antonellas besorgte Worte im Ohr, saß er da und wartete, bis der Schlüssel, der außen in der Tür steckte, zweimal im Schloss gedreht wurde und die alten Damen ihn zur Arbeit riefen.

Warum sie denn absperrten, hatte er sie gefragt, und sie hatten ihm erklärt, ihn nur vor sich selbst schützen zu wollen. Das kannte Toto schon vom Krankenhaus in Triest, und es machte ihm wenig aus. Tagsüber kam er ohnehin selten zum Nachdenken, nur vor dem Einschlafen fühlte er sich manchmal wie ein Gefangener in einer Einzelzelle.

Das Holz für den Winter hatte er schon fertig gehackt und sauber an der Schuppenwand aufgeschichtet. Dort war es durch das Vordach vor Regen und Nebel sicher und blieb trocken.

Auf einmal stand Teresa vor ihm. Er hatte den Schlüssel gar nicht gehört, so versunken war er gewesen.

»Toto«, sagte sie ziemlich laut, weil sie so schlecht hörte, »heute musst du richtig spuren, sonst bekommst du kein Abendmahl.«

Das waren ja ganz neue Sitten. Zu essen bekam er doch ausreichend, *damit* er bei der Arbeit spurte.

Unmutig folgte er ihr in die Küche.

»Hier machst du heute ordentlich sauber. Du schrubbst die Flächen, wischst die Scheiben und bohnerst den Boden.«

Toto nickte. Sein Ärger war etwas verflogen, so schlimm hörte sich das nicht an. Da hatte er schon schwerere Arbeit geleistet. Hätte er nicht den Husten und das Kratzen im Hals, könnte er sich mit dem heutigen Tag sicher anfreunden.

Vor der Fensterscheibe waberte der Nebel. Wie ein trauriger Schatten lag er über dem Garten, als hätte ihn dort jemand vergessen. Toto war froh, heute drinnen arbeiten zu dürfen. So ein Anblick machte ihn nämlich unglücklich.

Er legte den Scheuerlappen in die Spüle und stellte sich kurz ans Fenster.

»Toto, jetzt ist keine Zeit für eine Pause. Bei der Küchenreinigung sollst du dich aufwärmen, denn im Garten wartet nach Mittag die eigentliche Aufgabe auf dich.«

Noch eine Aufgabe? Er spähte hinaus, aber außer dem Nebel war nichts zu sehen.

»Wir haben ein junges Schwein, ein Ferkel, geschenkt bekommen, und es muss flottgemacht werden. Schließlich brauchen wir Fleisch, Schinken und Speck für den Winter.«

Ein Schweinchen flottmachen? So etwas hatte er noch nie zuvor gehört. Toto hatte keine Ahnung, was da wieder von ihm erwartet wurde. Musste er jetzt ein Ferkel erziehen?

»Schau nicht so entgeistert. Beile und Messer sind vorhanden, die benötigten Wannen und Tröge auch. Wir sind zu alt, um das Schwein ausbluten zu lassen, es auszunehmen und die Innereien zu verarbeiten. Und um das Blut zu rühren, damit es nicht stockt, dafür fehlt uns entschieden die Kraft. Die Vorbereitungen hat der Bauer schon getroffen, am Nachmittag kommt er her, und du hilfst ihm beim Schlachten.«

Ausbluten lassen? Blut rühren?

Vor Totos innerem Auge verwandelte sich die nebelige Wiese in einen roten See, in dem dunkle Därme schwammen. Ihm wurde übel.

»Was stehst du herum und glotzt Löcher in die Wand?«

Immerhin, diese Frage kannte er bereits, diesmal würde er sie nicht wörtlich nehmen.

»Das Schwein, ich meine«, fragte er würgend, »das Ferkel ... lebt das noch, oder ...«

»Jetzt schon, aber nach der Schlachtung würde uns das doch sehr wundern.« Die beiden gackerten. »Der Bauer bringt es im Anhänger mit, hier sticht er es ab, und du unterstützt ihn tatkräftig. Und jetzt fang endlich an zu putzen.« Sie wandten sich ungeduldig ab und schüttelten ihre Köpfe.

Toto wischte sich den Schweiß von der Stirn. Er bekam das Schwein einfach nicht mehr aus seinem Kopf und das Blut auch nicht. Immer langsamer wurde er beim Schrubben, bleierne Übelkeit, Hals- und Kopfweh lähmten seine Bewegungen.

»Mir ist schlecht«, murmelte er und erreichte gerade noch das kleine Bad, in dem er sich übergab.

Ständig sah er das Ferkel vor sich, die Augen, die Ohren, die rosa Haut, dazu den aufgesägten Bauch und die grauen

Eingeweide. Nein, das wollte er nicht. Das konnte er nicht. Außerdem war er krank.

Als er in die Küche zurückkam, taten die Schwestern so, als hätten sie sein Würgen gar nicht gehört. Aber das glaubte er nicht, und von seinem Husten wussten sie auch. Also sagte er ihnen, dass er auch Halsweh hatte und heute nicht mehr arbeiten würde. »Eigentlich brauche ich einen Arzt.«

»Einen Arzt?« Filomena gackerte wieder. »Toto, das geht nicht, du wirst gesucht.«

»Aber mir tut die Brust weh, und mein Hals ist ganz rot.« Er war entschlossen, heute nicht mehr zu arbeiten.

Außerdem wollte er ein Rezept, das ihm half, wieder gesund zu werden.

»Vielleicht«, fragte er besonders höflich, »könnte eine der Damen ein Foto von meinem Rachen machen? Das kann man mit der Post oder sogar elektronisch einem Arzt schicken, und der weiß dann genau, was er verschreiben muss, ohne vorbeizuschauen.«

Beide Frauen schüttelten gleichzeitig den Kopf, dabei schauten sie ihn an, als wäre er nicht ganz bei Trost. Toto, der auf seine Idee stolz war, ärgerte sich, ja, er wurde das erste Mal, seit er hier war, richtig zornig.

»Ich will Tabletten, weil ich krank bin«, sagte er besonders laut und überlegte, ob er mit der Faust auf den Tisch schlagen sollte.

Teresa war aufgestanden und machte sich an einem Schrank zu schaffen. Sie hielt ihm ein Glas hin. »Da, trink, das ist hausgebrannte Medizin und hilft gegen alles. Unglaublich, dass sich ein gesuchter Mörder über ein kleines Schwein so aufregen kann.«

Hausgebrannte Medizin? Davon hatte Toto noch nie gehört. Sie wütete seine Kehle hinunter und explodierte in seinem Magen. Es fühlte sich an, als würde er von innen heraus lodern. Zuerst war Toto erschrocken, aber als das Brennen nachließ, empfand er es als angenehm. Außerdem fühlte er sich gleich besser. Das Schwein aber wollte er dennoch nicht flottmachen. Plötzlich musste Toto über den Ausdruck kichern.

Er freute sich, dass die Schwestern gleich wie jeden Tag zur Vormittagsmesse gehen würden, und nahm sich vor, die Küche bis zu ihrer Rückkehr auf Hochglanz zu bringen. Vielleicht überlegten sie sich das mit dem Ferkel dann noch mal.

Seltsam. Er hatte gar nicht bemerkt, dass die beiden bereits zu ihrer Betstunde aufgebrochen waren, dabei fühlte er sich gar nicht mehr krank. Nur ein bisschen benommen und müde war er. Vielleicht half dagegen ein weiterer Schluck Medizin?

Toto erinnerte sich genau, in welchem Kästchen sein Arzneimittel stand. Diesmal brauchte er gar kein Glas, sondern setzte die Flaschenöffnung direkt an seine Lippen. Mit tiefen Zügen bekämpfte er seine Krankheit. Und seltsam, je gesünder er wurde, umso mutiger fühlte er sich. Er hatte nun nicht mehr die geringste Angst, seine Reise fortzusetzen, mit einem Mal war er sogar sicher, den richtigen Weg auf Anhieb zu finden.

Schweine flottmachen!

Diesmal lachte er laut. Die beiden Alten würden sich wundern, wenn sie zurückkämen.

Teresa und Filomena hatten vergessen, die Eingangstür zuzusperren, aber Toto hätte ohnehin jederzeit durch eines der Fenster im Erdgeschoss klettern und ausbüxen können. Zumindest, wenn er gewollt hätte. Jetzt wollte er.

Aber halt.

Stand ihm für die viele Arbeit, die er geleistet hatte, nicht noch sein Lohn zu? Im Baumarkt wurde er für viel weniger Schufterei regelmäßig bezahlt.

Er begann, systematisch Kästen und Schränke aufzumachen, und fand in einer der Laden zwanzig Euro und in einer Büchse mit der Aufschrift »Zucker«, die er als Proviant mitnehmen wollte, noch einmal so viel. Sicherheitshalber nahm er noch einen Schluck von der Medizin. Schade, jetzt war sie leer.

»Toto«, sagte er laut, »was brauchst du noch, alter Junge?«

Er kicherte wieder, diesmal, weil er sich selbst so bezeichnet hatte.

In seinem Bündel befanden sich schließlich Brot, Hartkäse, die Hälfte einer Salamistange und ein paar Plastikflaschen mit Wasser. Schade nur, dass in der Dose gar kein Zucker gewesen war, dachte er und stellte sie zurück in den Schrank.

Als er vor das Haus trat, hatte die Nebeldecke sich aufgelöst und den Blick auf die spätherbstliche Landschaft freigegeben. Auch die Temperaturen waren angenehmer als noch am Morgen.

Flott machte er sich auf den Weg.

Und kicherte.

Viel später ging er noch immer die Landstraße entlang. Das Bauernhaus und die Kirche lagen schon weit hinter ihm. Unter einer alten Linde, deren Äste ihm Schatten und Schutz spendeten, blieb er schließlich stehen und holte tief Luft. Auf einmal spürte er, wie heftig sein Herz schlug, wie atemlos er eigentlich war.

Inzwischen war es schon lange nach Mittag. Sein Magen knurrte, aber die Gesundheit und der Mut, den er durch die Medizin bekommen hatte, stimmten ihn nach wie vor zuversichtlich. Er konnte es schaffen. Alles musste nur gut geplant sein.

Toto setzte sich und aß, ohne auch nur einmal innezuhalten, seine kompletten Vorräte auf. Erst nach dem letzten Krümel Brot fühlte er sich gesättigt. So bärenstark war sein Hunger gewesen.

Zufrieden strich er über seinen Bauch, der längst nicht mehr so groß wie ein Wasserball war. Der Bund der Jogginghose schnitt auch nicht mehr so tief ins Fleisch wie noch vor wenigen Tagen. Die lange Wanderung, die kargen Mahlzeiten und die viele Arbeit hatten doch etwas Gutes gehabt.

Wieder machte er sich auf den Weg und pfiff sogar leise vor sich hin. Sein Bündel, in dem nur noch eine halb volle Flasche mit Wasser lag, war ihm buchstäblich leicht geworden.

Weiter vorne tauchte schließlich eine Haltestelle auf. So eine hatte er schon gesehen. Der Bus, das wusste er, hielt dort nicht automatisch, man musste, wie beim Autostoppen, den Daumen raushalten. Was für ein Spaß, einen Versuch war es wert.

Er stand noch keine zwanzig Minuten, da sah er einen Autobus heranfahren. Daumen raus, und es klappte. Staub aufwirbelnd blieb der schwere Wagen vor Toto stehen.

Er hatte vorne am Schild nicht erkennen können, wohin die Reise ging, also fragte er, während er eine Fahrkarte löste.

»Ja, wenn Sie das nicht wissen, ist Ihnen nicht mehr zu helfen.« Der Fahrer lachte, zwinkerte dabei aber mit den Augen.

»Ich brauche keine Hilfe. Wie heißt die letzte Station?«

Toto war stolz, dass ihm so schnell eine schlagfertige Antwort eingefallen war.

»Ach so. Endstation ist Aquileia.«

Aquileia? Das war ja nur einen Katzensprung von Grado entfernt! Heute war eindeutig sein Glückstag.

Erleichtert sank Toto auf einen der Sitze. Platz gab es genug, der Bus war fast leer. Im Karst fahren sie wohl lieber mit dem Auto, dachte er und merkte erst jetzt, wie erschöpft er war. Ganz kurz nur schloss er die Augen und wurde gleich darauf vom Fahrer geweckt.

»Junger Mann, wir sind am Ziel!«, sagte der und schüttelte ihn ein wenig.

Er muss wie ein Wilder gerast sein, dachte Toto und merkte, dass er wieder Halsweh bekommen hatte. Und der Kopf dröhnte auch. Benommen verließ er das Fahrzeug.

Schon nach wenigen Schritten sah er den Turm der mächtigen Kathedrale von Aquileia vor sich aufragen. Staunend, fast ergriffen, verharrte er und sah zur Turmspitze hoch. Hätte da oben auch noch der Erzengel Michael mit seinem erhobenem Arm und dem Speer in der anderen Hand gestanden, er hätte sich schon jetzt ganz wie zu Hause gefühlt.

Obwohl diese Kirche nicht seine Basilica Santa Eufemia war, betrat Toto den Innenraum.

Schön war es hier. Und angenehm ruhig.

Der Weihwassergeruch hatte etwas seltsam Vertrautes, es roch ganz anders als in der kleinen Kirche oben im Karst, in der Filomena ihn aufgelesen hatte.

Nach einer Weile, die er brauchte, um sich bei der heiligen Mutter Maria dafür zu bedanken, so weit gekommen zu sein, trat er wieder ins Freie. Geblendet von der plötzlichen Helligkeit schloss Toto die Augen. Sollte er sich zu Fuß auf den Weg nach Grado machen oder einen weiteren Bus suchen? Was aber, wenn der diesmal in die andere Richtung fuhr?

Unschlüssig marschierte er die staubige Straße entlang, langsam bekam er auch wieder Hunger. Und so stand er vor der nächsten wichtigen Frage: Sollte er gleich etwas zum Essen besorgen oder warten, bis das Wummern in seinem Kopf aufgehört hatte?

Aber seltsam. Das wurde ja immer lauter. Direkt unheimlich war das. Als Toto den Kopf zur Seite wandte, sah er, dass neben ihm, im Schritttempo, ein Wagen rollte. Tiefe Bässe dröhnten durch die Scheiben des aufgemotzten Fahrzeugs nach draußen. Also trommelte doch nicht sein Kopf. Wieder mal Glück gehabt.

So ein Auto mit einer Musikanlage hätte er auch gern.

Toto blieb stehen, der Wagen neben ihm ebenfalls.

Die Fahrerscheibe wurde heruntergelassen, und ein Mann mit schwarzem Vollbart beugte sich leicht aus dem Fenster. Schade, die Musik war verstummt.

»Sollen wir dich ein Stück mitnehmen?«

Zwar hatten Olivia und Tante Antonella ihm verboten, bei Fremden einzusteigen, aber schon auf dem Weg vom Krankenhaus nach Triest hatte er dieses Verbot missachtet, und was hatte es ihm gebracht? Zehn Euro und etwas zum Essen. Einmal noch, sagte sich Toto und dachte an das Ritual des Letzen Mals, das er mit seiner Schwester pflegte, einmal noch werde ich es tun, und dann nicht mehr.

»Fahren Sie in die richtige Richtung?«

Gelächter kam aus dem Auto. Dahinter wurde gehupt.

»Steig einfach ein. Komm, wir behindern den Verkehr. Wohin willst du?«

Obwohl er kräftig war, fühlte Toto sich klein und schwach, als er auf der Rückbank neben einem der Männer saß. Vorne saßen zwei weitere, und alle trugen sie Bärte, die mit den Koteletten zusammengewachsen waren. Ein Umstand, der Toto, der so gern selbst einen Bart gehabt hätte, noch mehr einschüchterte. Alle hielten Bierdosen in den Händen, sogar der Fahrer.

»Ich möchte bitte nach Grado zur Basilica Santa Eufemia.« Toto versuchte besonders höflich zu sein.

»Wartet dort deine Braut auf dich?«

Der Mann neben ihm lachte so laut, dass Totos Ohren zu klingeln begannen. Glaubten die, er wäre ohne Anzug zu seiner Hochzeit unterwegs?

»Nein. Ich muss zu meinem Priester«, erklärte er.

»Dann bringen wir dich dorthin.«

Wieder wummerte der Bass so laut, dass Toto die Musik gar nicht hören konnte. Es roch nach Bier und ein bisschen nach Schweiß und nach alten Socken.

Als sie über den Damm nach Grado fuhren und nicht unmittelbar, wie von Toto erwartet, nach rechts zum Alten Hafen abbogen, sondern die Straße neben dem Kanal nahmen, wollte Toto den Männern den richtigen Weg zeigen, aber sie hörten ihm nicht zu. Also legte er seine Hände auf die Oberschenkel und wartete. Vielleicht kannte der Fahrer ja eine Abkürzung.

Endlich wurde das Gedröhne abgestellt, und Toto beugte sich nach vorn. Inzwischen waren sie eindeutig falsch. Aber bevor er etwas sagen konnte, wurde er selbst gefragt.

»Du bist doch Toto? Toto Merluzzi?«

»Ja.« Er wunderte sich, woher ihn der Mann kannte.

In dem Moment blieb der Wagen stehen. Seine Tür wurde geöffnet, und der Fahrer half ihm heraus. Er hielt seinen Arm auch dann noch, als Toto längst neben dem Auto stand.

»Komm, wir machen einen kleinen Abstecher zu jemandem, der dich sucht.«

Toto schaute sich um und erschrak. Er stand direkt vor der Polizeistation, in der sie ihn immer und immer wieder verhört hatten.

Nichts wie weg, sonst brachten sie ihn zurück ins Krankenhaus, und die Ärzte schauten doch noch in seinen Kopf. Alles wäre umsonst gewesen, die ganze endlos lange Wanderung und die viele Schufterei.

Er riss sich los und wollte weglaufen, aber der Fahrer hatte Verstärkung bekommen, und aus der Umklammerung von allen dreien konnte er sich unmöglich befreien.

Ausgerechnet der Polizist mit dem Raubvogelgesicht nahm ihn in Empfang und legte ihm Handschellen an. Er schickte die Männer in einen Nebenraum, wo eine Polizistin ihre Aussage aufnehmen sollte, und führte ihn in ein Büro.

Jetzt bekam es Toto erst recht mit der Angst zu tun, aber es war auch eine gehörige Portion Wut dabei. So nah war er seinem Ziel schon gewesen, das konnte doch alles nicht wahr sein!

Und so beschloss er, kein Wort mehr zu sagen. So lange nicht, bis er mit seinem Priester gesprochen hatte.

13

Verdammt, worauf hatte sie sich da eingelassen?
Und wo war Arturo?
Der dichte Nebel schien die hereinbrechende Nacht in Watte zu hüllen. Er schränkte nicht nur die Sicht ein, er dämpfte auch jedes Geräusch. Wie eine kratzige Decke hatte er sich über die Lagune gelegt.
Ginevras Mund war staubtrocken. Nervös leckte sie sich über die Lippen, schmeckte Salz. Die schwere Luft roch nach Algen und Tamariskenhonig.
Drückende Stille rings um sie herum. Stille und Dunkelheit.
Nicht mehr als zwei oder drei Autos waren in der letzten Stunde hier vorbeigefahren. Keiner der Fahrer hatte sie beachtet, sie im spiegelnden Licht der Nebelscheinwerfer wahrscheinlich gar nicht bemerkt, und nur ein einziger einsamer Spaziergänger war ihr irgendwann entgegengekommen.
Der allerdings hatte geschaut, und wie er geschaut hatte. Kein Wunder, so wie sie herausgeputzt war.
Um ihren Kreislauf in Schwung zu halten, zwang sie ihre müden Beine ein um das andere Mal, dem kurzen Straßenverlauf rund um die Praxis zu folgen. Aber immer öfter stand sie still und harrte der Dinge, die nicht kamen.
Die Augen zu Schlitzen verengt, versuchte Ginevra, die dichte Wand um sie herum mit Blicken zu durchdringen.
Nichts.
Nur wabbelndes Grau, das im Licht einer einzelnen Laterne gelblich weiß wurde.
Es schien, als hätte sie keinen Boden unter den Füßen, ja, nicht einmal ihre Stiefeletten konnte sie ausmachen. Es sah aus, als schwebte sie in der Luft.
»Arturo«, wisperte sie und unterdrückte ein Zittern.
»Ich bin hier, mein Schatz, keine Angst. So nah bin ich, dass ich dein Herz klopfen höre.«

Erleichtert befühlte Ginevra die Stelle ihres Körpers, an der er sie verkabelt hatte. Das winzige Kästchen gab ihr eine Spur Sicherheit.

Arturo war da, bereit, ihr beizustehen, sobald die Gefahr sich näherte, bereit, den Täter dingfest zu machen. Eines wusste sie mit aller Bestimmtheit, auf ihn war Verlass.

Und dennoch hatte sie Zweifel: Konnte sie allen Ernstes annehmen, unbeschadet davonzukommen? Wie hatte sie es so weit kommen lassen können?

Sie hatte es *ihm* eingeredet. Nicht umgekehrt.

Und dafür schämte sie sich.

Sie wusste ja, dass sein widerwilliges Nachgeben nur der romantischen Stimmung zwischen ihnen zu verdanken war. Da machte sie sich nichts vor. Ging etwas schief, das war ihr klar, würde ihr Starrsinn, ihre Fixierung, nicht ein, sondern zwei Leben zerstören.

Schon jetzt konnte ihm die Aktion ein Disziplinarverfahren einbringen oder ihn, schlimmer noch, den Job kosten. Onkel Muzzi hin oder her.

Mit einem Mal war ihr klar: Es war genug. Morgen, beschloss sie, wird es keinen weiteren Versuch mehr geben. Gestern und heute, das war schon zu viel. Man darf den Irrsinn nicht ausreizen, selbst dann nicht, wenn es der eigene ist.

Und überhaupt, was für eine verrückte Idee. Jetzt wusste sie, was ein Rachegefühl bewirken konnte. Dabei gab es andere, sicherere Wege, den Täter zu schnappen.

Aber *sie* hatte ihn erkannt. War sie es den anderen dann nicht schuldig, ihn auch zu fassen?

Den Opfern. Den Toten.

»Alles okay? Wir können es sofort beenden. Nur ein Wort von dir, und ich hole dich.« Arturo hatte wirklich die Gabe, ihre Gedanken zu lesen.

»Nein, lass es uns noch eine Stunde versuchen. Dann aber ist endgültig Schluss. Ich verspreche es dir.«

»Das hast du gestern auch schon gesagt.«

»Psst.«

Gelbe Scheinwerfer durchschnitten die Nebelwand. Danach erst hörte sie das Motorengeräusch.

»Da kommt einer.«

Ihr Herz schlug, als wollte es bersten.

Ein Kleintransporter hielt neben ihr. Sie musterte den Fahrer, und die Spannung fiel von ihr ab. Erleichtert atmete sie auf.

»Entwarn…«

Dann wurde es still um sie.

Wenige Stunden zuvor war Ginevra durch den menschenleeren Parco delle Rose geschlendert. Vom nahen Strand drang das Ploppen geschlagener Tennisbälle zu ihr herüber.

Stimmengewirr. Möwengezänk. Sanft rauschten die Wellen ans Ufer.

War der Sommer zurückgekehrt? Wer spielte denn Anfang November bei hereinbrechender Dämmerung im Freien noch Tennis? Sicher ein todesmutiger Tourist, der einen der heimischen Trainer bestochen hatte.

Todesmutig? Was für ein Ausdruck. Wenn überhaupt, traf er wohl eher auf sie selbst zu.

Angst kroch in ihre Knochen, als sie an das dachte, was Arturo und sie auch für diese Nacht geplant hatten.

Sie schreckte hoch. Hinter ihr war doch jemand? Sie hörte ein Schaben, das nicht hierher zu gehören schien. Und es näherte sich.

Ginevra drehte sich um. Ruckartig.

Niemand da. Nichts.

Natürlich war da keiner. Sichtbar waren *die* nie. In jedem drittklassigen Krimi musste das naive Opfer bei hereinbrechender Dunkelheit allein durch verlassene Parkanlagen flanieren, um kameragerecht bei jedem Geräusch zusammenzuzucken. Das Klischee war so billig, dass Ginevra auflachte.

Oder lachte sie, um die Angst zu verscheuchen?

Die Möwen waren jetzt verstummt, auch das Ploppen der Bälle klang nicht mehr in ihren Ohren. Nur noch die Wellen liefen nach wie vor hörbar auf den Strand.

Ein paar Schritte weiter war die Luft vom Chlorgeruch des nahen Hallenbades erfüllt. Salzwasser im Schwimmbecken, über dessen Ränder man durch Glastrennwände das reale Meer sehen konnte? Sandbäder im Haus, nur wenige Meter getrennt vom Sandstrand? Sicher war sie zu dumm, um die Logik dahinter verstehen zu können. Ginevra kicherte, und eine einzelne Möwe lachte mit ihr.

Von der Straße her ließ sie ein lautes Hupen zusammenzucken. Kein Rascheln und Schaben mehr, dennoch klopfte ihr Herz wie verrückt. Aber nicht nur die Angst trieb es an, auch die Vorfreude, Arturo zu treffen, brachte die Pumpe auf Hochtouren.

Letzte Nacht, als sie müde beendet hatten, was ihr zunehmend unheimlich geworden war, nämlich darauf zu warten, dass der Tierarzt auftauchte, um ihn endlich zu schnappen, hatte Arturo zum ersten Mal bei ihr übernachtet. Sie musste nur daran denken, und in ihrem Inneren begann es zu kribbeln. Unzertrennlich, das waren sie inzwischen, und dabei hatte sie es doch langsam angehen wollen.

Nach dem Frühstück war Arturo wie selbstverständlich zu Schrank und Kleiderstange geschlendert und hatte zusammengestellt, was er für »das perfekte Outfit für ein unsägliches Unternehmen« hielt.

»Du musst dich aufbrezeln. Wenn er dich sieht, soll er hecheln.«

»Charmant wie Onkel Muzzi. Bist du sicher, dass ihr nicht doch verwandt seid?« Ginevra hatte fröhlich gelacht, Arturo erwiderte jedoch ernst: »Er darf in der schwarzhaarigen Gestalt am Straßenrand nicht den dunkelblonden Lockenkopf Ginevra Missoni vermuten.«

Sie selbst fand die Klamotten, die sie für den ersten Versuch gewählt hatte, gar nicht unpassend, aber ganz konnte sie sich Arturos Argumenten hinsichtlich einer noch besseren Verkleidung nicht verschließen.

So kam es, dass sie jetzt mit wippendem Pony in einem engen, extrem kurzen Rock über einer schwarzen blickdichten Strumpfhose, Stiefeletten, einem weit ausgeschnittenen Langarm-Shirt und der blauen Knautschlederjacke durch die verlassene Parkanlage marschierte.

Bei der Vorstellung, dass ihr Freund durchaus Gefallen an ihrer gewagten Kleidung fand, musste sie grinsen.

Ihr Freund. Wie schön sich das anhörte.

Zuerst hatte sie es gar nicht wahrgenommen, doch mit der Dämmerung war Nebel aufgekommen. Er kroch unter Ginevras dünne Lederjacke und legte sich als feuchter Film auf Gesicht und Körper. Sie fröstelte.

Vom Park waren es nur wenige Schritte bis zum Präsidium. Arturo stand bereits auf dem Parkplatz und winkte.

»Schau mal«, er umarmte sie kurz und deutete auf das Auto, vor dessen Kühler er stand, »ich habe eine Idee, die dir das Rumstiefeln erspart. Du wirst eine Panne vortäuschen.«

Ginevra beäugte skeptisch den Wagen. »Du willst, dass ich mit diesem alten Lancia fahre? Ich habe dir doch erzählt, was passiert ist, als ich das letzte Mal hinter dem Lenkrad saß. Nein, das schaffe ich nicht.«

»Meine Schöne, damit habe ich kein Problem. Ich bin ohnehin dafür, das Ganze sofort abzublasen. Lass uns stattdessen einen wunderbaren Abend zu zweit genießen. Glaube mir, dazu fällt mir einiges ein. Du weißt, dass ich von deiner waghalsigen Idee von Anfang an entsetzt war.« Arturo zog sie an sich und küsste sie mitten auf dem Parkplatz.

»Nein.« Sie riss sich los. »Du hast mich komplett falsch verstanden. Nichts wird abgeblasen. Es läuft genauso wie gestern. Du hast gestern mitgemacht und wirst heute doch wohl nicht kneifen. Oder muss ich es allein zu Ende bringen? Arturo, mir ist es wichtig, dass wir das gemeinsam durchziehen. Also, ich flaniere in seiner Gegend auf und ab, und wenn ich dank deines erlesenen Geschmacks diesmal wie eine Prostituierte wirke, törnt ihn das vielleicht wirklich endlich an.«

In Arturos Augen konnte sie die Angst erkennen, die er um sie ausstand, und dafür liebte sie ihn.

Er zögerte immer noch.

»Arturo«, sie hakte sich bei ihm unter und strahlte ihn an, »du musst mir nur versprechen, dass du mich keine Sekunde aus den Augen verlierst.«

Immer noch wirkte er unsicher. Sanft streichelte sie seine Wange. »Was soll schon passieren?«, setzte sie nach. »Wir wissen doch, wer er ist.«

Jetzt konnte sie an seinem Gesicht ablesen, dass er sich entschieden hatte und natürlich in ihrem Sinne.

»Ginevra, wenn ich daran denke, welcher Gefahr du dich aussetzt, wird mir kotzübel. Für mich gibt es nur einen einzigen Grund, damit weiterzumachen. Sobald sich nämlich herumgesprochen hat, dass Toto Merluzzi gestern überraschend wieder aufgetaucht ist, wird der Tierarzt in der Versenkung verschwinden. Es gibt nur noch ein sehr kleines Zeitfenster, das wir nutzen können. Sobald die Nachricht raus ist, ist die Sache gelaufen.«

Ginevra nickte. Sie wusste, welches Risiko sie einging. Und ehrlich, wie sie nun einmal war, musste sie sich außerdem eingestehen, dass sie grauenvolle Angst hatte.

Die aber konnte sie Arturo nicht zeigen.

Es wird schon gut gehen, beschwor sie sich ein ums andere Mal.

Der Wagen rumpelte. Ginevra wurde auf der Rückbank von einer Seite auf die andere geworfen.

Jetzt war sie der Stein im Bauch des Wolfes.

Sie verlor abermals die Besinnung.

14

Maddalena biss die Zähne zusammen.
Ihr ganzer Körper, vom Kopf bis zu den Zehenspitzen, tat weh. Die Tabletten halfen nur wenig, es fühlte sich an, als würden sie gerade eben so, jedenfalls viel zu zaghaft über den Schmerz hinwegwischen.
Außerdem war die Hölle los.
Fanetti hatte sich zum ungesteuerten Flugobjekt entwickelt, Toto Merluzzi war aus der Versenkung aufgetaucht, und zu allem Überfluss spielte ihre Mutter verrückt.
In Maddalenas Abwesenheit hatte sie die Villa, in die sie als Gast eingezogen war, geradezu okkupiert. Schlimmer noch, sie betrachtete sie offensichtlich als ihr Eigentum, in dem sie schalten und walten konnte, wie es ihr gefiel. So war sie in ihrem Alter noch zur Hausbesetzerin mutiert.
Zu einer ersten heftigen Auseinandersetzung war es gekommen, als Maddalena gestern bei der Heimkehr Fulvio und Scaramuzza in ihrer Küche sitzend angetroffen hatte. Von Schmerz und Müdigkeit gezeichnet, hatte sie darum gebeten, allein gelassen zu werden, woraufhin die beiden Männer sich, den armen Zoli mitnehmend, murrend verdrückten.
»Maddy, du bist blass wie ein Leintuch und hast das Krankenhaus viel zu früh verlassen, aber beides darf kein Grund sein, unsere Gäste schlecht zu behandeln.«
»*Unsere* Gäste?« Maddalena hatte sich schwer auf einen der Küchenstühle gesetzt – kurz war Ekel in ihr aufgestiegen, weil er vom Hintern eines der Männer noch angewärmt war – und ihre Mutter gebeten, ebenfalls Platz zu nehmen.
Sie zählte in Gedanken bis zwanzig und versuchte, die lodernde Wut, die in ihr brannte, unter Kontrolle zu bekommen.
»Was ist mit dir?« Ihre Mutter sah sie forschend an.
»Mama, in unzähligen Telefonaten habe ich dir mein Leben geschildert, dir erzählt, wie es mir geht, wie mich die Arbeit

belastet, wer in meinem Job zu mir hält und wer nicht, und ohne, dass ich mich darüber beklagt habe, muss dir klar gewesen sein, dass speziell der Commandante mir das Leben zur Hölle macht.« Sie sah ihrer Mutter in die Augen und wunderte sich, wie ruhig ihre Stimme klang. »Und du holst, ohne groß nachzudenken, meinen Feind in mein Haus? Schlimmer noch, du verbündest dich ausgerechnet mit dem Mann, der deine Tochter mobbt, der in seiner bodenlosen Borniertheit und Arroganz sehr viel dazu beiträgt, dass ich meiner Arbeit nur unter erschwerten Bedingungen nachgehen kann?«

»Mein Gott, Maddy, übertreib doch nicht so.«

»Nein Mama, ich übertreibe nicht. Ganz im Gegenteil. Glaubst du, ich verlasse die Klinik gegen den Rat der Ärzte aus einer Augenblickslaune heraus? Das tue ich nicht. Ich versuche, von hier aus alles wieder in den Griff zu bekommen, aus einem Krankenzimmer in Triest ist das so gut wie unmöglich. Aber was muss ich sehen? Dass sich Menschen hier breitgemacht haben, die mir nicht wohlgesinnt sind, an deren Loyalität ich zumindest zweifle.«

Sie streckte sich, versuchte vergeblich, die Muskeln ihres geschundenen Körpers durch eine andere Sitzposition zu entlasten. Die steife Halskrause hatte bereits ihr Kinn wund gewetzt, und unter dem Gips juckte die Haut ihres Unterarms höllisch.

Ihre Mutter schien sich in einen steinernen Gast verwandelt zu haben, jedenfalls hatte es ihr die Sprache verschlagen. Gut so, das war Maddalena nur recht, auf eine Diskussion konnte sie im Moment verzichten. Sie fühlte sich schwach, nach der strapaziösen Autofahrt überlagerte eine alles beherrschende Müdigkeit jede andere ihrer Empfindungen.

Sie hatte ihrer Mutter einen letzten Blick zugeworfen und ein halb versöhnliches »Mama, ich gehe schlafen, mir ist nicht so gut« herausgepresst.

Eine Antwort blieb aus.

Katzenwäsche. Zähneputzen. Mehr war nicht drin. Den Blick in den Spiegel vermied sie, ließ ihn lieber über das kleine Regal über der Badewanne wandern.

Keine gute Idee.
Ein Herrenshampoo und ein Aftershave, das sie nicht kannte, irritierte sie trotz ihrer Müdigkeit. Sie schnupperte.
Scaramuzza!
War ihre Mutter völlig verrückt geworden?
Sie hatte überlegt, noch einmal in die Küche zu wanken, dann jedoch entschieden, dass es für heute genug war.
Maddalena wusste nicht mehr, wie sie die wenigen Handgriffe, die sie vor dem Zubettgehen verrichten musste, gemeistert hatte, sie konnte sich nicht daran erinnern, den Kopf auf das Kissen gelegt und sich zugedeckt zu haben, sie musste sofort eingeschlafen sein.
Und geschlafen hatte sie, tief und fest. Bis weit in den nächsten Tag hinein.
Als sie wach geworden war, schien bereits eine kräftige Nachmittagssonne in ihr Schlafzimmer. Auf dem Tischchen neben dem Bett standen ein Teller mit Käsebroten und eine Schüssel mit kalt gewordener Suppe.
Hühnerbrühe. Pfui Teufel.
Aber ja, doch, irgendetwas zum Essen konnte sie durchaus vertragen.
Und Kaffee, unbedingt einige Tassen Kaffee.
Sie hatte sich vorsichtig aufgerichtet und auszuloten versucht, wie geschwächt ihr Körper noch war.
Himmel, war ihr übel, sie musste ins Bad, und zwar sofort.
Vor dem Spiegel über dem Waschbecken war es ihr diesmal gelungen, sich zu mustern. Beim Schönheitswettbewerb der Freaks wäre ihr die Teilnahme immer noch sicher gewesen, ob es allerdings für einen der ersten Plätze gereicht hätte, war zweifelhaft.
Na immerhin, wir nehmen auch kleine Fortschritte dankend an, hatte sie gedacht und sich alles in allem gar nicht so schlecht gefühlt.
Noch ein Stückchen besser ging es ihr, nachdem sie Scaramuzzas Shampoo und Aftershave im Abfallkorb in der Küche entsorgt hatte.

Ihre Mutter schien das Haus verlassen zu haben, auch das war Maddalena nur recht gewesen. Sie hatte Kaffee aufgesetzt und die vorbereiteten Brote mit Mozzarella und Pesto Genovese gegessen, dann klemmte sie sich an ihr Handy.

Zuerst Franjo.

Als er abnahm, klang seine Stimme reserviert. »Maddalena, du hast die Klinik verlassen, ohne mir ein Sterbenswörtchen davon zu verraten. Und, verdammt noch mal, warum bist du nicht erreichbar?«

»Liebster, sprich nicht vom Sterben. Gestern ging alles so schnell, und jetzt hören wir uns doch. Glaub mir, hier geht es mir besser. Auch wenn ...« Sie unterbrach sich. »Egal. Wann sehen wir uns?«

Franjo schimpfte ein wenig, aber Maddalena kannte ihn gut genug, um zu wissen, dass einzig die Sorge um sie seine Laune verdunkelte. Als sie ihm dann doch noch von der Auseinandersetzung mit ihrer Mutter und von ihrem Fund im Badezimmer berichtete und er die Wut in ihrer Stimme hörte, lachte der herzlose Kerl sogar, und die Wogen seines Unmuts legten sich endgültig.

Das nächste Telefonat hatte sie weitaus mehr Kraft gekostet. Sie rief im Präsidium an, wollte mit Zoli oder Fanetti sprechen, wurde aber ausgerechnet mit Lippi verbunden. Der stotterte eine Zeit lang herum, und es dauerte eine Weile, bis sie aus ihm herausbekam, dass er weder wusste, wo Fanetti und Zoli sich gerade aufhielten, noch wann sie wieder zurückerwartet wurden.

Wofür gibt es Dienstpläne, fragte sie sich, wozu die Order, dass sich die Kollegen im Außendienst regelmäßig zu melden haben?

»Und Toto Merluzzi? Habt ihr ihn endlich gefunden?« Ihre Stimme hatte einen schneidenden Unterton gehabt.

»Ja, wissen Sie das denn nicht? Der Dummkopf sitzt seit gestern hier bei uns in einer der Zellen und weigert sich, den Mund aufzumachen. Er will unbedingt mit seinem Pfarrer sprechen, und zwar nur mit ihm.«

Maddalena hatte tief durchgeatmet, um Lippi nicht durchs Telefon zu erwürgen, und überlegt, diesem Wunsch zu entsprechen. Was konnten sie dabei schon verlieren? Aber das hatte Zeit. Als Erstes musste sie mit ihren anderen Kollegen sprechen und herausfinden, was hier noch alles im Argen lag.

Seither versuchte sie in einem fort, die beiden zu erreichen, kam aber immer nur auf die jeweilige Mailbox. Übellaunig bat sie sowohl Zoli als auch Fanetti um sofortigen Rückruf, doch der Einzige, der sich zurückmeldete, war ihr elender Kopfschmerz.

Wieder einmal verfluchte Maddalena ihren Gips und die Halskrause. Beides schränkte ihren Bewegungsradius erheblich ein. Jeder Schritt wurde so zu einer kleinen Belastung. Dennoch ging sie in ihrer Villa langsam von einem Zimmer zum anderen. Sie brauchte Bewegung, sonst machte ihr Kreislauf schlapp. Der Blick aus einem der Fenster zeigte ihr, dass die Dämmerung bereits eingesetzt hatte. Vom Meer her kam Nebel auf, der sich wie eine helle Woge über die Diga zu legen schien.

Sollte sie ihre Mutter anrufen? Hatte sie gestern überreagiert? Zweimal nein, sagte sich Maddalena und verbot sich, darüber überhaupt nachzudenken.

Als es an ihrer Haustür klingelte, war es schon kurz nach neun Uhr abends. Ein schwer atmender Zoli stand vor ihr und sah sie mit einem Blick an, der sie an einen um Vergebung bittenden Dackel erinnerte.

»Kommen Sie herein und nehmen Sie Platz. Wie kann es sein, dass Sie nicht für mich zu erreichen sind?« Maddalena war nicht in der Stimmung, ihn freundlich zu begrüßen, dabei sah sie deutlich, dass es dem armen Kerl gar nicht gut ging. Sein Gesicht war bleich wie die sprichwörtliche Wand, und als er sich mit der Hand über die Stirn fuhr, bemerkte sie, dass seine Finger zitterten.

»Chefin, ich habe ordentlich Mist gebaut.« Zoli musste sich mehrmals räuspern, ehe er fortfuhr. »Ich habe Ihnen ja von den Freiheiten, die sich Fanetti herausgenommen hat, berichtet und auch davon, dass er gemeinsam mit der Missoni Ermittlungen anstellt. Jetzt aber ist er noch einen Schritt weitergegangen, und ich Idiot sollte ihn decken beziehungsweise ... ich habe ihn gedeckt.«

Maddalena lief ein eisiger Schauer über den Rücken. »Wollen Sie damit andeuten«, herrschte sie ihn an, »dass Sie Fanettis Wahnsinn auch noch unterstützt haben? Seit wann geht das denn so?«

Zoli zog am Zeigefinger seiner rechten Hand, als wollte er ihn ausreißen. »Seit gestern Abend«, sagte er leise. »Kurz nachdem ich Ihr Haus verlassen hatte, bekam ich einen Anruf. Arturo war dran und erzählte mir, dass die Missoni und er auf eine heiße Spur gestoßen wären und dass er entschlossen sei, dieser Spur nachzugehen. Er sagte, er habe alles im Griff, wolle aber nicht ohne Sicherheitsnetz agieren. Von mir verlangte er, in den kommenden Nächten bis auf Widerruf erreichbar zu sein, nahm mir aber gleichzeitig das Versprechen ab, mit niemandem darüber zu sprechen.«

»Und darauf haben Sie sich eingelassen?« Sie schrie jetzt fast. »Zoli, es muss Ihnen doch klar gewesen sein, dass so ein Vorgehen kompletter Wahnsinn ist. Ein unerfahrener Beamter macht sich mit einer jungen Person ...«, sie stockte, als ihr die ganze Ungeheuerlichkeit des Unterfangens bewusst wurde, »nein, mit einem ehemaligen Opfer«, fuhr sie fort, »auf die Suche nach einem Vergewaltiger, der auch vor Mord nicht zurückschreckt.«

Die bläuliche Ader auf Zolis Stirn zuckte wie wild, und Maddalena versuchte, sich zu beruhigen. Was hatte sie schließlich davon, wenn ihren Mitarbeiter hier und jetzt der Schlag traf.

»Hat Fanetti Ihnen wenigstens verraten, hinter wem er her ist?«

»Nein, ich habe ihn mehrmals danach gefragt, aber er gab sich zugeknöpft. Scaramuzza hat uns weiter in Richtung Merluzzi ermitteln lassen, Fanetti aber gleichzeitig erlaubt, einer anderen Spur zu folgen, und nur Lippi eingeweiht.«

»Das heißt, er ließ den Narren eine Art inoffizielle Parallelermittlung führen?«
»Sieht ... sieht so aus«, stammelte Zoli.
»Nun gut.« Maddalena richtete sich entschlossen auf. »Sie rufen Fanetti jetzt sofort an, sagen ihm, ich will ihn umgehend sehen und er soll die Missoni mitbringen. Drohen Sie, wenn notwendig, mit Konsequenzen.«
Sie sah ihn zögern und blaffte ein zorniges »Augenblicklich!« hinterher.
Zolis Stimme war kaum zu hören. »Chefin, wir haben vereinbart, dass nur er mich kontaktieren kann. Deshalb drücke ich jeden anderen eingehenden Anruf sofort weg. Sein Handy und das der Missoni sind ausgeschaltet. Fanetti will nicht gestört werden. Auf gar keinen Fall.«
Sie starrte ihn ungläubig an. »Seid ihr in meiner Abwesenheit denn alle verrückt geworden? Wenn sich der Kerl nicht innerhalb einer Stunde meldet«, sie warf einen Blick auf die Uhr, »lasse ich ihn zur Fahndung ausschreiben. Auf jeden Fall sollen sich unsere Kollegen in Bereitschaft halten.«
Zoli führte einige Telefonate mit Maddalenas Handy, danach saßen sie sich schweigend gegenüber.
Immer wieder schüttelte Maddalena den Kopf. Sie machte sich Vorwürfe, fragte sich, wie es in ihrer Abteilung so weit hatte kommen können, dass jeder einfach tat, wonach ihm gerade der Sinn stand. Ihre kurze Abwesenheit allein konnte wohl kaum als Grund herhalten.
Zoli schien sich ganz in sich zurückgezogen zu haben. Klein und schmächtig wirkte er, so wie er ihr gegenübersaß. Als sein Handy zu läuten begann, fuhren sie beide hoch und sahen sich erschrocken an.
»Fanetti«, sagte er tonlos und hielt ihr das aufleuchtende Display entgegen.
»Schalten Sie auf laut. Machen Sie schon.«
Sie hörten ein Rauschen und gleich darauf Fanettis gepresste Stimme. »Zoli. Bitte helfen Sie mir. Der Kerl hat sich Ginevra geschnappt.«

Maddalena nahm ihrem Kollegen das Telefon aus der Hand. »Degrassi hier«, sagte sie ruhig. »Sie meinen, die Missoni wurde entführt?«

»Ja, es ging so verdammt schnell.«

»Was haben Sie bisher veranlasst? In kurzen Worten.«

»Nichts. Ich bin ganz in der Nähe der Praxis in Fiumicello.« Er stockte und schrie dann beinahe: »Der Tierarzt ist unser Täter, bitte schicken Sie ein Einsatzkommando! Die Kollegen sollen sofort aufschließen.«

Zoli war bereits an Maddalenas Handy und informierte Beltrame.

»Unterbrechen Sie die Verbindung auf keinen Fall. Schalten Sie Ihr Handy auf laut, sodass Sie uns hören können, auch wenn Sie das Telefon aus der Hand legen«, wies Maddalena ihn an und bemerkte, dass Zoli wieder damit begonnen hatte, seine Finger zu kneten. »Und jetzt fassen Sie kurz zusammen, was passiert ist.«

»Fehler. Ich habe einen schweren Fehler gemacht.« Fanettis Stimme klang heiser.

»Das besprechen wir später. Ich brauche Fakten.« Maddalena spürte förmlich, wie ihnen die Zeit davonlief.

»Wir sind uns sicher, dass ausgerechnet der Tierarzt, den Paola Faccinetti in ihrer Not gebeten hat, uns zu verständigen, der Gesuchte ist. Wir waren bei ihm, eigentlich durch Zufall, und Ginevra hat ihn so gut wie erkannt.«

Maddalena fragte sich still, was »so gut wie« in diesem Zusammenhang zu bedeuten hatte. Ehe sie weitere Fragen stellen konnte, hörten sie, wie der Motor von Fanettis Wagen erstarb.

»Ich bin jetzt vor Ort.« Man hörte seiner Stimme die Anspannung an. »Das Haus ist stockdunkel. Kein Licht, weder in der Praxis noch in der Wohnung, die eine Etage darüberliegt.«

»Warten Sie, bis die Kollegen bei Ihnen sind. Keine weiteren Extratouren!«

Maddalena spürte, wie neue Energie ihren Körper belebte. Der Kopfschmerz hatte sich verflüchtigt. Angespannt warteten sie.

»Sie sind da«, teilte Fanetti ihnen nach kurzer Zeit erleichtert mit, »das ging aber verdammt schnell.«
Jetzt hörten sie im Hintergrund Stimmengewirr.
»Wir gehen rein.« Das war unverkennbar der Bass von Lippi.
Der Wohnraum, in dem Maddalena und Zoli sich aufhielten, war mit einem Mal erfüllt von Geräuschen, die durch das Telefon drangen.
Erst hörten sie lautes Klopfen. Dann Sturmgeläut.
»Polizei. Öffnen Sie die Tür! Sofort!«
Ein leiser Ton, der sich anhörte wie das Knarren einer sich öffnenden Tür, dann eine verschlafene Stimme: »Was ist los? Geht es um einen Notfall? Wo ist das Tier?«
Wieder hörten sie Lippi. »Wir haben Informationen, dass sich eine Person in Ihrer Gewalt befindet. Treten Sie zur Seite, Sie sind vorläufig festgenommen.«
Eine weitere Männerstimme rief: »Was soll das Ganze?«, und fügte dann ruhiger hinzu: »Reg dich bitte nicht auf. Es wird sich alles klären.«
Zoli und Maddalena wechselten einen überraschten Blick.
Wieder erfüllten undefinierbare Geräusche, Stimmengewirr und Rufe den Raum.
»Jetzt sind sie drinnen und durchkämmen die Wohnung.« Zoli rieb sich erwartungsvoll die Hände.
Maddalena schlug sich ungeduldig mit der gesunden Hand auf den Oberschenkel.
»Fanetti, wie ist die Lage?«
»Der Doktor gibt an, den ganzen Abend mit seinem Lebensgefährten Zukunftspläne geschmiedet zu haben. Sie wollen demnächst nach Rom ziehen. Der Freund bestätigt das, und verdammt noch mal«, sie hörten Fanetti aufstöhnen, »es klingt überzeugend. Mein Gott, wir sind einem kolossalen Irrtum aufgesessen.«
Er schien sich etwas von dem Trubel zu entfernen und räusperte sich. »Wir, also Ginevra und ich, wir waren uns absolut sicher, dass der Täter niemand anderer als der örtliche Tier-

arzt sein kann. Caravaggio hat Narkosemittel in seinem Medikamentenschrank, und er liebt Lutschtabletten mit Pfefferminzgeschmack. An den Geruch von Minze haben sich Paola Faccinetti und Ginevra erinnert. Der Täter muss sie verspeisen wie andere Leute Brot. Und in seiner Nähe ging es Ginevra schlecht. Sie war ganz außer sich.«

In Maddalenas Kopf drehte sich alles. Mit einem Mal war ihr schwindlig, die Wände des Raumes schienen immer näher zu rücken. Auch der Schmerz begann wieder zu pochen.

»Ich hätte Ginevra davon abbringen müssen. Ich weiß, es wäre meine Pflicht gewesen. Aber es schien alles so schlüssig zu sein. Verdammt, wo ist sie?« Fanetti Stimme brach. Zum ersten Mal war es um seine souveräne Haltung geschehen. »Wir hatten es gestern Abend schon einmal versucht, aber schließlich die Zelte abgebrochen und sind zu ihr nach Hause gefahren.«

So genau, dachte Maddalena, will ich das gar nicht wissen.

»Heute«, fuhr er fort, »haben wir die Sache noch ausgebaut, verfeinert. Ich meine, was Ginevras Kleidung betrifft. Und jetzt ist sie in seiner Gewalt. Es war eigenartig. Sie murmelte etwas von einem sich nähernden Fahrzeug, gab dann aber Entwarnung. Im nächsten Moment war sie weg. Obwohl ich sofort in den Wagen gesprungen bin, konnte ich das andere Auto nirgends ausmachen. Es war wie vom Erdboden verschluckt. Die Verkabelung muss er ihr heruntergerissen haben, denn ich konnte keinen Kontakt mehr herstellen und habe auch nichts auf dem Boden gefunden. Was, um Himmels willen, soll ich jetzt bloß tun?«

»Erst mal gar nichts. Wir treffen uns bei mir zu Hause. Lippi soll am Tatort die Anrainer befragen, vielleicht hat einer etwas gesehen.«

Schweigen hatte sich im Raum ausgebreitet. Nur das Ticken der Standuhr durchbrach die Stille.

15

Schmerzen.

Ginevra wusste intuitiv, dass sie operiert worden war. Wahrscheinlich am Arm, denn der brannte höllisch. Die Narkose schien nachzulassen, und es tat weh.

Sie driftete weg.

Als sie die Augen wieder aufschlug, beugte sich das Gesicht eines Arztes über sie. Der Arm tat immer noch weh, mehr sogar als zuvor, warum also grinste der Weißkittel so?

Ob Arturo sie bald besuchen kam?

Mein Gott, war sie müde.

Wieder sackte sie weg.

Pfefferminze, wie sie diesen Geruch hasste.

Diesmal riss sie die Augen auf.

Nein, sie war in keinem Krankenhauszimmer, sie lag nicht einmal in einem Bett.

Sie hockte gekrümmt an einer Wand.

Ihr Blick schweifte durch den Raum. Und dann kam die Angst. Sie kam aus dem Hinterhalt, überfiel sie mitten in ihrer Mattigkeit.

Mit einem Mal war Ginevra hellwach.

Irgendetwas hielt ihren Arm. Wie eine eiserne Klammer hinderte es sie daran, ihn zu bewegen.

Jemand war hier.

Sie schloss die Augen, wagte sie nicht mehr zu öffnen.

»Schlampe.«

Ein einziges gezischtes Wort.

Und damit war sie zurück auf der Wiese. Im Regen, im Blitzgeleuchte, im Donnergrollen.

Zurück im Grauen.

Ihr Atem ging stoßweise, ihr Herz schlug so laut wie der Klöppel einer Glocke gegen Metall, und ihre Blase entleerte sich.

Warme Feuchtigkeit sickerte an ihr herab, sie spürte nassklebrige Baumwolle auf ihrer Haut.

Ein kaum merkliches Blinzeln, der Schlag ihrer Wimpern.

»Schlampe.«

Wieder nur ein einziges Wort, ein Hauch Atemluft. Pfefferminze. Wasserminze. Waldminze. Rossminze. Bachminze. Menta. Menthol. Kaugummi. Pastillen. Hustenbonbons.

Sie zwang sich, die Augen zu öffnen, und starrte in ein fahles gelbliches Gesicht. Die Brauen waren buschig und in der Mitte zusammengewachsen. Der rosafarbene fleischige Mund schien gewölbt, die Nase plump, der Adamsapfel hervorspringend, als wäre er zum Angriff bereit. Ein Lächeln zog die Lippen zu den Wangenknochen, die gespannte Haut warf bläuliche Bartschatten.

Ginevra hatte noch nie in so böse Augen gesehen.

»Na, aufgewacht? Nach hundertjährigem Schlaf? Von der Spindel nicht zu Tode gestochen? Von den Dornen das hübsche Gesicht nicht zerkratzt?«

Sie sah ihn, hörte ihn, roch ihn.

Der Mann war ihr gänzlich unbekannt.

Wie hatten Arturo und sie sich so täuschen können?

Dann begriff sie.

Der Mann zeigte sich ihr ohne Verkleidung, ohne Maske.

Sie würde ihn wiedererkennen und wusste, was das bedeutete.

Er wollte sie töten.

Von der Decke baumelten zwei Glühbirnen und spendeten spärliches Licht. »Russische Beleuchtung«, hatte Onkel Giuseppe das immer genannt.

Schräg hinter dem hageren Körper des Mannes stand ein einzelner Stuhl aus Holz und in der Mitte des Raumes ein einfacher Tisch. Zwei Rollkästen und ein emailliertes Waschbecken vervollständigten die spartanische Einrichtung.

Und dann war da noch der Ring, an dem ihr Arm hing. Der Schmerz in der Schulter war kaum zu ertragen.

Wie lange konnte sie das aushalten?
Sie würde das hier nicht überleben.
Sie würde sterben.
Nein.
Verdammt, wo war sie? Wer war der Mann?
»Bitte …« Ihre Stimme war nicht mehr als ein Wimmern.
Der Schlag kam schnell und fest. Seine Hand brannte auf ihrer Wange.
»Still.«
Ginevra schluckte salzige Tränen.
Sie musste einen Plan schmieden.
Denken. Überlegen. Zeit schinden, bis Rettung kam. Ihn überlisten.
Sie durfte nicht aufgeben. Musste dem Schrecken hier entkommen. Doch wie sollte sie das anstellen, wenn niemand wusste, wo sie war?
Sie war der Lockvogel gewesen. Er der Jäger. Und Arturo – der Angler – hatte seinen Köder verloren.
In diesem Moment hasste sie ihren Geliebten aus tiefster Seele.
Mit Inbrunst.
Wie hatte er das zulassen können?
Warum hatte er sie nicht beschützt? Warum nicht verhindert, dass der Mann sie mitnahm?
Wo war Arturo?
Sie waren sich so sicher gewesen. Arturo und Ginevra, die Unbesiegbaren. Eingehüllt in den Schutzmantel ihrer Liebe, berauscht von der Leidenschaft.
Alles, jedes kleine Detail hatte gegen den Tierarzt gesprochen. Dabei hatten sie die Situation offenbar völlig missverstanden, sämtliche Zeichen falsch gedeutet, die Gefährlichkeit der Aktion komplett unterschätzt.
Sie hatten sich kolossal geirrt. Es war Irrsinn gewesen, sich darauf einzulassen, Irrsinn, die Umsetzung allein zu planen, ohne die Unterstützung von Arturos Kollegen.
Und nun musste sie dafür bezahlen.

Sie hatte Entwarnung gemeldet, als nicht der Tierarzt, sondern ein Wildfremder am Steuer gesessen hatte. Der Mann musste die Tür bereits im Anhalten geöffnet, sie blitzschnell betäubt und im Schutze des Nebels in seinen Wagen gezerrt haben.

Ginevra begann zu zittern. Die Angst schüttelte sie.

Die Muskeln in ihrem Arm brannten. Schmerz tobte durch ihren Körper.

»Bitte«, wiederholte sie. Ein Krächzen.

Er näherte sich. Nestelte an ihren Gelenken. Die Spannung wich, und Ginevra sackte zusammen.

»Danke.« Ein Hauch.

»Wir beide haben noch einiges vor.«

Ein Schnüffeln, ein Schnauben. Speicheltropfen aus Wasserminze.

»Du hast dich nass gemacht.«

Sie wurde hoch- und die klamme Strumpfhose von ihren Beinen gerissen. Ein kratziges Handtuch landete auf ihrer nackten Haut.

»Wasch dich. Mach dich sauber. Gleich gibt es einen Mitternachtstrunk. Und danach wirst du dir einen Schönheitsschlaf gönnen. Ich brauche ein hübsch ausgeruhtes Mädchen.«

Nein, formten ihre Gedanken lautlosen Widerstand.

Er wollte sie wieder betäuben.

Sie würde nichts trinken.

Sie musste wach bleiben. Sie durfte die Kontrolle nicht verlieren.

Dumm. Sie war so verdammt dumm. Die Kontrolle hatte sie längst schon verloren, schlimmer noch, sie hatte sie nie gehabt.

»Trink.«

Er stützte ihren Hinterkopf mit seiner Handfläche. Die scharfe Kante eines Bechers schnitt in ihre Unterlippe.

»Trink, oder ich töte dich *jetzt*. Wage es nicht, den Mund zu schließen.«

Und Ginevra trank.

16

Ausgerechnet der Polizist mit dem Raubvogelgesicht brachte die gute Nachricht.

»Commissaria Degrassi hat nichts dagegen, dass Sie Ihren Priester aufsuchen.«

In seinem Kopf konnte Toto die melodische Stimme der Kommissarin hören. Er lächelte.

»Signora Beltrame«, der Raubvogel zeigte auf eine mittelgroße, stämmig wirkende Frau in Uniform, die mit ihm die Zelle betreten hatte, »und ich werden Sie zur Basilica begleiten.«

Nein, so ging das nicht.

Eben noch hatte Toto sich gefreut, dass er endlich mit seinem Priester sprechen durfte, und jetzt wollten gleich zwei Polizisten dabei sein. Hatten die noch nie vom Beichtgeheimnis gehört?

Toto wand sich. Er wollte nicht undankbar erscheinen, aber niemand außer dem Priester durfte seine Beichte anhören. So schwer war das doch nicht zu verstehen? Er gab ein unmutiges Brummen von sich, das Zoli, so hieß der Raubvogelmann, erstaunt aufblicken ließ.

»Wenn Sie uns versprechen, keine Dummheiten zu machen, nehmen wir Ihnen in der Kirche die Handschellen ab.«

Nein, sie verstanden ihn nicht. Ob er nun gefesselt war oder frei, das war bei der Beichte doch egal. Er wollte nur nicht, dass jemand anderer sein Gespräch mitanhörte.

Aber was regte er sich auf? Der Pfarrer, er nannte sich »Monsignore« und Toto kannte ihn schon seit seiner Erstkommunion, wusste schließlich am besten, dass die Beichte vertraulich war.

Also schüttelte Toto nur leicht den Kopf und sagte nach einer Weile gar nicht mehr zornig: »Ich will mit dem Monsignore unter vier Augen sprechen.«

Zuerst hatte er wegen der vielen Augen im Raum sorgsam nachgezählt, und jetzt war er richtig stolz, weil er seine Gedanken in klare Worte gefasst hatte.

Die stämmige Polizistin kam ihm auch gleich zu Hilfe: »Das wird sich einrichten lassen.«

Olivia hatte früh am Morgen frische Kleidung für ihn vorbeigebracht. Gestern war sie auch schon da gewesen, das wusste er von dem Polizisten, der das Abendessen brachte. Er hätte sie gern gesehen, und Tante Antonella auch, aber das war noch verboten. Später, hatten die Polizisten gesagt, immer eins nach dem anderen.

Toto hatte geduscht, sich angezogen und gefrühstückt. Die Jeans war ihm eindeutig zu weit, sie schlackerte um seine Beine, und das hellblaue Polo spannte nicht mehr über seinem Bauch. Sogar die Schuhe schienen eine halbe Nummer gewachsen zu sein, aber in seinem Dufflecoat fühlte er sich geborgen wie eh und je. Er freute sich, weil er eindeutig dünner geworden war. Olivia und Tanta Antonella würden schauen, wenn sie ihn sahen. Er hatte es ganz ohne ihre Hilfe geschafft, gehörig abzunehmen.

Auch die Fahrt im Polizeiauto gefiel ihm. Ständig plapperte eine leise Stimme, auf die keiner zu hören schien, aus dem Funkgerät. Die Frau, die vorne neben dem Vogelmann saß, pfiff sogar ein fröhliches Lied, das Toto bekannt vorkam.

Als das Polizeiauto vor der Basilica hielt, schickte Toto einen andächtigen Blick zum heiligen Michael, seinem Anzolo, seiner persönlichen Windfahne, hoch oben auf der Spitze des Campanile.

Jetzt hatte er es beinahe geschafft.

Von den beiden Polizisten flankiert, ging er vorsichtig die paar Schritte bis zum großen Kirchentor. Er spürte die rund angeordneten Pflastersteine, die ihm so vertraut waren, unter seinen Sohlen. Es fühlte sich ganz wunderbar an.

Als sie die Kirche betraten, musste er einen Moment stehen bleiben.

Lieber noch als alles andere hier mochte er die Mosaike,

vor allem die mit den blauen, schäumenden Wellen des Meeres vorne im Altarraum, und die mächtigen Säulen an beiden Seiten. Außerdem roch es in seiner Kirche bei Weitem besser als in allen anderen Kirchen, die er kannte. Zufrieden atmete Toto den Duft von Weihrauch und Kerzenwachs ein.

Vor Jahren hatte er einmal Münzen aus dem Taufbecken im Baptisterium gefischt und davon Eis für sich und seine Cousinen gekauft. Am Sonntag darauf hatte er es gebeichtet und musste viele Gebete lang kniend Abbitte leisten, aber immer wenn er daran dachte, hatte Toto kein schlechtes Gewissen, sondern den Geschmack von Erdbeere und Vanille im Mund.

Zoli, der Vogelmann, und er bekreuzigten sich andächtig mit geweihtem Wasser, die Frau jedoch, obwohl sie sonst freundlich war, tat nichts dergleichen. Sie faltete nicht mal die Hände. Tante Antonella hatte früher häufig gesagt, dass jeder tun könne, was er wolle, aber Toto fand dieses Verhalten in einem Gotteshaus nicht richtig.

Zielstrebig marschierte er nun mit den beiden Polizeibeamten die rechte Kircheninnenseite entlang. Hinter einer Tür mündete ein Flur in einen kleinen Raum. Dort erwartete sie der Monsignore. Er war ein hochgewachsener Mann mit dichtem weißen Haar. Die Leute hier in Grado, das wusste Toto, sprachen voller Hochachtung von ihm. Auch in den umliegenden Dörfern genoss er großes Ansehen. Er lachte viel und erzählte gern Witze.

»Buongiorno«, grüßte der Monsignore und bedeutete ihnen, näher zu treten, aber Toto schüttelte heftig den Kopf.

»Nein. Nur ich. Die anderen können später beichten. Sie sollen draußen warten.«

»Bitte nehmen Sie doch im Kirchenschiff Platz. Ich hole Sie dann, wenn wir fertig sind.« Der Monsignore nickte den Polizisten freundlich zu.

Anscheinend hatten sie nichts dagegen, denn sie murrten nicht, aber Toto beschäftigte im Moment etwas anderes. Das war nämlich eben ein seltsamer Ausdruck gewesen.

Kirchenschiff.

Er stellte sich vor, wie sich die beiden Polizisten auf die

schmalen Holzbänke setzten und mit kräftigen Bewegungen ihre Ruder in die Wellen stießen. Vielleicht war die Basilica in früheren Zeiten zur See gefahren? Das könnte hinkommen, überlegte Toto. War nicht der Fischerchor, der in Erinnerung an die Seefahrer jeden Sonntag seine zu Herzen gehenden Lieder zum Besten gab, ein Beweis? Und sogleich stimmten die Alten in seinem Kopf das »Madonnina del mare« an.

Als er aufsah, waren er und der Monsignore allein.

»Toto Merluzzi, ich freue mich, dass du den Weg in den Schoß der Kirche gefunden hast.« Der Priester forderte Toto mit einer Handbewegung auf, Platz zu nehmen.

»Ich wollte viel früher hier sein. Die ganze Zeit habe ich an die Kathedrale, an den Anzolo, die Mosaike und an Sie, Monsignore, gedacht, aber im Krankenhaus wurde mir nicht erlaubt, auf Besuch zu kommen.«

Toto schlug die Hände vor sein Gesicht. Er schämte sich und wusste nicht, wofür.

»Jetzt bist du da. Nur das zählt.«

»Die Ärzte im Krankenhaus ...« Toto verstummte, es fiel ihm gar nicht so leicht, sich dem Priester anzuvertrauen, dem er sonst uneingeschränkt alles beichtete. Er setzte neu an: »In meinen Kopf wollten sie hineinschauen, wegen der Blitze, und dazu ein Loch in den Schädel bohren. Deshalb bin ich weggegangen, obwohl ich es gar nicht geplant hatte.«

Er begann unkontrolliert zu zittern.

Der Priester streifte seine graue Wollweste ab. »Nimm, ich bin schon lange an die tiefen Temperaturen hier im Gotteshaus gewöhnt.«

Verlegen nahm Toto die heilige Weste entgegen und zog sie unter dem Dufflecoat an. Sofort spürte er die sich ausbreitende Wärme.

»Mein Sohn, weglaufen ist keine Lösung. Du hättest mit den Ärzten über deine Ängste sprechen müssen. Ganz sicher war es nur eine harmlose Untersuchung, und du hättest dir viel erspart. Aber nun ist es geschehen, und du bist hier. Gibt es dafür einen besonderen Grund? Hast du mir etwas zu sagen?«

Toto runzelte die Stirn. Das machte er immer, wenn er scharf nachdachte. Worum ging es noch gleich? Er wollte sein Gewissen erleichtern, ja, deshalb war er in der Kirche, über seine Taten wollte er sprechen. Wie aber sollte er anfangen, damit der Priester ihn auch wirklich verstand? Die Kommissarin mit der schönen Stimme hatte ihm Angst eingejagt, denn sie hatte ihm nicht geglaubt. Er sprach aber doch die Wahrheit.

»In meinem Kopf geht alles ein bisschen kunterbunt wie in einem Karussell«, sagte er zögernd. »Die Commissaria hat mich in meinem Krankenzimmer besucht, das war zuerst ganz in Ordnung. Aber dann hat sie immer dasselbe gefragt und mich mit ihren unheimlichen grünen Augen gemustert, hat versucht, in mich hineinzuschauen. Sie glaubte mir nicht, was ich getan habe. Doch es ist wahr. Es ist wahr.« Seine Stimme nahm an Lautstärke zu.

Der Priester räusperte sich. »Du warst schon oft bei der Beichte, Toto, und hast Gott um Vergebung gebeten. Du weißt, Gott ist gütig. Er sieht alles, er weiß alles. Er kennt die Schuld, er kennt aber auch die Unschuld.«

Schuld, Unschuld?

Wovon redete der Priester?

Seine Schuld war doch klar. Er hatte sie immer und immer wieder gestanden.

Dachte am Ende auch der Monsignore, er wäre ein Schwindler? Warum nur? Was war so falsch an ihm?

Schweiß perlte mit einem Mal auf Totos Stirn, und ein Reif umklammerte seinen Brustkorb. Wenigstens der Pfarrer musste ihm glauben. Die vielen Ängste, die lange Wanderung bei Hitze, Nebel und Kälte, die schwere Arbeit bei den zwei strengen Schwestern, all das wäre umsonst gewesen. Das durfte nicht sein.

Also tauchte Toto hinab, dorthin, wo er verborgen hielt, woran zu erinnern er sich bisher verboten hatte.

»Es gibt einen Beweis für meine Tat«, sagte er schließlich. »Ich war nicht allein in jener Nacht, als Nicola starb. Ich habe einen Zeugen.«

Als er sich den Schweiß von der Stirn wischte, bemerkte er, dass der Priester scharf die Luft einsog.

»Einen Zeugen?«

Mit einem Mal war Toto wieder im kleinen Wald hinter dem Strand in der Pineta. Sein Kopf dröhnte vom Rauschen des Regens, kaum etwas war darin deutlich zu erkennen. Immer wieder rief er nach Nicola, in seiner Stimme klang helle Panik.

Er konnte seine eigene Angst riechen.

Und den Geruch des anderen auch. Diesen säuerlichen fremden Schweiß, der ihn an ein wildes Tier im Zoo denken ließ.

Toto hatte verstanden.

Er und Nicola waren nicht allein. Es war einer hinter ihnen her. Manchmal konnte er ihn ganz deutlich hören, obwohl die Geräusche, die der andere im regenschweren Wald machte, leise und vorsichtig waren.

»Ja, Monsignore, es gibt einen Zeugen«, wiederholte er. »Ihr könnt ihn jederzeit fragen.«

Der Priester sah ihn unverwandt an, aber der milde Ausdruck auf seinem Gesicht hatte sich in etwas verwandelt, das Toto nicht benennen konnte. War es ungläubiges Staunen?

»Der Mann kann alles bestätigen, er hat mich gesehen. Das ist der Beweis für meine Tat«, setzte er nach.

»Toto«, die Stimme des Priesters klang streng, »weiß Commissaria Degrassi davon?«

»Nein. Aber Olivia habe ich es gleich zu Beginn gesagt.«

»Und?«

»Sie wollte nicht, dass ich es jemandem erzähle, weil sie meinte, wenn da einer war, dann habe nicht nur ich ihn, sondern auch er mich gesehen, und er könnte mich schwer belasten. Sie wusste ja, dass ich ein Mörder bin, und wollte mich schützen, also sollte ich schwindeln. Und dann«, er zögerte und war selbst ein wenig erstaunt, »dann habe ich das alles vergessen. Es war wie weggepustet. Die ganze Zeit. Weg aus dem Kopf.«

Der Priester hatte sich vorgebeugt und nahm Totos Hand. »Ich verstehe die Reaktion deiner Schwester nicht ganz. Denn vielleicht hatte der Fremde ja noch viel mehr Grund als du zu hoffen, dass niemand von seiner Anwesenheit in der Pineta in jener Nacht erfährt? Was ist, wenn nicht du, sondern er, der Fremde, etwas Böses getan hat?«

»Monsignore.« Toto zog das Wort in die Länge, während er krampfhaft in seiner Erinnerung wühlte, die er erst ordnen musste. Weshalb nur hatte er so lange nicht mehr daran gedacht? Er wusste es nicht. Aber seltsam, obwohl ihm jetzt so viel wieder einfiel, an die Tat selbst konnte er sich nicht erinnern.

Warum, dachte er erstmals, warum hätte ich Nicola umbringen sollen? Ich hatte sie doch lieb.

Und da war noch etwas, etwas, das ihm in jener Nacht aufgefallen war und an das er jetzt nicht herankam. Sein armer Kopf brummte richtig, so sehr dachte er nach.

»Toto, spule die Zeit zurück. Strenge dich an, vielleicht fällt dir noch etwas ein.«

Der Priester hatte leicht reden. Was dachte er denn, was er hier machte? Er wollte doch selber wissen, was los war.

Also warf er seine Stirn in noch größere Falten und konzentrierte sich so wie noch nie zuvor.

Nichts.

Da war nur eine undurchdringliche Wand. Undurchdringlich und regendunkel wie der finstere Wald.

Toto sank auf die Knie und bohrte seine Fäuste in die Augen, bis er nur noch silberne Sterne auf dem Schwarz tanzen sah. »Ich«, begann er, und auf einmal war er sich sicher.

Nun wusste er wieder, dass nicht er, sondern der Fremde hinter Nicola her gewesen war.

Der andere hatte sie verfolgt. Und er, Toto, war ihr Beschützer gewesen, freilich ein elender Beschützer, einer, der kläglich versagt hatte. Weder hatte er den Mann von seinem Vorhaben abbringen können, noch hatte er ihn gestellt, um mit ihm zu kämpfen. Nichts davon war ihm gelungen. Nichts, um seine Nicola vor dem Bösen zu retten. Erstarrt vor Angst war er gewesen.

Nur gesehen hatte er ihn.

Glühende Augen unter wilden Locken.

Da war seine Angst übermächtig geworden, und er hatte Nicola im Stich gelassen. Er war durch den Regen zum Parkplatz, zu seinem Auto geeilt, so schnell sein Humpeln es ihm erlaubte. Und dort hatte er sich so sehr geniert, dass er aufs Neue in den Wald gelaufen war.

Nun war *er* dem Verfolger auf den Fersen.

Doch der allmächtige Feind war schneller gewesen, hatte seine Nicola schon gefunden.

Toto begann wieder unkontrolliert zu zittern. Sein ganzer Körper wurde von krampfartigen Zuckungen erschüttert.

»Angst. Ich hatte so große Angst, dass ich in Ohnmacht fiel, und als ich zu mir kam, war Nicola tot. Und sein nächstes Opfer, das bin ich.«

Der Priester war aufgestanden und strich Toto über das wirre Haar. »Du musst dich nicht fürchten. Hier in der Kirche bist du in Sicherheit. Die Polizisten und ich passen auf dich auf.«

»Aber«, Toto weinte jetzt laut, und seine Worte waren kaum verständlich, »er hat mich gesehen. So deutlich wie ich ihn. Der Mann mit den Locken, der große Mann aus dem Wald, er arbeitet in einer Apotheke und kann mich vergiften!«

Sein Weinen wurde von den Wänden als Echo zurückgeworfen, es war so laut, dass die beiden Polizisten in den Raum stürmten.

17

Der Nebel war immer noch da.
Dicke Schwaden woben ein pelziges Muster über der Diga. Das Meer hatte über Nacht seine Farbe verloren. Bestimmt vom trüben Grau plätscherten die Wellen ans Ufer. Und die Luft roch durchdringend nach totem Fisch.
Mit schmerzenden Gliedern schloss Maddalena die Fensterflügel.
Der verdammte Unfall zwang sie, zu Hause abzuwarten, was passierte. Auch jemanden, der geduldiger war als sie, würde dieser Zustand schier in den Wahnsinn treiben.
Alle waren mit der Suche nach der Missoni beschäftigt, der Commandante hatte noch in der Nacht weitere Polizeistationen verständigt und zusätzliche Kollegen aus der Umgebung angefordert.
Doch die junge Frau blieb verschwunden.
Nichts, kein einziger Hinweis, niemand wollte etwas gesehen oder gehört haben.
Maddalenas Handy begann zu läuten.

**

Ginevra tauchte benommen aus einem diffusen Traum auf. Unheimliche Bilderfolgen hatten sie in ihren Bann gezogen und wollten nicht von ihr ablassen.
Irgendwo zwischen Schwarz, Grau, Braun und hellem Rot war sie gefangen gewesen, unfähig aufzuwachen, unfähig, sich zu rühren.
Sie versuchte ihre verklebten Wimpern voneinander zu lösen, öffnete mühsam die Augen – und erschrak.
Das, was sie für einen verstörenden Fieberraum, einen verheerenden Nachtschreck gehalten hatte, war bittere Wirklichkeit: Halb nackt kauerte sie in schmerzender Haltung auf

dem Boden. Der rechte Arm war über ihrem Kopf mit Handschellen an einem Eisenring fixiert und tat höllisch weh. Die Finger fühlten sich taub an.

Langsam sickerte in ihr Bewusstsein, was sich zugetragen hatte. Bis auf das widerliche Gebräu, das für ihren komatösen Schlaf verantwortlich gewesen war, schien sie über lange Zeit weder Flüssigkeit noch Nahrung zu sich genommen zu haben, so ausgetrocknet und hungrig fühlte sie sich.

Welcher Tag war heute? Welche Stunde?

Wann hatte er sie entführt?

Wie lange war sie schon hier?

Sie überkreuzte die Beine und streckte vorsichtig ihren Oberkörper. Die Spannung im Arm ließ etwas nach.

Jetzt erst merkte Ginevra, dass sie den Atem angehalten hatte. Ängstlich ließ sie ihren Blick durch den Raum schweifen.

Das Wichtigste, im Moment: Sie war allein.

Aber wann kam er wieder? Und was würde sie dann erdulden müssen?

Sie verbot sich, daran zu denken.

Der Umstand, dass sie undeutlich die wenigen Möbelstücke im Raum erkennen konnte, verriet ihr, dass es irgendwo eine Lichtquelle geben musste.

Ja, knapp unter der Decke schimmerte es grau durch einen schmalen Fensterspalt. Das hieß, der Tag musste bereits angebrochen sein, aber genauso gut konnte schon wieder die Abenddämmerung eingesetzt haben. Sie hatte ihr Zeitgefühl völlig verloren.

Ginevra überlegte.

Wohin hatte er sie gebracht?

War sie in einer Wohnung? In einem Haus? War sie in Grado oder in einem der umliegenden Dörfer?

Jedenfalls war es still, kein Laut außer dem stetigen Tröpfeln des Wasserhahns drang zu ihr.

Also doch eher auf dem Land, entschied sie. Vielleicht in einer der alten Fischerhütten auf einer Laguneninsel? Aber müsste sie dann nicht so etwas wie Brandung vernehmen? Den Schrei der Möwen?

Land ja, Insel eher nein. Auch der Raum war zu groß für ein altes Fischerhaus, für eines der traditionellen Casone, und viel zu funktional eingerichtet. Er sah eher aus wie eine ehemalige Werkstatt, nein, eher noch wie ein Hobbykeller.

Neuer Schmerz schoss durch ihren gepeinigten Arm. Es gelang ihr nicht, eine erträgliche Sitzposition einzunehmen.

Sie biss die Zähne zusammen, versuchte, sich abzulenken. Was war das?

Dort, an der gegenüberliegenden Wand, waren Zeitungsberichte an die Mauer gepinnt. Die Schlagzeilen ließen ihr einen kalten Schauer über den Rücken laufen. »Autofahrerin überfallen und vergewaltigt« – »Sexualmord in der Pineta?« – »Vergewaltigungsopfer begeht Selbstmord«. Sie starrte so lange darauf, bis sich Namen und Gesichter zu den einzelnen Taten herausbildeten. Schließlich war sie sich sicher. »Ginevra M.«, damit war sie gemeint.

An der Wand hingen Berichte über vergewaltigte junge Frauen. Seine Opfer.

Und eines davon war sie.

Entsetzt hielt Ginevra wieder die Luft an, bis sie keuchend zu husten begann.

Sie schärfte ihren Blick und erkannte die Namenskürzel weiterer Personen. In den Artikeln ging es um die hübsche Violetta Capello, auch Cinzia Gandolfini aus Görz und Maria Carisi wurden erwähnt. Diese Frauen kannte Ginevra zwar nicht, aber Arturo hatte ihr von ihnen erzählt. Vorläufig geendet hatte die Reihe mit Nicola Pavese, dem tragischen Mordopfer, dieser Artikel hing ganz oben. Neben Berichten, in denen es unzweifelhaft um Camilla Benigni, das Mordopfer aus dem Kanal in der Lagune, Paola Faccinetti, die junge Witwe, und Marijke de Jong ging, die niederländische Touristin, die für den Venedig-Marathon trainierte, als der Vergewaltiger sie überfiel. All ihre Geschichten waren an der Wand verewigt.

Ein Brechreiz stieg in ihr hoch. Ginevra drehte sich so gut es ging weg. Es war schrecklich, die Schicksale all dieser Frauen zu sehen. Sie meinte, zusätzlich zu ihrer eigenen auch deren Verzweiflung zu fühlen.

Ginevra spürte, dass Tränen ihre Wangen nässten.

Und dann hörte sie ein Geräusch.

Ein Schlüssel wurde im Schloss gedreht.

***

Maddalena sah auf das Display.

»Beltrame, was gibt es?«

»Commissaria, ein Wagen ist jeden Augenblick bei Ihnen. Er wird Sie auf die Polizeistation bringen. Eile ist geboten. Toto Merluzzi kennt den Täter. Er hat es gerade eben dem Monsignore gebeichtet und will Sie sehen. Ich weiß, es geht Ihnen noch nicht so gut, aber ich hoffe, Sie schaffen es trotzdem.«

Der Kollege, der sie wenige Augenblicke später abholte, fuhr wie der Teufel. Maddalena hatte den gegipsten Arm schützend über ihre Brust gelegt, mit der rechten Hand umklammerte sie den Haltegriff. Trotz der unruhigen Fahrt konnte es ihr nicht schnell genug gehen.

Dass Toto Merluzzi unschuldig war, stand für sie inzwischen außer Zweifel. Sie hatte von Anfang an das ungute Gefühl gehabt, dass er vielleicht nicht der Serienvergewaltiger war, auch wenn er die Taten gestanden hatte. Zu wenig präzise waren seine Angaben, zu vage die Verbindung zu den zwei Auswärtigen der vier damaligen Opfer. Und nun hatte ein anderer Ginevra Missoni entführt. Fanettis Überlegungen waren schlüssig gewesen, nur sein Verdacht war auf den Falschen gefallen.

Maddalena dachte daran, dass auch Violetta Capello ihr vom Minzatem des Vergewaltigers berichtet hatte, nur war es ihr damals nicht gelungen, diese Spur zu konkretisieren. Keines der anderen Opfer hatte etwas Ähnliches ausgesagt. Erst durch

Paola Faccinettis Beobachtung war Ginevra Missonis Erinnerung zurückgekehrt, konnte das Heute mit dem Gestern verbunden werden. Der Täter war immer noch da draußen, und er trug einen Geruch nach Minze mit sich.

Vor diesem Hintergrund hätte sie ebenfalls die falschen Schlüsse ziehen können, so viel musste sie Fanetti zugestehen. Viele Hinweise deuteten tatsächlich auf den Tierarzt als Täter: Er kannte einige, vielleicht sogar alle Opfer, liebte Pfefferminzpastillen, hielt Narkosemittel in seinem veterinären Medizinschrank vorrätig, und seine Praxis lag günstig in dem kleinen Dorf mitten in der Lagunenlandschaft.

Aber wie konnte Fanetti, dieser Narr, sich nur zu so einer verrückten Aktion hinreißen lassen?

Mit wenigen gezielten Fragen hätte der Verdacht bestätigt oder aus der Welt geräumt werden können. Wieder einmal verfluchte sie ihren Unfall. Sie hatte in den entscheidenden Momenten im Krankenhaus gelegen und so die Katastrophe nicht verhindern können.

Fanetti, der verliebte Gockel, hatte es vorgezogen zu handeln, anstatt seinem Verdacht auf die übliche Weise nachzugehen. Unentschuldbar war, dass er damit die Missoni in tödliche Gefahr gebracht hatte.

Maddalena hatte die restliche gestrige Nacht mit bohrenden Kopfschmerzen wach gelegen und war alle Details der ihr bekannten Fälle viele hunderte Male durchgegangen.

Wer war der Täter? Entzog sich jemand ihrem Blickfeld, ihrem Denkradius? Und vor allem, wohin hatte der Täter Ginevra Missoni gebracht?

Immer wieder war sie zu den offensichtlichen Dingen zurückgekehrt, die sie jedoch keinen Schritt weiterbrachten. Zu viele Berufsgruppen – Tierärzte, Apotheker, Chemielehrer, Labormitarbeiter und eventuell noch Krankenhauspersonal – hatten Zugang zu Chloroform. Alle Welt kaute Minzgummi, lutschte Mentholbonbons, trank Pfefferminztee. Sie selbst war da keine Ausnahme.

Tief durchatmend stieg sie aus dem Einsatzfahrzeug.

Zoli und Beltrame erwarteten sie in ihrem Büro. Auf einem Stuhl hockte Toto Merluzzi und verzog seine Lippen abwechselnd nach oben zu einem Grinsen und nach unten zu einem angedeuteten Weinen. Er sieht aus wie ein trauriger Clown, dachte Maddalena und setzte sich zu ihren Kollegen.

»Also?«, fragte sie in die Runde. »Machen Sie es nicht so spannend. Um wen geht es? Wer zur Hölle ist es?«

***

Ginevra verkrampfte sich.

Ruhig bleiben, ermahnte sie sich und schloss die Augen. Der Mann durfte ihr Wachsein nicht erkennen. Er sollte auch nicht wissen, dass sie sich im Raum umgesehen und die Fotos entdeckt hatte.

»Na, wer spielt denn hier die schlafende Schönheit?« Brutal wurde ihr Kopf nach hinten gerissen.

Ohne es verhindern zu können, sah sie ihn an.

»Spiel mir nie wieder etwas vor. Das bekommt dir nicht.«

Seine Hand wühlte sich in ihre kurzen Locken und zog so fest, dass Ginevra spürte, wie sich die Kopfhaut hob. Mit letzter Kraft verkniff sie sich einen Aufschrei.

»Schnell gelernt, Mädchen. So gefällst du mir schon besser.« Er trat ihr in den Bauch.

Ginevra biss sich so fest auf die Lippe, dass sie Blut schmeckte. »Bitte machen Sie mich los. Ich kann meinen Arm kaum noch spüren. Ich verspreche, mich nicht zu wehren.«

»Das will ich dir auch nicht geraten haben. Was habt ihr zwei Neunmalklugen euch bloß dabei gedacht, auf eigene Faust jemanden wie mich überführen zu wollen? Dachtest du wirklich, wenn du dich als billiger Lockvogel verkleidest, bringst du mich dazu, einen Fehler zu machen? Siehst aus wie eine jämmerliche Vogelscheuche. Das hast du jetzt davon, kleine, dumme Ginevra Missoni. Hochmut kommt vor dem Fall.« Er schnippte mit den Fingern. »Ich binde dich jetzt los, und während du dich am Waschbecken frisch machst, bereite ich unser Lager.«

Er warf ihr einen Kulturbeutel hin.
»Darin findest du Seife, einen Waschlappen, Zahnpasta und Zahnbürste. Einen Kamm gibt es auch.«
Ginevras Hirn arbeitete fieberhaft an einer Lösung. Nein, die Hoffnung wollte sie nicht aufgeben. Noch glaubte sie daran, noch klammerte sie sich an den Gedanken, rechtzeitig gefunden zu werden.
Dass sie gesucht wurde, wusste sie. Um der Polizei die Möglichkeit zu geben, sie rechtzeitig zu finden, musste sie auf Zeit spielen.
»Gib dich keiner Illusion hin, Mädchen. Ich habe das hier zu lange geplant, um mir durch einen Fehler alles vermasseln zu lassen. Du wirst diesen Raum verlassen, das kann ich dir versichern. Aber das heißt nicht, dass du es lebend tust.«

**

Die Luft in Maddalenas Büro roch muffig und nach verwelkten Pflanzen. Sie hatte den Eindruck, dass sie seit Stunden untätig hier herumsaßen, dabei waren es erst wenige Minuten.
»Zoli.« Sie wandte sich an den Kollegen, der unschlüssig vor ihr stand. »Trommeln Sie die Mannschaft zusammen. Und begleiten Sie Signor Merluzzi in den Verhörraum, er soll dort warten, wir werden ihn noch brauchen.«
Die angrenzende Tür öffnete sich, und Lippi kam schwitzend herein. »Commissaria«, sagte er leise, »gut, dass Sie hier sind. Wir haben Sie vermisst.«
Es war so ziemlich das Emotionalste, was sie je von ihm gehört hatte. Jetzt war allerdings nicht die Zeit, sich Sentimentalitäten hinzugeben, daher erkundigte sie sich sachlich: »Gibt es inzwischen eine Liste aller Apotheken in der Umgebung?«
»Selbstverständlich.« Er legte einen Computerausdruck vor sie auf den Schreibtisch.
Maddalena studierte ihn einige Zeit, dann wies sie Zoli an, Toto Merluzzi wieder hereinzuholen.
»Lippi, organisieren Sie uns eine Kanne mit sehr starkem

Kaffee und etwas süßes Gebäck. Cornetti alla crema oder welche mit Marmelade. Schicken Sie bitte jemanden zur Pasticceria am Eck.«

Sie wartete, bis Lippi genickt und Merluzzi sich gesetzt hatte.

»So, Signor Merluzzi«, begann sie dann, »können Sie sich inzwischen etwas genauer erinnern, in welcher Apotheke der Verdächtige arbeitet?«

»Sie können Toto zu mir sagen, Commissaria, ich bin jetzt ein Zeuge.«

»Gut erkannt.« Maddalena lächelte kurz und wurde gleich wieder ernst. »Ich möchte, dass Sie sich anstrengen, Toto, wir dürfen keine Zeit verlieren. Das Leben einer jungen Frau ist in Gefahr.«

»Hat der mit den Locken sie mitgenommen?«

»Bitte beschreiben Sie uns die Apotheke, wo genau liegt sie?«, setzte Maddalena nach, ohne auf Merluzzis Frage einzugehen.

Ihr Gegenüber warf die Stirn in Falten.

Es wurde ganz still im Raum.

»Ich fahre mit meinem Elektroauto zur Arbeit und wieder zurück nach Grado. Vor dem Aufenthalt im Krankenhaus, meine ich. Mein Baumarkt liegt in Richtung Monfalcone, ganz in der Nähe vom Kino, dem Kinemax. Manchmal fahre ich ein bisschen in der Gegend spazieren. Aber wenn ich neue Medikamente brauche, Dottor Beltrame verschreibt sie mir«, Maddalena bemerkte, wie er ihrer Kollegin einen scheuen Blick zuwarf, »dann fahre ich ohne Umwege zur Apotheke.«

Toto Merluzzi lächelte sanft, und Maddalena spürte die Ungeduld wie Nadelspitzen in ihren Adern.

»Ich habe eigentlich keine Lieblingsapotheke. Ich wechsle ab. So macht es mehr Spaß.«

Beltrame räusperte sich. »Signor Merluzzi, gibt denn mein Vater keine bestimmte Empfehlung ab?«

Merluzzi sah sie verständnislos an. »Empfehlung für die Tabletten? Doch, er weiß genau, was ich vertrage und was nicht.«

Maddalena, die immer ungeduldiger wurde, unterbrach die beiden. »Egal. Wo haben Sie besagten Mann gesehen?«

»Ich …« Er stockte. »Es war in keiner der Apotheken hier in Grado. Dorthin gehen Tante Antonella und meine Schwester Olivia. Ich fahre lieber spazieren, weil ich so das Notwendige mit dem Erfreulichen verbinde.« Er lächelte noch eine Spur breiter und schien stolz auf seine Formulierung zu sein.

»Das ist eine gute Idee«, ermunterte Maddalena ihn. »Denken Sie bitte nach, wo Sie den Mann gesehen haben. Es ist sehr wichtig. Damit helfen Sie uns bei den Ermittlungen.«

»Als Hilfspolizist?«

»So in etwa«, pflichtete Lippi, der eben den Raum betrat, ihm erstaunlich einfühlsam bei. »Hier, wollen Sie?« Er hielt eine Papiertüte mit Croissants in der Hand.

»Vielen Dank.« Toto Merluzzi beanspruchte, ohne auch nur eine Zehntelsekunde zu zögern, das ganze Gebäck für sich allein.

Die haben ihn in letzter Zeit wohl ziemlich kurzgehalten, dachte Maddalena und versuchte immer erfolgloser, ihre Ungeduld in den Griff zu bekommen.

Vergnügt mampfte Toto Merluzzi die Cornetti und schleckte den letzten Rest Marmelade genießerisch von seinen wulstigen Lippen. Erst dann sprach er weiter.

»Es ist die Apotheke, ich glaube, sie heißt Santa Clara, zwischen Cervignano und Fiumicello. Dort steht der Mann mit den Locken hinter dem Verkaufspult. Früher fand ich ihn freundlich, jetzt aber nicht mehr. Seit ich mich wieder an ihn erinnern kann, habe ich Angst, dass er mich vergiftet.«

Maddalena sprang auf. »Ich weiß, wo das ist. Zoli, Sie fahren mich. Lippi, Sie nehmen Beltrame mit. Verständigen Sie die restlichen Kollegen. Wo ist der Commandante?«

»Der hat einen Termin im Rathaus, beim Bürgermeister«, antwortete Lippi.

»Stopp!«, rief Toto Merluzzi. »Ich bin jetzt zwar Hilfspolizist, aber ich muss doch nicht mitkommen?«

※※※

Zeit, ich muss Zeit schinden, dachte Ginevra verzweifelt.

Vor Kurzem erst hatte sie sich vorgenommen, nie wieder Opfer zu sein, hatte ihren Körper gequält, geschunden, gestählt, sich zu Höchstleistungen angetrieben, um im gesetzten Fall gerüstet zu sein. Nur dass es ihr hier nichts nutzte.

Bis vor wenigen Stunden hatte sie sich als Frau gesehen, die sich wehren konnte, als eine, die zu kämpfen verstand. Und jetzt? Alles bloße Theorie. Nun war sie nicht mehr als ein verschrecktes Kaninchen vor der Giftschlange. Einer Schlange, die bereit war zuzubeißen.

Schock. Sie stand unter Schock.

»Klarer Beweis«, flüsterte eine Stimme in ihrem Kopf, »du siehst dich von außen.«

Trotzdem – oder gerade deshalb – war ihr klar, dieses Wesen, diese zu Tode erschrockene Ginevra, musste sich etwas einfallen lassen.

Um kostbare Minuten zu gewinnen, hatte sie sich so umständlich und langsam wie möglich gewaschen, sich mehrmals die Zähne geputzt, vorgeblich, um den üblen Geschmack des Chloroforms loszuwerden, und ihre verfilzten Locken immer und immer wieder gebürstet, mit den Fingern an den Verknotungen gezerrt.

Dennoch, schlussendlich waren es nur wenige Handgriffe gewesen. So fragte sie, ob sie die Strumpfhose auswaschen dürfe.

»Was sollen dir saubere Strümpfe denn noch bringen, du dumme Liese?«, war seine brutale Antwort.

Ginevra unterdrückte ein Aufschluchzen und suchte hektisch nach Worten, um ihren Peiniger in ein Gespräch zu verwickeln.

»Sie sind ein beeindruckender, ein sehr ansehnlicher Mann«, sagte sie im Versuch, ihm zu gefallen. »Ich kann mir vorstellen, dass es keinen Mangel an Frauen in Ihrem Leben gibt.«

Der Mann fuhr sich durch sein dichtes lockiges Haar, strich es wütend nach hinten. »Hör mit dem Quatsch auf. Sofort.«

»Warum ich, warum haben Sie mich ausgewählt?« Ihre Stimme bebte, und ihr Herzschlag stolperte einige Male.

Zeit, sie brauchte Zeit.

Seine Antwort klang gleichgültig. »Beiläufigkeiten. Nichts weiter. Du warst zum richtigen Zeitpunkt beim richtigen Wetter am richtigen Ort. Nenne es meinetwegen göttliche Vorsehung.«

Sie musste sich etwas Besseres einfallen lassen. Etwas, womit sie ihn eine Weile hinhalten konnte. Ihr Hirn arbeitete fieberhaft. Angstschweiß trat auf ihre Stirn.

»Ich habe Sie damals nicht gesehen. Alles was ich wusste, war, dass Sie neue Jeans trugen. Mehr war da nicht.«

Sie atmete hektisch, war nahe am Hyperventilieren.

»Glaubst du, es interessiert mich, was du da vor dich hin brabbelst? Neue Jeans? Ansehnlicher Mann, viele Frauen? Deine Ablenkungsmanöver beleidigen meine Intelligenz. Aber wenn du darauf bestehst, werden wir ein kleines Frage-Antwort-Spielchen machen, freilich auf meine Art«, sagte er und packte sie grob.

Wieder hing sie mit Handschellen gefesselt neben dem Waschbecken.

Der Mann lächelte. »Vorfreude ist immer noch die beste Freude.« Mit einem Mal schrie er: »Was ist zwischen dir und dem Polizisten?«

Ginevra begann haltlos zu weinen. So sehr sie sich bemühte, sie brachte kein Wort hervor.

Er betrachtete sie eine Weile, dann verzog er spöttisch sein Gesicht. »Wenn du nicht bereit für eine gediegene Konversation bist, werde ich dich losmachen. Handeln ist ohnehin besser als bloßes Gerede.«

Ginevra bäumte sich auf und begann zu schreien.

※※※

»Wo ist Ihr Mitarbeiter mit der Lockenmähne?« Maddalena baute sich vor der Apothekerin auf.

Der Raum war voll mit Polizisten. Irgendjemand ordnete an, den Laden zu schließen.

»Claudio Colombo? Sie meinen unseren Chef?«

»Ja, genau den meinen wir.« Maddalena sah aus den Augenwinkeln, dass Zoli den Namen notierte. »Wir müssen sofort mit ihm sprechen.«

»Er ist nicht hier, hat sich einige Tage freigenommen.«

Zoli übernahm, denn Maddalena musste sich setzen. Ein plötzliches Schwächegefühl hatte von ihrem Körper Besitz ergriffen. Beltrame reichte ihr ein nasses Tuch.

»Wo ist dieser Colombo? Wir haben keine Zeit zu verlieren. Wenn die Commissaria *sofort* sagt, dann meint sie auch *sofort*.« Zolis Stimme klang stark und fest.

»Er hat eine Wohnung direkt über dem Geschäft, aber er ist verreist.« Die Apothekerin sah hilfesuchend zu einem Mann im weißen Kittel.

»Signor Colombo weiht uns nicht in seine Pläne ein.« Der Mann war näher getreten und warf ihnen fragende Blicke zu. »Worum geht es hier überhaupt?«

Jetzt schaltete Lippi sich ein. »Gibt es eine Frau Colombo oder andere Familienmitglieder?«

»Nicht dass ich wüsste«, meinte die Apothekerin und kam hinter dem Tresen hervor. Sie war blass geworden und setzte ihre Brille ab. Umständlich reinigte sie die Gläser. »Signor Colombo ist ein sehr guter Chef. Jeder hier mag ihn. Er ist gerecht und großzügig. Wessen wird er beschuldigt?«

»Das tut nichts zur Sache. Haben Sie einen Schlüssel für die Wohnung im ersten Stock?«

Die Frau schüttelte den Kopf, und Lippi machte sich mit zwei Kollegen auf den Weg, um die Tür aufzubrechen.

»Signor Colombo ist rechtschaffen«, die Stimme der Apothekerin war laut geworden, »sein Vater kann das bestätigen.«

»Sein Vater?« Maddalena stand auf und warf den beiden Apothekern einen giftigen Blick zu. »Also gibt es doch noch ein Familienmitglied? Wo können wir den Mann erreichen?«

»Er betreibt eine Autowerkstätte in Fossalon, Signor Colombo hilft dort manchmal aus. Zum Beispiel fährt er Probe mit den reparierten Wagen. Sein Vater und er haben ein sehr gutes Verhältnis.« Die Stimme des Apothekers klang entschuldigend.

Lippi kam schnaufend von oben zurück. »Die Wohnung scheint leer zu sein, aber wir schauen uns weiter um.«

»Gut«, ordnete Maddalena an, »Sie und zwei unserer Leute halten hier die Stellung und passen auf, dass niemand in Fossalon anruft und den Werkstättenbesitzer vorwarnt. Zoli, Sie und die anderen begleiten mich nach Fossalon.«

Gott sei Dank, dachte sie, ist der Ort in der Nähe.

Zoli fuhr schnell, und die Polizeiwagen mit den Kollegen folgten dichtauf.

»Ich habe keine gute Erinnerung an diese Werkstätte«, erklärte Maddalena düster, »die haben meine Moto Guzzi verschrottet.«

Ein Windstoß erfasste sie, als sie aus dem Auto stieg, und ließ sie kurz taumeln. Sofort war Zoli an ihrer Seite und nahm sie am Ellbogen.

Sie betraten die Werkstätte.

»Signor Colombo.« Maddalena hielt sich nicht mit Erklärungen auf. »Wo ist Ihr Sohn?«

»Claudio? Du meine Güte, was hat der Junge denn ausgefressen?«

»Ihr Sohn«, sagte sie brutal, »steht im Verdacht, Frauen zu entführen und zu ermorden.«

»Sind Sie verrückt?« Der Alte war blass geworden. »Gestern erst war er bei mir und hat sich ein Auto zum Probefahren geholt. Weit kann er also nicht sein.« Er pfiff, und ein Arbeiter erschien im Verkaufsraum. »Schau mal nach, ob der Kastenwagen zurück ist. Claudio wollte ihn heute zurückbringen.«

»Da muss ich nicht groß nachschauen, die alte Kiste ist noch unterwegs.«

Maddalena spürte Verzweiflung in sich aufsteigen. Die Zeit wurde knapp. Je länger Ginevra Missoni sich in Colombos Gewalt befand, desto geringer wurden die Chancen, sie lebend zu finden. »Denken Sie nach, gibt es einen Ort, wo Ihr Sohn sein könnte? Und wir brauchen Automodell und Kennzeichen des Wagens für die Fahndung. Und zwar pronto!«

»Claudio ist ein Feigling. Der tut keiner Fliege etwas zuleide. Vielleicht ist er ja einfach nur in seinem Hobbykeller.«

***

Ginevra sank zu Boden. Der Schmerz im Arm hatte nachgelassen, dafür hatte ihre Angst sich ins Unermessliche gesteigert.
Der Mann beugte sich über sie.
»Nein«, wimmerte sie und schlug wild um sich.
Sie wurde von starken Armen gepackt und an den Händen über den Boden zu einer schmuddeligen Decke gezerrt.
Der Mann kniete jetzt über ihr, sie sah in zwei dunkle, hart blickende Augen.
Ein heftiges Pochen hatte sich in ihrem Kopf festgesetzt. Immer lauter schien es zu werden, so laut, dass die Bestie, die über ihr kauerte, es auch hören musste.
Ginevra verlor das Bewusstsein.

***

»Wir schaffen es nicht rechtzeitig.«
Maddalena hatte den Gedanken laut ausgesprochen, denn Zoli antwortete leise: »Zumindest versuchen wir es.«
Ein schwacher Trost, dachte sie, behielt dies aber für sich. Nervös blickte sie in den Rückspiegel, vergewisserte sich, dass die anderen Wagen ihnen folgten.
»Wenn der Alte nur recht behält«, murmelte Zoli.
»Geben Sie Gas, Zoli, und hören Sie mit dem Denken auf.«
Und Zoli gab Gas.
Dann waren sie an der angegebenen Adresse und stoppten. Hinter ihnen hielten mit quietschenden Reifen die Kollegen. Eine Scheune auf einem unbewirtschafteten Acker, das war alles. Weit und breit war kein anderes Haus in Sicht.
Sie zogen ihre Waffen, und Maddalena gab den Einsatzbefehl.
»Stürmen!«

Holz zerbarst, die Eingangstür flog auf, ein schriller Schrei ertönte.

»Commissaria«, rief einer der Polizisten, »sehen Sie selbst.«

Wie in Zeitlupe bewegte Maddalena sich vorwärts, dann stand sie im Türrahmen. Drei Polizisten drückten einen wild um sich schlagenden Mann zu Boden und legten ihm Handschellen an.

Nicht weit davon, auf einer alten Decke, lag unbekleidet Ginevra Missoni, die Augen geschlossen.

»Wir sind zu spät gekommen.« Maddalena unterdrückte ein Schluchzen.

Zoli sagte sanft: »Die Ambulanz und der Notarzt sind verständigt, sie müssen jeden Moment hier sein.«

Maddalena machte ein paar vorsichtige Schritte auf Ginevra Missoni zu. Sie sank neben ihr zu Boden, streckte ihre unverletzte Hand nach ihr aus.

Zoli beugte sich ebenfalls über die junge Frau, lauschte und sagte dann ruhig: »Sie atmet.«

In diesem Augenblick verlor Maddalena die Fassung und begann zu weinen.

Epilog

Es war die Woche vor Weihnachten, und Maddalena hatte es sich nicht nehmen lassen, ein Fest in ihrer Villa zu geben.

Über dem Meer schimmerte silberner Raureif, die Wellen schienen am Ufer erstarrt zu sein, und die Luft roch, jawohl, sie roch nach Verheißung.

Aus einem alten Radio, das in Maddalenas Küche stand, klangen leise Weihnachtslieder, und im Rohr brutzelten Äpfel gespickt mit Nelken sowie Pflaumen und Feigen, gefüllt mit Ziegencamembert und umwickelt mit Prosciutto. Sie verbreiteten jenes unbeschreibliche Aroma, das Maddalena an ihre Kindheit erinnerte. Über allen Türrahmen hatte Franjo grüne Zweige angebracht. Der flackernde Schein roter Kerzen spiegelte sich in den Fensterscheiben.

Und der Nebel war endlich verschwunden.

Lippi hatte angeboten, sich um die Getränke zu kümmern, und schließlich Bier in riesigen Karaffen aus dem Lagunen-Pub und Rot- und Weißwein von einem Winzer aus Aquileia besorgt. Den Glühwein bereitete Maddalena selbst zu, den Prosecco, jenen bernsteinfarbenen aus dem slowenischen Karst, den sie so mochte, steuerte Franjo bei. Zum Essen gab es Fingerfood, kleine Häppchen Fisch, Fleisch und Gemüse, ergänzend zu jenen, die im Ofen schmorten.

Auch zwei schöne marokkanische Schüsseln mit Couscous und buntem Salat, Rita Beltrames Beitrag, standen auf der Anrichte.

Mitten auf dem festlich gedeckten Esstisch, auf einem Silbertablett, prunkte ein riesiger Adventskranz und verströmte den Duft von Tannennadeln und Harz.

Der Kranz.

Ginevra Missoni und Arturo Fanetti hatten eines Tages Ende November mit Hund überraschend vor Maddalenas Haustür gestanden. Beide trugen schwer an Paketen und schwerer noch an einer offensichtlichen Verlegenheit, die ihnen ins Gesicht geschrieben stand.

»Dürfen wir?« Fanettis früher so selbstbewusste Stimme klang dunkel und unsicher.

Maddalena hatte nicht überlegen müssen. »Klar, kommen Sie herein.«

Bildete sie es sich ein, oder glitzerten in Ginevras Locken Schneeflocken? Es hatte doch gar nicht geschneit?

Realität jedenfalls war, dass die junge Frau, kaum dass sie den Dufflecoat abgelegt hatte, vorsichtig einen grünen Kranz mit rot karierten Maschen und Kerzen aus dem Einpackpapier schälte. Der Hund sah ihr dabei artig zu.

»Commissaria, der ist für Sie. Jeden Sonntag bis Weihnachten zünden Sie eine Kerze an. Meine deutsche Großmutter hat mir das beigebracht.«

Arturo Fanetti reichte ihr eine Pflanze, die er Weihnachtsstern nannte, und danach, mit einer verlegenen Geste, einen wie ihr schien selbst gebastelten Kalender.

»Ab dem ersten Dezember öffnen Sie täglich ein Fenster.«

Maddalena fühlte sich unmittelbar in ihre Kindheit oben im Karst zurückversetzt und bedauerte einmal mehr das Zerwürfnis mit ihrer Mutter, das immer noch anhielt.

Während sie Tee in Becher goss und sich halbherzig am Geplauder der beiden beteiligte, waren ihre Gedanken immer wieder abgeschweift.

Der Fall war von Anfang an verkorkst gewesen. Maddalena sagte sich immer wieder, dass sie ihren Zweifeln sofort hätte nachgehen sollen, jenen Zweifeln, die seit der Verhaftung von Toto Merluzzi in ihr gearbeitet hatten. Aber wie sollte man seine Umgebung, wie sich selbst von einem vagen Gefühl überzeugen, wenn der vermeintliche Täter gestanden hatte?

Und dann Merluzzis Flucht. Nie hätte es so weit kommen dürfen. Maddalena wusste aus Colombos Verhör, dass dieser Totos Verschwinden als Wink des Schicksals, als Aufforderung, weitere Verbrechen zu begehen, verstanden hatte. Camilla Benignis davor erfolgte Ermordung, die ihm als Widerspruch in seinen Überlegungen vorgehalten wurde, hatte er achselzuckend als Unfall bezeichnet.

Merluzzi selbst machte nach wie vor nur sehr unvollständige Aussagen über das, was er als »seine große Wanderung« bezeichnete. Zwei alte Frauen schienen ihn eine Zeit lang aufgenommen zu haben, aber wie lange und wo genau, das wusste er nicht. Jetzt lebte er wieder bei seiner Schwester Olivia und schien mit sich und der Welt zufrieden. Maddalena hatte ihn bei den langen, im Grunde aber ergebnislosen Gesprächen, die sie geführt hatten, in ihr Herz geschlossen.

Nach ihrem Unfall war dann endgültig alles aus dem Ruder gelaufen.

Maddalena konnte nach wie vor nicht verstehen, wieso Scaramuzza Fanettis Alleingang unterstützt hatte. Klar, Legolas war sein sogenannter Neffe, und der Narr war bis über beide Ohren verliebt gewesen und war es ganz offensichtlich immer noch, aber nicht Fanettis Verhalten bereitete ihr Kopfzerbrechen, sondern das seiner Kollegen. Keiner hatte in dieser Zeit gewusst, was der andere tat, jeder war sich selbst überlassen, Lippi war vollkommen überfordert, und von Führung war nichts zu spüren gewesen.

Vor einigen Tagen hatte sie sich deswegen mit ihren engsten Kollegen, auch mit dem nach wie vor suspendierten Fanetti, zusammengesetzt und eine Aussprache herbeigeführt. Ausgerechnet der dicke Lippi brach das Eis, indem er sich bei ihr entschuldigt und sie seiner Loyalität versichert hatte. Seitdem war so etwas wie ein neuer, ein positiver Wind in die Büroräume eingezogen.

Nur Scaramuzza blieb nach wie vor ein Stein im Getriebe. Zwar hatte der glückliche Abschluss des Falles die Spannungen zwischen dem Chef und ihr ein wenig gemildert, aber in seiner cholerischen Art zweifelte der Commandante weiterhin je nach Laune ihre beruflichen Fähigkeiten an, so wie er ganz offen die berufliche Eignung von Frauen generell in Zweifel zog, und stellte seine Entscheidung, sie damals eingestellt, ihr den Vorzug beim Hearing gegeben zu haben, immer wieder gern in Frage. Nur die Vernarrtheit in ihre Mutter, die Maddalena ein zusätzlicher Dorn im Auge war, konnte manchmal kurzfristig so etwas wie Milde in sein rotes Gesicht zaubern.

Maddalena seufzte, als sie an ihre Mutter dachte. Die hüllte sich nämlich seit ihrer Konfrontation meist in beleidigtes, ja, kindisches Schweigen. Ihre Konversation beschränkte sich auf das Nötigste. Sie warf Maddalena ganz offen vor, die Beziehung zu Achille Scaramuzza sabotieren zu wollen – und hatte damit nicht ganz unrecht.

»Ja, der kurze Klinikaufenthalt half mir sehr«, sagte Ginevra, und Maddalena konzentrierte sich wieder auf das Gespräch. »Zuerst wollte ich gar nicht, was sollen zwei Wochen schon bringen, aber Arturo hat mich davon überzeugt.«

Bei ihren Worten lächelte Fanetti.

»Commissaria«, sagte er sanft, »in dem Adventskalender steht für jeden Tag so etwas wie eine Entschuldigung für mein Verhalten.« Er machte eine abwehrende Handbewegung, als er ihren Blick bemerkte. »Damit will ich Sie nicht etwa beeinflussen. Ich meine wegen des Disziplinarverfahrens, das geschieht mir ganz recht.«

Aber darüber machte Maddalena sich ohnehin keine Sorgen. So verzweigt, wie die Verbindungen der Fanettis waren, würde er glimpflich davonkommen, das war ihr klar. Ein gehöriger Dämpfer allerdings konnte dem Mann nicht schaden.

Mehr Anlass zum Grübeln, wenn auch im positiven Sinne, gab ihr das Verhalten von Ginevra Missoni. Die junge Frau wirkte tatsächlich wie neugeboren. Erstaunlicherweise schien ihr erneutes traumatisches Erlebnis sie in ihrer Aufarbeitung nicht zurückgeworfen, sondern ganz im Gegenteil zu einem ausgeglicheneren, selbstbewussten Menschen gemacht zu haben. Maddalena hatte zwar so ihre Zweifel, ob diese Entwicklung anhalten würde, aber unabhängig davon freute sie sich ehrlich und wünschte dem verliebten Paar von Herzen das Beste.

Ohne Groll hatten sie sich voneinander verabschiedet.

Als Maddalena jetzt, mitten im Festgetöse, das kleine Fenster zum passenden Adventstag öffnete, musste sie grinsen.

Fanetti hatte selbstironisch ein Foto des Elbenprinzen hineingeklebt. Es schien, als lächelte der schöne Legolas sie um Versöhnung bittend an. Zusätzlich ließ er durch eine Sprechblase ein »So ist das Leben« verlauten.

Ganz unrecht hatte er damit nicht.

Zufrieden musterte Maddalena ihre Gäste. Sie hatte, um das gute Klima weiter zu forcieren, bis auf Franjo nur ihre engsten Kollegen geladen.

Zu ihrer Überraschung war Guido Lippi mit einer roten Weihnachtsmannzipfelmütze auf dem Kopf und einer kleinen, zierlichen blonden Frau an der Hand aufgekreuzt.

»Stella, meine bessere Hälfte, und Commissaria Degrassi, meine verehrte Vorgesetzte«, hatte er sie einander augenzwinkernd vorgestellt.

Zoli stand sprachlos daneben. Anscheinend hatte er, so wie auch sie selbst, Lippi ein Privatleben nicht zugetraut. Wie um das auszugleichen, zupfte er nervös an Maddalenas Arm und bat sie verschämt, ihm in die Küche zu folgen. »Hier in der Jacke«, sagte er und klopfte auf seine Brust, »habe ich meine Freundin.«

»Tatsächlich? Ich dachte, sie wäre größer.« Maddalena lachte, wurde aber gleich wieder ernst, als sie so etwas wie Panik in den Augen ihres Mitarbeiters zu erkennen glaubte.

Zoli zog umständlich ein Foto aus der Innentasche seines Sakkos und hielt es ihr hin. »Das ist meine Verlobte«, sagte er zaghaft.

Maddalena erschrak. Aus einem Plexiglasherz blickte ihr eine junge Frau mit dunklen Locken entgegen, die haargenau so aussah wie sie selbst vor zehn Jahren. Sie musterte die Aufnahme näher. Es war eine andere Frau. Doch die Ähnlichkeit war verblüffend.

Verlegen lächelnd hatte sie Zoli ein Glas Orangenpunsch in die Hand gedrückt und war erleichtert davongestürmt, als der Klang der Türglocke Beltrames Ankunft meldete und sie aus der peinlichen Situation erlöste.

Franjo, der auf ein weiteres Klingeln zur Haustür gegangen war und geöffnet hatte, kam auf sie zu.

»Tesoro«, er umarmte sie, »stell dir vor, wer eben mit einem Weihnachtsbaum, voll mit künstlichen Kerzen, hereingeschneit ist? Niemand anderer als dein hochgepriesener Chef, natürlich in Begleitung von keiner Geringeren als deiner Mutter.«

Anstatt sich zu ärgern, begann Maddalena zu lachen. Bald war Weihnachten, und so nahm sie diesen Besuch mit Heiterkeit.

»Franjo«, sagte sie leise, »es ist so viel passiert in den letzten Wochen, und dennoch hatte ich mehr als genug Zeit nachzudenken.«

Sie drückte ihm einen Kuss auf die Lippen und hielt ihre unverletzte Hand hoch. Das Licht der Kerzen fing sich im Stein ihres Ringes und ließ ihn funkeln.

»Ja«, sagte sie, »ich möchte, dass wir es noch mal richtig versuchen.«

»Du kannst mir das gar nicht oft genug sagen.« Franjo schloss sie in seine Arme, und Maddalena war glücklich.

Kurz kam ihr ein irritierender Gedanke in den Sinn. Die Frau vorhin auf Zolis Foto: Hatte sie selbst damals nicht auch so ein Kleid besessen?

Dann war er auch schon wieder vergessen.

Rezepte

*Das Geburtstagsessen,
das Franjo für Maddalena kocht*

*Das Abendessen,
das Arturo für Ginevra zubereitet*

*Das Essen im Restaurant,
in das Commandante Scaramuzza
Maddalenas Mutter Sibilla führt*

*Die Nachspeise, wegen der
Commandante Scaramuzza Maddalenas
Mutter Sibilla gegenüber darauf besteht,
in ein weiteres Lokal zu gehen*

Das Geburtstagsessen,
das Franjo für Maddalena kocht:

Vorspeise
Mit Thymian marinierte Sardellen auf fein
geschnittenen Zitronenscheiben, begleitet von süßen
roten Tropea-Zwiebeln

Hauptspeise
Risotto mit roten Garnelen und Blütenblättern
vom rosa Pfeffer

Nachspeise
Trockenfrüchte mit Limonensirup

**Risotto mit roten Garnelen und Blütenblättern
vom rosa Pfeffer**
Rezept für 2 Personen

Zutaten:
1 Zehe geräucherter Knoblauch
200 g rote Garnelen
1 Chilischote
Olivenöl
160–200 g Reis (Arborio)
100 ml Weißwein
2 Handvoll unbehandelte Rosenblätter
Zitronensaft
Salz und Pfeffer
Butter
Parmesan

Zubereitung:
Den Knoblauch und die geputzten Garnelen gemeinsam mit einer geschnittenen Chilischote in Olivenöl anrösten. Bevor es ganz durch ist, alles aus der Pfanne nehmen. In derselben Pfanne den Reis mit ca. 100 ml Weißwein aufkochen und dann peu à peu kochendes gesalzenes Wasser zugeben.
Bevor der Reis fertig gekocht ist, Garnelen, Knoblauch, Chilischote, Rosenblätter, Zitronensaft und eventuell Salz und Pfeffer zugeben.
Zum Schluss Butter, Parmesan und Olivenöl in den Reis rühren, damit er cremig wird.

Das Abendessen, das Arturo für Ginevra zubereitet:

Vorspeise
Marinierter Römersalat mit Paprikasenf, reifem Ziegenkäse und Croutons

Hauptspeise
Pastinakenravioli mit Zitrone, Chili, Assampfeffer und Erdnüssen

Nachspeise
Warmer Schokoladenkuchen mit Williamsbirne, Grand Marnier und Birnensorbet

Pastinakenravioli mit Zitrone, Chili, Assampfeffer und Erdnüssen
Rezept für 4 Personen

Zutaten:
Ravioliteig
250 g glattes Mehl
1 Ei und 7 Eigelb
20 g Erdnussöl
20 g Wasser

Pastinakenfüllung
300 g Pastinaken, geschält
200 ml Milch
100 ml Sahne
Salz
1 Zitrone
Assampfeffer
100 g geröstete Weißbrotwürfel

Pastinakenchips
1 Pastinake
Tafelöl zum Frittieren

Erdnüsse
50 g geschälte Erdnüsse
1 Habanero-Chilischote
50 ml Erdnussöl
Salz

Außerdem
Teigausrollmaschine
Ravioliausstecher

Zubereitung:
Für den Ravioliteig alle Zutaten verkneten, mit Frischhaltefolie einwickeln und kühl stellen. Die Pastinaken schälen. Für die Pastinakenchips eine Pastinake rundum mit einem Sparschäler abschälen. Die dünnen Pastinakenstreifen in 160° C heißem Tafelöl frittieren. Auf Küchenpapier abtropfen lassen.

Die restlichen Pastinaken klein schneiden und mit Milch und Sahne zugedeckt weich kochen. Mit Salz, Zitronensaft und Assampfeffer abschmecken. Die Pastinakenmilch abgießen und später für die Soße verwenden. Die gekochten Pastinaken fein pürieren und mit den gerösteten Weißbrotwürfeln vermengen. In einen Spritzbeutel füllen. Den Nudelteig fein ausrollen, mit Wasser befeuchten und die Pastinakenfüllung darauf verteilen. Mit dem Ravioliausstecher die Ravioli ausstechen und in leicht wallendem Salzwasser al dente kochen. Die Erdnüsse mit der Chilischote im Erdnussöl bei 100° C ungefähr 15 Minuten weich kochen und salzen. Die Ravioli mit der Pastinakenmilch sautieren und auf die Teller verteilen. Mit den scharfen Erdnüssen und den Pastinakenchips garnieren. Geriebenen Assampfeffer dazu servieren.

Das Essen im Restaurant, in das Commandante Scaramuzza Maddalenas Mutter Sibilla führt:

Vorspeise
Scampi croccanti in savor

Hauptspeise
Baccalà al vapore e zucca

Baccalà al vapore e zucca
Rezept für 4 Personen

Zutaten:
200 g Stockfisch, entgrätet
Gewürzkräuter
80 g Kartoffeln
80 g Kürbis
160 ml Milch
50 g Butter
100 g Gorgonzolakäse
1 Handvoll frischer Spinat
Olivenöl
1 Knoblauchzehe
8 Portionen Kirschtomaten (16 Stück)
80 g Burrata-Sahnekäse (oder Mozzarella)
Kresse oder andere Sprossen zur Dekoration
Salz, Pfeffer

Zubereitung:
Den entgräteten Stockfisch in vier Stücke portionieren, ihn mit den Gewürzkräutern 7 bis 8 Minuten dampfgaren. In Salzwasser Kartoffeln und Kürbis zusammen kochen, zerstampfen, mit warmer Milch, Butter und Salz abschmecken. Die verbliebene Milch kochen und den Käse dazugeben. Von

der Konsistenz her soll die Mischung wie ein Käsefondue werden. Die Spinatblätter vorsichtig so mit Öl und Knoblauch bestreichen, dass sie knackig bleiben. Die Tomaten halbieren und mit Gewürzkräutern und Öl bestrichen in der Mitte des Ofens dörren.

Pro Person einen tiefen Teller herrichten. In die Mitte das Kürbis-Kartoffelpüree und darüber den Burrata-Käse (oder Mozzarella) geben, dann die getrockneten Tomaten, zwei Blätter Gewürzkräuter und den vorbereiteten Spinat. Den Turm mit dem gegarten Stockfisch toppen. Alles vorsichtig mit der Milch-Kräuterkäse-Masse überziehen und mit Kräutern, Kresse oder Sprossen und Olivenöl garnieren.

Die Nachspeise, wegen der Commandante Scaramuzza Maddalenas Mutter Sibilla gegenüber darauf besteht, in ein weiteres Lokal zu gehen:

Zuppa Inglese (»Englische Suppe« passt natürlich sehr gut zu »Grado im Nebel«.)
Rezept für 10 Personen

Zutaten:
Die Basis
4 Eier
4 EL Zucker
1 Vanilleschote
1 Prise Salz
4 EL Maisstärke

Die süße Creme
1 l Milch
14 Eigelb
380 g Zucker
100 g Mehl

Die englische Suppe
Marsala-Wein
Alchermes-Likör
1 Packung Löffelbiskuits
Schokoflocken

Die Eier aufschlagen. Das Eigelb vom Eiweiß trennen. Das Eiweiß mit einem Mixer zu Schnee schlagen. In einem anderen Gefäß das Eigelb, den Zucker, die ausgeschabte Vanilleschote und die Prise Salz mit dem Mixer vermengen, bis der Teig nicht mehr schäumt. Dann die Maisstärke dazugeben und gut durchmischen. Das geschlagene Eiweiß mit einem Teigschaber vorsichtig dazugeben. Von unten nach oben heben, damit das

Eiweiß nicht zusammenfällt. Den Teig auf ein Backblech geben. Man nimmt am besten Backpapier als Unterlage. Im auf 180° C vorgewärmten Backofen auf der oberen Schiene für 13 Minuten backen. Herausnehmen, kühlen und vorsichtig vom Backpapier lösen.

Die Milch zum Kochen bringen. In einer Kasserolle das Eigelb mit dem Zucker und dem Mehl vermengen. Mit einem Schneebesen schlagen, bis alles gut gemischt ist. Einen Schluck kochende Milch dazugeben, damit sich alles löst. Danach den Rest der Milch dazugeben und langsam unter ständigem Rühren köcheln lassen, bis es cremig wird. Die Creme in einem zugedeckten Behälter kalt werden lassen.

Den fertig gebackenen Teig längs zweiteilen und im Marsala-Wein baden. Die eine Hälfte des Teiges auf einem Tortenteller anrichten und mit der Creme bedecken. Den Alchermes-Likör in ein Gefäß schütten. Die Löffelbiskuits eintauchen und auf den Teig geben. Die Biskuits mit Creme bedecken und dann die zweite Hälfte des Teiges aufstocken. Noch den Rest der Creme darübergeben und ein paar Schokoflocken daraufallen lassen.

Danksagung

Auch diesmal danke ich neben dem Verleger Hejo Emons und seinem Team, im Besonderen Christel Steinmetz, Stefanie Rahnfeld und dem Lektorat in Berlin, Marit Obsen, allen, die im Hintergrund werken und mit denen ich viel zu tun habe: Dominic Hettgen, Leslie Schmidt, Svenja Schulze, Carolin Gladysch, Mike Stirnagel, Sophie Olk, Hannah Naumann, Nina Schäfer, Daria Gaberdan, Paula Döring und Angela Eichner.

Ohne die Inspiration durch das wunderbare Adria-Städtchen Grado könnte ich diese Geschichten um die schöne Commissaria Degrassi nicht schreiben. Immer wieder kommt es zu interessanten Begegnungen und Gesprächen. Es ist schön, am Meer Zeit mit lieb gewordenen alten und neuen Freunden zu verbringen: Cinzia und Carlo, Maria und Nevio, Franco, Ursula und Konrad, Uta und Arno, Michi und Marie, Genoveva und Wolfgang, Joana, Gisela und Franz, Claudia und Helmut und Fabio.

Mein Dank gilt natürlich auch meinem ExpertInnen-Team, meiner Freundin Christa Rados, die mir bei psychiatrischen sowie neurologischen Fragen zur Seite steht, meinen Freunden Christian Puswald, der mir mit juristischem Rat aushilft, und Martin Kuttnig, dem Kinderarzt, dessen Fachwissen mich beim »Kärntner Wiegenlied« begleitet hat, der Apothekerin Linda Auer, die mir bezüglich Giften immer die richtige Antwort gibt, und allen treuen LeserInnen, die zu meinen Lesungen kommen, meine Bücher lesen und rezensieren, allen voran Martin Schult, Sonja Wagner, Christine Schütz und Gertie Gold, die ich in meinen Leserunden von LovelyBooks kennenlernen durfte.

Lieben Dank an Stephan Schild für seine großartige Unterstützung bei der Übersetzung der italienischen Rezepte, Heli Zechner, der mir den Rahmen für meine Premierenlesung in

Österreich zur Verfügung stellt, Almuth Kristler für ihr Engagement, Christian Lehner für seine humorvollen Moderationen, die Kulturjournalistin Elisabetta d'Erme für einen guten Rat, Thomas Soyer vom Hotel Savoy in Grado, bei dem ich meine italienische Premierenlesung ausrichte, Carol Pizzutti und Massimo Fogari, den engagierten Gradeser Buchhändlern der Libreria Dante, Signora Marcucci, Christian Itten und Antonio Clementin für die Weinverkostungen in Klagenfurt und Grado.

Dieses Mal gibt es einen kleinen, aber feinen Alpe-Adria-Rezepte-Teil im Anhang. Großer Dank daher den KöchInnen:
– Manuel Ressi vom »Bärenwirt« in Hermagor für Menüfolge sowie Rezept: Pastinakenravioli mit Zitrone, Chili, Assampfeffer und Erdnüssen – das Arturo Fanetti, Legolas, seiner Flamme Ginevra Missoni zubereitet,
– Pjotr Patajac vom »Gasthaus Ruj« in Dol pri Vogljah für Menüfolge sowie Rezept: Risotto mit roten Garnelen und Blütenblättern vom rosa Pfeffer – das Franjo seiner Maddalena zum Geburtstag kocht,
– Gunter Piccolruaz aus der »Antica Trattoria Alla Fortuna« in Grado für Menüfolge sowie Rezept: Baccalà al vapore e zucca – das Commandante Scaramuzza und Maddalenas Mutter Sibilla genießen, bevor sie ins nächste Restaurant gehen,
– wo Lara Vio aus »De Toni« in Grado das Rezept für Zuppa Inglese zur Verfügung stellt. Lasst es euch schmecken!

Last, but not least danke ich meiner Mutter, unseren Kindern Sophie, Maxi und Karo, meinem Bruder Alfred König, der mit spitzer Feder und Humor meine Texte gegenliest, meiner Cousine Barbara, meiner Nichte Rebecca, meinem Neffen Matthias und vom Herzen meinem Mann Günther.

Andrea Nagele
TOD AM WÖRTHERSEE
Broschur, 272 Seiten
ISBN 978-3-95451-288-1

»Unsentimental, glasklar und erschreckend tief führt uns die Autorin in seelische Ab- und Beweggründe.« ekz

www.emons-verlag.de

Andrea Nagele
TOD AUF DEM KREUZBERGL
Broschur, 256 Seiten
ISBN 978-3-95451-485-4

»*Andrea Nageles Markenzeichen: die ausgefeilt gestalteten Charaktere.*« Kärntner Woche

www.emons-verlag.de

Andrea Nagele
TOD IN DEN KARAWANKEN
Broschur, 240 Seiten
ISBN 978-3-95451-961-3

Kommissar Simon Rosner hat sich in eine Entzugsklinik zurückgezogen, um seine Alkoholsucht behandeln zu lassen. Sein Aufenthalt wird jedoch jäh unterbrochen, als ihn ein alter Schulfreund um Hilfe bittet. Dessen dreizehnjährige Tochter ist verschwunden; die Mutter des Kindes verhält sich seltsam unbeteiligt. Stück für Stück gewinnt Rosner Einblick in eine familiäre Katastrophe – und gerät in einen Strudel aus Erpressung und Mord.

www.emons-verlag.de

Andrea Nagele
KÄRNTNER WIEGENLIED
Broschur, 256 Seiten
ISBN 978-3-7408-0198-4

Helene traut ihren Augen nicht: In der Wiege ihres Sohnes auf der Säuglingsstation eines Klagenfurter Krankenhauses liegt ein fremdes Kind. Doch niemand glaubt der jungen Mutter. Kommissar Rosners Freundin Alice liegt einige Zimmer weiter und gerät immer tiefer in den Sog der Ereignisse. Als sich Helene schließlich zu einer Verzweiflungstat hinreißen lässt, schreitet Rosner ein …

www.emons-verlag.de

Andrea Nagele
GRADO IM REGEN
Broschur, 240 Seiten
ISBN 978-3-95451-785-5

»*Eine tiefgründig ausgearbeitete Geschichte.*« StadtZeitung Klagenfurt

www.emons-verlag.de

Andrea Nagele
GRADO IM DUNKELN
Broschur, 256 Seiten
ISBN 978-3-7408-0068-0

»Ihre Erzählungen lassen den Leser tief in die Geschichte von Taten und Tätern eindringen und Psyche und innere Motive ergründen. Ein spannendes Verwirrspiel, das bis zum Schluss in Atem hält.«
Wiener Bezirksblätter

www.emons-verlag.de

Andrea Nagele
111 ORTE IN KLAGENFURT UND AM WÖRTHERSEE, DIE MAN GESEHEN HABEN MUSS
Broschur, 240 Seiten
ISBN 978-3-95451-591-2

»Mit diesem Buch findet man alles, was im mittleren Kärnten interessant, originell, in irgendeiner Hinsicht sehenswert ist: kulturelle Sehenswürdigkeiten ebenso wie naturkundliche Besonderheiten. Bekanntes und Unbekanntes abseits der bekannten Pfade – und so ist dieses Buch gleichermaßen für Touristen wie auch für Einheimische geeignet.« Pressebüro für Reisen

www.emons-verlag.de